변두리
도서관의
사건수첩

BOOK PLAZA

변두리
도서관의
사건수첩

모리야 아키코 지음 · 양지윤 옮김

BOOK PLAZA

차례

제1화 상강
억새꽃

제2화 동지
노란 은행잎

제3화 입춘
축제 준비

제4화 2월 말
봄눈

제5화 청명
연꽃 들판

저자 후기

제1화
상강

억새꽃

일러두기
본문의 각주는 모두 옮긴이 주입니다.

카운터에서는 오늘도 억새 들판이 내다보였다.

해 질 녘에 바라보는 억새는 한을 품고 서 있는 것처럼 을씨년스럽지만, 따스한 한낮의 가을볕 아래에서 은빛으로 빛나는 이삭의 물결은 가히 볼만하다. 포근한 솜털이 바람결에 제멋대로 흔들리는 광경은 토끼가 무리 지어 노는 것처럼도 보인다.

물론 온종일 이 광경을 바라봐야 한다면 이야기는 달라지지만.

근 한 시간 동안 후미코는 카운터에서 몸을 뗀 채 여섯 번이나 하품을 참았다. 졸음을 쫓으려고 머리핀으로 한데 묶은 머리가 말짱한지 오른손으로 확인해 본다. 어쨌든 근무 중이니 흐트러진 모습을 보일 수는 없다.

그나저나 원체 한가하다.

카운터가 있지만 여기는 호텔이나 바가 아니다. 하얀 조명이 비추는 실내는 지나치게 건설적이다 싶을 만큼 밝은 데다, 후미코와 사이좋게 늘어서 있는 건 세련된 맛이라곤 하나 없는 소형컴퓨터 세 대와 잡다한 서류를 쑤셔 넣은 파일 홀더, 뒤쪽에 놓인 투박한 구식 프린터 한 대뿐이다.

멋 같은 건 있으나 마나 한 곳이니 상관은 없다.

여기는 도서관이다.

문화의 전당인 도서관이 어째서 온통 억새만 무성한 비탈 한가운데에 있는지 여기저기서 말들이 많다. 올봄 이곳에 배치되어 신참으로 들어온 후미코도 내심 한숨을 쉬며 불평한 적이 부지기수다.

애초에 이런 인적도 없는 곳에 도서관이 웬 말인지.

관계자들이야 그럴싸한 이유를 늘어놓는다. 아키바(秋庭)시의 중앙 도서관은 시 한가운데를 가로지르는 철도를 기준으로 이곳과 정반대인 남쪽에 있었다. 거리로는 10킬로미터나 떨어진 먼 곳이다. 주민들에게 골고루 평생학습의 기회를 제공해야 하는 시의 정책상 인구밀도가 낮은 북쪽 지역에도 공립도서관은 필수적인데, 어려운 시의 재정 상황을 고려하면 준공만으로도 막대한 비용이 드는 도서관을 지을만한 적당한 부지가 이곳 외에는 없었다는 것이다.

적당히 맞장구친 뒤 도망치고 싶어질 만큼 사연이 구구절절하다. 내뺀다 한들 전혀 개의치 않는다는 듯이. 이제 와 이러쿵저러쿵해봤자, 일단 이 세상에 모습을 드러낸 지하 1층에 지상

2층짜리 콘크리트 건물을 어쩌랴.

시의회에 도서관 북부 분관 건설 계획 예산안이 제출되고 통과한 시점에서는 아직 팽창 상태였던 거품경제가, 도서관심의회 결성과 건설준비실 설치라는 관공서 특유의 비능률적인 업무 흐름을 미처 기다리지 못하고 점점 수그러들더니 급기야 용지를 매수해야 하는 결정적인 시기에 온데간데없이 붕괴해 버린 데에 모든 원인이 있었다. 전국적으로 미처 날뛰던 거품경제가 붕괴된 후, 거센 후폭풍이 다양한 형태로 많은 곳에 영향을 주었다. 시에 거액의 법인세를 내던 모 자동차 회사가 공장을 철수하게 되면서 도서관 북부 분관 건설 계획에도 제동이 걸리고 말았다. 사기업에 의존하는 지자체의 취약점을 입증하듯 시의 재정은 단번에 30퍼센트나 줄어들었다.

경기가 좋든 나쁘든 아기는 태어난다. 아이는 성장하고 학령기가 된다. 쓰레기는 매일 생겨나고 태풍은 피해를 남기고 인플루엔자는 유행하고 자동차는 아스팔트 위를 분주히 돌아다닌다. 여기처럼 약소한 지방 도시의 회계 상황은 대출에 허덕이는 샐러리맨 가정과 별반 차이가 없다. 경기 불황에는 식비와 수도광열비, 주민세, 학비 같은 최소한의 생활비나마 감당할 수 있다면 감지덕지하는 수준으로 전락한다. 이런 긴급 상황에서 무엇을 절약해야 할까. 이 또한 위태로운 가계부를 앞에 둔 신년 가족회의를 연상하면 된다. 재정 위기 상황에서는 아버지의 용돈이나 엄마의 화장품비가 가장 먼저 깎이기 마련이다.

결국 요약하자면 북부 분관을 위한 부지 매수비는 계획 도중

깨끗이 사라져 제로가 되어버렸다.

도서관? 재정 위기인 마당에 그런 무사태평한 곳에 귀한 세금을 쓸 여유는 없다.

그대로 뒀다간 나중에 경기가 나아질 때까지 보류한다는 그럴싸한 핑계와 함께 분관 개설 자체가 공중 분해될 판이었다. 그때 구원의 신이 손을 내밀었다.

"우리 땅을 기부해 줄까?"

믿기 힘들 만큼 통 큰 말과 함께 그야말로 신과 같은 존재가 나타난 것이다. 지역에서는 '아키바(秋葉) 나리'로 통하는 분이다. 시의 이름과 발음이 같아 구별하기 힘든 건 결코 우연이 아니다. 애초에 수백 년 전까지 이 일대는 아키바 문벌이라는 호족이 기반을 잡고 세력을 떨쳤다. 에도 시대부터 지명의 한자 표기가 '아키바(秋庭)'로 바뀌긴 했지만, '아키바 나리'의 조상인 아키바 문벌은 농민 신분으로 은연중에 세력을 장악해 가며 명맥을 이어왔다. 지역민에게 아키바는 대단한 가문의 사람인 셈이다. 유력호족의 후손답게 그는 남다른 규모의 토지를 소유하고 있었는데, 때마침 삼대째 이어온 상속에서 분쟁이 발생한 300평 정도의 토지가 시의 경계 근처 절벽 아래에 있었다. '아키바 나리'는 가능한 한 자기 대에서 이 땅 문제를 마무리하길 원했고, '팔만 아키바 시민의 문화 발전'을 전면에 내세워 도서관 증설을 선거 공약으로 걸었던 현 시장으로서도 계획이 미뤄지는 건 바라는 바가 아니었다. 가뜩이나 지자체라는 대형 선박은 한번 진로를 정하면 방향을 전환하기보다 그대로 나아가는 편이 훨씬 수월하기도 했다. 이래저래 각계각층의 이해관계가 맞아떨어진 결과, 그야말로 시의 변두리이다 못해 해발 600미터의 산 초입에 문화의 전당 시립 아키바(秋葉) 도서관이 만들어졌다. 명칭이 좀 헷갈려도 양해해 주길 바란다. 감격에 찬 시장이 기어이 도서관에 기부자 이름을 붙이고 싶다고 주장한 결과다.

채용되던 당시 들었던 위의 설명을 떠올리면서 후미코가 일곱 번째로 새어 나오는 하품과 씨름하고 있을 때, 바로 등 뒤에서 전화벨 소리가 정적을 깨뜨렸다.

온몸의 세포 가운데 일부만이 선잠에 빠져 있었나 보다. 몇 초 지나서야 겨우 전화벨 소리를 알아차린 후미코보다 더 재빨리, 벨이 두 번 울리자마자 옆에서 기다란 손가락이 수화기를 집어 들었다.

"네, 아키바 도서관입니다."

어째서 이 사람은 늘 이토록 가뿐한 목소리가 나오는 걸까. 전화가 울리기 전까지 파티션 그늘 밑에서 선잠 정도가 아니라 곯아떨어져 있었던 주제에. 새삼 의문이 든 후미코는 목소리 주인을 바라봤다.

사무실에서는 눈 좀 붙이려 해도 관장이 버티고 있다. 카운터에서 꾸벅꾸벅 졸기라도 할라치면 수는 적지만 이용자인 시민의 눈이 번득인다. 그렇다 보니 지금 전화를 받은, 만성 수면 부족인 저 사람은 혼자만의 해결책을 고안해 냈다. 카운터 한 구석에 1미터쯤 되는 공간을 파티션으로 가로막아 개인실을 만든 다음 큼지막하게 '작업 중'이라고 안내문을 써 붙여둔 것이다. 사람들은 보통 도서관 직원이라고 하면 고도의 전문성을 갖춘 채 섬세한 기술을 구사하여 이용자의 요구에 답해주는 존재라고 믿고 있는 것 같다. 이 안내문을 보면 선량한 이용자는 물론이고 사람 좋은 관장까지 속아 넘어가 얼씬도 하지 않는다. 같이 일하는 평사원들은 그에게 특수한 사정이 있다는 걸 알기에 졸음이 쏟아지는 오후 한 시간 정도의 이 '작업' 시간은 묵인해 주고 있다. 그 대신 이때만큼은 모든 전화를 그가 받아 처리한다. 더구나 그는 약이 오를 만큼 쓸데없이 잠귀가 밝다. 깊이 잠들었다가도 곧장 산뜻한 표정으로 근무 태세에 돌입하는 재주를 지녔다.

후미코의 속도 모른 채 목소리 주인은 전화에 또박또박 응대한 뒤 곧장 보류 버튼을 누르며 수화기를 내려놓고 일어서더니 태연스레 크게 기지개를 켰다.

"점심만 먹고 나면 졸려서 미치겠네."

"노세 씨, 조용히 좀 하세요. 이용자들이 듣겠어요."

후미코가 쏘아봤다. 노세는 변함없이 부스스한 머리칼을 쓸어올리면서 평온한 얼굴로 되묻는다.

"이용자가 어딨지? 내 눈엔 아무도 안 보이는데."

그러더니 방금 적은 메모로 시선을 떨어뜨린다.

"장서에 관한 문의예요?"

"그게 말이지."

머리칼을 매만지다가 그대로 머리를 박박 긁었다. 그는 나이에 비해 흰머리가 많은 편이었다. 처음 그를 대면하는 사람은 학자처럼 보이게 하는 새치와 커다란 키, 근엄해 보이는 안경에 주춤한다. 이 풍채로 카운터 뒤에 떡하니 앉아 있으면 주위를 낱낱이 지켜보는 듯한 위엄을 자아낸다. 다만 노세가 입을 열기 전까지만이다. 겉보기와 달리 평온한 음성으로 사투리를 구사하는 순간, 별안간 그는 친근한 아저씨로 변모한다. 긴 머리칼에 가려진 눈이 작은 동물처럼 묘하게 귀여워 보이는 탓도 있을 것이다.

"옆 도시에 있는 도서관에서 긴급 대출 의뢰가 들어왔어. 얄미운 말투로 '그쪽 도서관이라면 아무도 대출하지 않을 테니 분명 서가에 있을 거예요'라고 단언하잖아. ……그런데 그게 사실이라는 게 슬프군. 잠깐 다녀올게."

노세는 데이터베이스에서 검색조차 하지 않고 곧장 도서실 구석으로 향한다. 머릿속에 아키바 도서관이 소장한 장서 데이터를 모조리 주입해 두기라도 한 것 같다. 후미코는 이런 점 때문에 도저히 그를 만만히 여길 수가 없었다.

도서관은 서가에 없는 책을 이용자가 요구한 경우, 협정을 맺은 근처 도시의 도서관에 도움을 요청할 수 있다. 그럴 때면 대출 실적이 낮은, 말 그대로 한가한 도서관일수록 책이 남아돈다는 이유로 많은 연락을 받게 된다. '책을 소장'하기보다 이용자에게 '책을 빌려주는' 것이야말로 도서관이 존재하는 이유인데, 아키바 도서관은 허구한 날 주변 도서관의 요청이나 들어주고 있으니 자존심이 상하기도 한다.

얼마 지나지 않아 노세는 비즈니스 서적 한 권을 들고 돌아왔다. 신간은 아니지만, 경제 잡지의 서평란 따위에 실리며 점점 평가가 높아지고 있는 번역서다.

'좋은 책이에요.'

아키바 도서관의 베테랑 여자 사서인 히노의 진심 어린 한마디에 소장하게 되었는데, 애석하게도 최근 반년 동안 서가에서 먼지만 쌓여가고 있던 책을 노세가 막 꺼내 온 모양이었다. 아키바 도서관의 이용자들은 세계 경제에 별 관심이 없다 보니, 지금 전화를 걸어온 도서관이 위치한 도시의 눈썰미 좋은 비즈니스맨이 가로채게 된 셈이다. 노세는 다시 수화기를 들고 외선 버튼을 누른 뒤 상대에게 서적을 확보했으며 긴급히 배송하겠다는 취지의 말을 재빨리 전달했다. 그러나 여전히 수화기를 든 채였다. 상대가 예의를 차리며 감사의 말을 늘어놓고 있는 모양이었다. 인사가 끝났는지 노세가 천천히 말을 꺼냈다.

"그나저나 그쪽 도서관에서 곧 강연회를 개최하신다면서요? 평론가 겸 번역가인 ○○ 씨를 초대한다던데."

전화 너머로 희미하게 새어 나오는 기세 당당한 목소리를 그가 가로막았다.

"그렇죠, 아직 개최가 확정되지 않았다는 사실도 알고 있어요. 어디에서 들었냐고요? 아뇨, 누구한테 들은 건 아니고 그런 소문을…… 뭐, 누구인지는 상관없잖아요?"

이 일대는 물론 전국 도서관에 널리 퍼져 있는 동료한테서 들은 걸까. 아니면 대학 연구실에서 알게 된 연구자 네트워크라든가. 어쩌면 후미코로서는 더욱 짐작조차 불가능한 정보원한테 들은 것일지도 모른다. 인맥과 정보원이 풍부하고 복잡하다는 점도 노세를 베일에 싸인 인물로 보이게 하는 원인 중 하나였다.

"네, 그야 그 지역만으로도 신청이 쇄도하겠죠. 다른 도시에서까지 신청자를 받을 여유 같은 건 전혀 없다는 것도 압니다. 그래도 도와드리는 건 괜찮잖아요? 육체노동이든 뭐든 좋다는 도서관 직원 한 명 정도는요." 그러더니 노세는 결정적인 한마디를 꺼냈다. "신세 좀 질게요. 그리고 말이죠, 대단한 건 아닌데 비교문학론의 ○○ 씨 정도라면 제가 내년 강연회를 주선해드릴 수도…… 아, 좋다고요? 감사합니다. 그럼, 이 책은 오늘 중으로 보내드리죠."

"노세 씨, 뭔가 내친김에 굉장한 교섭을 하신 것 같네요?"

후미코는 천연덕스러운 얼굴로 수화기를 내려놓는 그에게 말을 걸었다.

"상대방의 처음 반응이 별로였어. '그거 다행이네요, 역시 그쪽 도서관에는 있었군요'라면서 노골적으로 안심하더군. 좀 더 다르게 말할 수도 있었을 텐데 말이야. 그때 마침 ○○ 씨한테 얼핏 들었던 이야기가 생각나더라고."

"굉장히 유명한 사람이잖아요. 강연료도 비싸서 우리 시에서는 섭외도 못 할 테니까. 무리한 말을 해서라도 들으러 가고 싶어 하는 마음도 이해해요."

그는 무슨 바보 같은 소리를 하냐는 듯이 후미코를 내려다봤다.

"아닌데. 후미코 네가 갈 거야."

"제가요?"

"○○ 씨 강연을 들은 적이 없을 거 아냐. 그 양반도 나이가 들고 점점 쇠약해져서 언제까지 만족스러운 강연을 할 수 있을지 알 수 없다고. 몸은 그렇다 쳐도 두뇌 쪽이 앞으로 몇 년이나 현역으로 활약해 줄지. 좋은 기회니까 지금 들어 둬. 이것도 공부야."

후미코는 휘둥그레진 눈으로 고개를 끄덕였다. 여기 도서관에 배치된 지 일곱 달째 접어들면서 선배 사서 둘에게서 신입 교육이라는 명목 아래 얼마나 많은 책을 읽고 무수한 사람의 이야기를 청강하러 가야만 했는지. 사회에 나와 정식으로 독립을 시작한 후미코의 좁은 아파트에는 읽어야 할 책들이 늘 산더미처럼 쌓여 있었다. 대학 시절과는 비교도 되지 않는 독서량을 강요당하고 있다. 수십 권이나 되는 필독서 목록을 건네받는 것에 비하면 이번에는 두 시간 정도의 강연만 들으면 되니 편한 셈이다. 그러다 문득 후미코는 한 가지 말이 떠올랐다.

"보내주시는 건 감사한데요, 아까 그 말은 뭐죠? '육체노동이든 뭐든 좋다는 도서관 직원'이라고 그러셨잖아요."

"말 그대로야. 무거운 짐도 못 옮겨서야 도서관 직원으로 일할 수 있겠어? 행사장 의자 정도는 전부 혼자서 나르겠다는 마음으로 잘 살펴보고 오도록."

이런 점도 고마워해야 하나. 대답이 궁색해진 후미코 옆에서 노세는 재차 기지개를 켠다.

"역시 운동이 효과가 좋네. 서가까지 왔다 갔다 했더니 잠이 깼어."

"어젯밤에 또 밤새신 거예요?"

후미코는 아까보다 부드러워진 눈으로 노세를 바라봤다.

"새벽 4시쯤 잤어. 괜찮아, 오늘은 집에 가면 일단 밥도 건너뛰고 바로 잘 거야. 또 밤새야 할지도 모르니까."

그러더니 노세는 막 생각난 듯 물었다.

"네가 오늘 당직인가?"

후미코가 고개를 끄덕이니 그의 표정이 약간 진지해졌다.

"어쩔 수 없이 오늘도 난 먼저 퇴근해야 하는데, 괜찮겠어?"

공무원은 평일에는 보통 오후 5시까지 근무하지만, 도서관은 오후 7시까지 열기 때문에 나머지 시간은 교대로 당직을 선다.

"괜찮아요. 제가 게릴라 부대를 말끔하게 퇴장시킬 테니까요."

노세는 가볍게 고개를 끄덕였다.

"사무실 소속의 쿠도 씨가 남겠다고 했으니까. 만약 정말 곤란한 일이 생기면 내선으로 사무실에 연락하면 돼. 뭐, 위험한 일이야 없겠지만 일단 조심하라고."

괴상한 침입자가 늘어난 건 닷새쯤 전부터였다.

"쟤들 뭐야, 신종 담력 훈련 같은 건가?"

사흘째 악동들을 내쫓은 뒤에 노세는 기가 막힌 듯 중얼거렸다.

"아마 그런 거겠죠. 그나저나 노세 씨, 요즘 누가 담력 훈련이라고 해요. 재네는 그런 말 안 쓸걸요?"

아키바 도서관에서는 항상 폐관 십 분 전부터 클래식 음악을 틀어놓고 직원이 관내 순찰을 하며 이용자들이 신속하게 귀가하도록 재촉하기 시작한다. 이용자들이 모두 돌아가고 무사히 하루가 끝나면 정문의 자동문 전원을 내리고 관내 문단속을 하면서 화재 위험은 없는지 확인한 뒤에야 직원도 안심하고 퇴근한다.

처음에 그들과 마주친 건 후미코였다. 입동이 가까워지며 일찌감치 날이 저문 토요일. 슈베르트 교향곡에 걸음을 맞추며 텅 빈 2층 열람실을 순찰하던 후미코는 이상한 기척을 느꼈다. 뒤를 돌아보면 아무도 없다. 하지만 확실히 누군가 있다. 키 큰 서가 사이에 가려져 보이지는 않는데 숨소리가 들린다. 꼼지락 꼼지락 옷깃 스치는 소리까지. 한 사람은 아니다. 후미코는 모른 척 계속 걸었다. 그러자 이번에는 숨죽인 채 키득거리는 소리까지 똑똑히 들려왔다.

'아, 진짜 뭐야.'

시선을 고정한 채 후미코는 묵직해 보이는 법률 전서가 늘어선 서가 사이를 걸으며 혀를 찼다. 이 두툼한 법률책을 번쩍 들고 위협하면 상대가 조금쯤은 겁을 먹을까. 그러나 너그러운 후미코는 빈손으로 서가 끝까지 갔다가 획 뒤돌아봤다. 상대는 그녀의 걸음에 맞춰 등 뒤로 몰래 지나가려다가 완전히 허를 찔리자 후다닥 도망쳤다. 발칙하게도 막말까지 남기고.

"젠장!"

"이 녀석들! 거기 안 서!"

"저 녀석들은 뭐야."

후미코가 괘씸한 녀석들을 쫓아 계단을 달려 내려오자, 정문 옆에 서 있던 노세가 어이없는 표정으로 그들을 바라보고 있었다.

"정말 못 말리겠네. 쟤들, 2층에서 저를 상대로 숨바꼭질하고 있었다니까요."

대체로 흐리고 으스스한 날이었다. 듬성듬성 설치된 가로등은 오히려 저녁 풍경을 스산하게 만들 뿐이었다. 그 보랏빛으로 희미한 외길을 힘껏 달려가며 멀어지는 자그마한 사람 그림자. 전부 셋이다.

"숨바꼭질?"

노세가 성난 표정으로 되묻는데도 후미코의 시선은 여전히 그들을 쫓고 있었다.

"네. 잘 숨어 있다가 폐관한 뒤에도 도서관에 남아 있을 작정이었나 봐요."

아직 초등학생이겠지. 재밌다는 듯 쿡쿡 웃던 앳된 목소리. 그 자그마한 체구와 이런 분별없는 짓을 실행에 옮기는 발상. 그래서 후미코는 보이지 않는 누군가와 2층을 돌아다니면서도 무섭다는 생각이 전혀 들지 않았다.

"하긴, 그런 생각을 했을 법도 하네." 노세도 쓴웃음을 지었다. "그 나이 때는 스릴을 즐기니까. 아무도 없는 도서관에서 우리를 감쪽같이 속이고 남게 된다면 친구들 사이에서 조금쯤 으스댈 수 있겠지. 무용담 같은 거랄까."

"캄캄한 도서관에 갇히는 게 뭐가 즐거울까요. 학교만큼은 아니어도 이 정도 크기의 건물에 혼자 남겨지면 꽤 무서울 것 같은데요."

"걔들은 거기까지 생각 못 하지. 막상 그런 처지가 되면 이제 무섭다고 울며불며 난리 칠 거야."

그날 이후 매일 같이 '도서관 잔류 게임'에 도전하는 녀석이 나타났다. 모두 남자애들이었다.

"저 나이대 남자애들은 쓸데없이 넘치는 에너지를 주체하지 못하는 법이지."

노세가 감탄한 듯 중얼거렸다. 지금으로서는 도서관 측에서도 너그러이 봐주고 있다. 물론 아이들을 붙잡으면 놓아주기 전에 단단히 주의를 준다. 그러나 다음 날이 되면 새로운 얼굴이 나타난다. 마치 두더지 잡기 게임 같다.

게다가 아이들은 나날이 성장한다. 그들도 서서히 전술을 짜기 시작했다. 그래봤자 초등학생이 하는 생각은 뻔하다. 검색용 컴퓨터 밑에 숨은 아이를 끌어내던 히노는, 케이블을 몸에 휘감고 전원 플러그를 손에 쥔 모습을 보고 비명을 질렀다. 아이가 아니라 막 전원이 꺼진 컴퓨터가 걱정되었기 때문이다. 열람실 소파 아래에 숨은 아이도 있었다.

노세와 위 대화를 나누던 날에 후미코가 발견한 소년은 상당히 기발한 아이디어의 소유자였다. 소년은 서가 위로 올라가 몸을 누인 채 조용히 있을 작정이었던 모양이다. 아이에게 높이 2미터의 서가는 올려다볼 만큼 높았으니 그 위에 올라가 납작하게 붙어 있으면 절대 아래쪽에서는 보이지 않을 거라고 생각했겠지만, 아무리 체형이 작은 후미코라도 키가 120센티미터 정도로 작지는 않았다.

"고생이 많네."

먼지투성이 아이를 끌어내리며 후미코는 무심코 중얼거렸다. 대체 이 아이는 어떻게 저기까지 올라간 걸까. 채 묻기도 전에 상대는 요란하게 재채기하더니 잽싸게 도망가 버렸다.

"슬슬 감당하기 힘들어지네. 학교에 주의를 줘야 할까."

다음 날 아침 회의에서 후미코가 전날 있었던 일을 보고하자, 관장이 그렇게 말을 꺼냈다.

"그나저나 걔들은 어느 학교 애들이야?"

"키타 초등학교교예요." 후미코가 대답했다. 여기 도서관에서 가장 가까운 초등학교다. "어제 온 아이가 착실하게 명찰을 달고 있더라고요. 키타초 3학년이었어요."

"모두 키타 초등학교교 학생인 것 같아요. 한두 명에게 자초지종을 캐물어서 확인했거든요. 매일 다른 얼굴이 교대로 나타나는 통에 확신할 순 없지만, 이 장난에 스무 명 가까운 애들이 동참하는 듯해요. 슬프다고 해야 할지 예상대로라고 해야 할지, 지금껏 우리 도서관을 이용하던 녀석은 한 명도 없는 것 같고요. 아무래도 시설 견학이 이 유행의 발단이 아닌가 싶어요."

노세의 말에 관장은 고개를 끄덕였다.

　"가을이 되면 여러 초등학교에서 시설 견학 의뢰가 들어오니까. 커리큘럼으로 정해져 있을 거야."

　"사회 과목의 체험학습 같은 거죠. 우리 시에는 마땅한 공공 시설이 없으니까요. 어느 초등학교든 판에 박은 듯이 한 번은 여기를 견학하고 다음은 고분 유적지에 가는 식으로 한 단원을 마무리하는 모양이에요."

　"그거 아세요? 그 두 곳이 인기 있는 이유. 우리 도서관은 화장실이 완비된 데다 아이들이 사용할 수 있는 컴퓨터도 있잖아요. 우리 시에는 아이들이 눈치 보지 않고 실컷 사용할 수 있는 컴퓨터 같은 게 설치된 곳이 그리 많지 않으니까요. 게다가 고분 유적지는 볕이 좋고 기분 좋은 잔디밭도 있고 갑작스러운 비를 피할 수 있는 정자도 있죠. 아, 휴식용 벤치도요."

　히노의 보충 설명에 관장은 서글픈 듯한 표정을 지었다.

　"우리 도서관은 시설 본래의 용도와는 관계없는 부분에서 고평가받고 있다는 거로군."

　"여하튼 관장님. 다시 원점으로 돌아가면 올해에 견학을 왔던 학교는 모두 세 곳이지만, 다행히 지금까지 문제를 일으킨 건 키타 초등학교교 학생들뿐이에요."

　"여기저기 초등학교에서 한꺼번에 이런 게임을 시작했다가는 도저히 감당 못 하지. 키타 초등학교교라…, 거기 교장이라면 올해 막 부임한 사람일 텐데…."

　관장이 고개를 갸웃거렸다. 서로가 시의 교육위원회에 소속

된 관리직이다.

"안면이야 있지만 전화 한 통으로 부탁할 만큼 친하지는 않아서 말이야. 공문까지 보내면서 요란을 떨고 싶지도 않고……"

"애들한테 교장 선생님은 머나먼 존재인 데다 공문으로는 대단한 효과를 얻긴 힘들 것 같아요." 히노가 중얼거렸다. "도서관을 원활하게 운영할 수 있도록 귀교 아동을 향한 교육적 배려를 어쩌고저쩌고…, 라는 식으로 종이 한 장을 보내봤자, 받는 쪽도 형식적인 선에서 조례 때 한마디 내뱉고 끝내겠죠."

"하긴, 그럴지도 모르겠어. 큰 사고로 이어질 기미는 없어 보이니 일단 좀 더 조용히 지켜보기로 하지."

관장은 쓴웃음을 지으며 이 문제를 일단락지었다.

"아니, 어째서 여기 선반이 이렇게나 꽉 찬 거죠?"

회의를 마친 후미코는 개관을 위해 기합을 넣고 카운터에 나왔다가 뒤쪽 선반을 보더니 작게 비명을 질렀다.

"굉장하죠?" 사무실 소속인 쿠도가 옆으로 다가왔다. "이렇게나 빨리 분실물 선반이 가득 찬 건 처음이에요. 지난달 말에 선반을 비운 뒤로 겨우 닷새밖에 안 지났잖아요. 아무래도 여유 공간을 더 확보해야 할 것 같아요."

역의 분실물 담당 부서만큼은 아니지만, 도서관에도 난데없이 나타나는 분실물이 있다. 금전 같은 귀중품류는 파출소에 보낸다. 하지만 어린이 학용품이나 우산, 옷가지 같은 물건은 일일이 파출소에 보낼 수도 없다. 게다가 한두 주 안에 물건 주인이 나타나는 경우도 간간이 있었다. 도서관에 오는 이들은 대부분 다시 방문하게 된다. 당연한 얘기지만 책을 빌려 간 사람은 책을 반납하러 와야 하기 때문이다.

그래서 카운터 뒤에 전용 선반을 한 단 설치해서 분실물을 전시해 두고 있다. 도서관에 들어서면 어쩔 수 없이 한눈에 들어오는 장소다. 요즘은 누가 쓰다 만 노트라든가 양말이라든가 윗도리 따위를 슬쩍 들고 갈 만큼 별난 사람도 없다. 열람실에서 양말을 주웠을 때 후미코는 그만 이성을 잃고 소리를 지르고 말았다.

"대체 왜 도서관에서 양말을 벗는 건데!"

만약을 위해 수령인의 이름과 전화번호를 기록한 다음에 찾아갈 수 있도록 해두었다. 그래서 지금껏 문제가 된 적은 한 번도 없었다. 상당히 심플하고 합리적인 해결책이다. 그런데 올 11월에는 난생처음 분실물이 빠른 속도로 늘어나고 있었다.

후미코는 선반을 차례로 살펴보았다. 스포츠가방 안에 든 티셔츠. 역시나 소형 배낭에 쑤셔 넣은 양말과 팬티. 사이즈는 어린이용이다. 어느 것이든 슬슬 재활용 수거에 내놓을 법한 낡은 물건이다. 벗어뒀다가 깜빡한 윗도리나 문구류라면 도서관의 특성상 쉽게 이해할 수 있다. 하지만 왜 이런 속옷을 도서관에 들고 오는 건지.

"이건 뭐…… 오래 쓴 탓에 낡아서 걸레로나 써야 할 것 같은데요. 게다가 몇 벌씩이나 들어있네."

그 옆에는 아이가 소풍에 가져갈 듯한 자그마한 스테인리스제 물통이 있었다.

"이제 목이 마를 계절도 아닌데."

"그건 어제 속이 빈 채로 카운터 위에 번듯하게 놓여 있었어요."

그날 오후가 되자 이 사태에 못을 박는 듯한 물건이 나타났다.

"뒤편에 이런 게 놓여 있었는데요."

관내를 청소하는 아주머니가 무척이나 곤란한 얼굴로 질질 끌고 온 물건을 보고 후미코는 입이 떡 벌어졌다. 시커먼 기타 케이스. 카운터 위로 올리니 흡사 뭍에 올라온 돌고래처럼 공간을 차지한다. 위쪽 덮개 한 면에는 M·H라는 이니셜이 은색 아크릴 물감 같은 걸로 제법 예쁘게 그려져 있었다. 잠금장치에 붙어 있던 낙엽을 떨어내고 뚜껑을 연 후미코는 다시 경악을 금치 못했다.

"이게 뭐죠?"

그 안에는 컵라면이 빼곡히 담겨 있었다.

"아이고, 어쩐지 보기와 다르게 가볍다 싶더라니."

들여다보던 아주머니도 신기해한다.

"어째서 이런 게 들어있는 걸까요?" 후미코는 기가 차서 중얼거렸다. "이거 어디에 있었어요?"

"뒤편에 벚나무 있잖아요. 거기 아래쪽에요. 세 시쯤 발견하긴 했는데요. 분실물이라기엔 이상하잖아요. 도서관 안에 들고 가면 안 된다고 생각한 사람이 여기에 둔 건가 싶었죠. 그때부터 틈틈이 신경은 쓰고 있었는데 계속 그 상태더라니까요. 확인할 때마다 낙엽이 점점 쌓여가고 비도 올 것 같아서 일단 안에 들여놓는 편이 좋을 듯싶어서요."

후미코는 어둑해지는 창밖을 바라봤다. 요즘 툭하면 비가 내리곤 했다. 일기예보대로 오늘도 곧장 비가 쏟아질 듯한 날씨였다. 도서관 밖에서 일단 비를 피할 수 있을 만한 장소에 물건을 두고 안으로 들어왔다가 집에 돌아갈 때 그만 깜빡 잊어버렸다던가…. 그나마 가장 있을 법한 가정이었다.

"곧 찾으러 오겠죠."

2시 반이 지나면 초등학교는 하교가 시작된다. 한가한 도서관도 이 시간 때에는 이따금 사람이 붐빈다. 오늘도 숙제를 내준 선생님이 있었는지 책가방을 멘 아이들이 삼삼오오 카운터로 몰려들었다.

"언니, 빨리요."

"빨리 집에 가고 싶어요."

"어두워지면 무섭단 말이에요."

제각기 조잘대는 여자애들의 얼굴을 후미코는 미소 띤 얼굴로 들여다봤다.

"집에 가는 길이 어두워서 무섭니?"

자못 심각한 몇몇 얼굴이 일제히 고개를 저었다.

"그게 아니라요. 여기에 있는 게 무서워요."

"왜 도서관이 무서운데?"

후미코는 몸을 앞으로 내밀었다. 아이들의 말이지만 흘려들을 수는 없었다. 여자애들은 진지한 표정으로 후미코를 빤히 바라보더니 서로 얼굴을 맞댔다.

어쩌지? 이 아줌마한테도 가르쳐줄까? 하고 고민하는 눈치다.

이윽고 한 아이가 입을 열었다.

"도서관 컴퓨터가 무서운 세상으로 연결되어 있거든요."

"뭐?"

이 나이대 아이들에게 관내 랜선과 인터넷 회선을 이용한 외부 데이터베이스 검색 시스템을 설명했던가. 게다가 명찰을 보니 키타 초등학교교 3학년이다.

"다들 그러던데요. 어두워지면 여기 컴퓨터에 빨려 들어간다고."

"잠깐만. 내가 알아들을 수 있게 말해줄래?"

그러자 여자애들은 입을 모아 떠들어대기 시작했다.

"2반의 키노시타가 그랬어요. 해골 같은 손이 컴퓨터에서 나온대요."

"소름 끼쳐, 이토는 어떤 여자가 부른다고 그러던걸."

"아냐, 블랙홀이랬어. 아베가 자기만 진실을 알고 있다던데. 이제 자기 차례래. 용기가 있는 건 자기뿐이라면서."

"걔 말을 믿어? 늘 히라노 패거리한테 들러붙어서는 헛소리나 하잖아."

여자애들이란 이야기에 열중하면 어째서 말투가 수다스러워지는 걸까.

후미코는 난처해하면서도 여자애들의 대화를 이해하려고 애썼다. 괴상한 분실물에 관해서는 깡그리 잊은 채였다.

"기타 케이스만 두고 갔다는 건가?"

아키바는 접대용 차를 홀짝이며 목소리를 높였다. 지역 유지인 그는 종종 도서관에 얼굴을 비친다. 여전히 아키바 도서관이 자신의 관할영역에 있다고 생각하는 모양이다. 밭을 둘러보거나 뒷산의 참마가 잘 자라는지 확인하는 것처럼 우리 도서관에 이상은 없는지 겸사겸사 살피러 온다.

"사람들한테 나눠주게. 조금은 이용자가 늘어날지도 모르니까."

그런 말과 함께 집 뒤뜰에서 딴 감을 양동이에 한가득 담아 건네곤 하는데 고마운 일이기는 하지만 조금 부담스럽기도 했다. 사무실에 들어설 때 던지는 대사도 늘 한결같다.

"뭐 이상한 일은 없었나?"

오늘도 그런 아키바에게 쿠도가 덜렁대는 사람의 이야기를 해주는 중이었다.

"다행히 이틀도 안 돼서 주인이 나타나기는 했는데, 잔뜩 화가 났더라고요. 우연히 도서관에 왔다가 자기 거랑 완전히 똑같은 기타 케이스가 있다는 안내문이 붙은 걸 보고 깜짝 놀랐대요. 자기 것이 틀림없다면서요. 최근에는 지겨워져서 몇 주 동안은 만진 적이 없었는데, 남동생이 만지작거리는 걸 본 기억이 있다면서 아마 걔가 그런 것 같다더군요."

'아, 진짜 어이가 없네, 그 자식!' 화가 머리끝까지 난 형은 남동생을 살벌하게 욕하면서 집으로 돌아갔다고 한다.

"게다가 뒷이야기가 더 있어요."

쿠도가 차분한 목소리로 말을 이었다. 등지고 있던 후미코는 데이터를 입력하던 손을 멈추고 이야기에 귀를 기울였다. 그녀가 근무하지 않은 주말에 분실물 주인이 나타나는 바람에 기타 케이스에 대한 뒷이야기는 듣지 못했었다. 후미코가 오늘 아침 출근했을 때는 이미 '기타 케이스 분실물 찾아가세요'라는 안내문이 사라진 뒤였다. 부피가 커서 분실물 선반이 아닌 직원 탈의실 바닥에 둬야 했던 애물단지와 함께.

"그날 저녁에 그 사람이 남동생을 데리고 다시 왔더라고요."

"사과하러?"

"아뇨, 그 안에 자기 물건이 아닌 게 들어 있었대요."

끼익. 의자가 삐거덕거리는 소리가 들렸다. 사무실 건너편에서 일하던(쪽잠을 자던) 노세까지 이쪽을 돌아보고 있었다. 이 이야기는 노세도 처음 듣는 모양이었다.

"자기 게 아닌 물건이라니, 그게 뭐였나?"

아키바가 묻자, 쿠도는 조금 뜸을 들인 뒤 말했다.

"컵라면 열두 개요."

"열두 개씩이나?"

모두가 기대에 차서 지켜보는 가운데, 아키바는 역시나 얼빠진 목소리를 냈다.

"동생 쪽 이야기를 들어보니 자랑할 생각에 형의 기타를 들고나왔다나 봐요. 그리고는 여기 뒤뜰에서 친구한테 실컷 자랑하다가 문득 정신을 차려보니 시간이 완전히 늦어져서 허둥지둥 집에 돌아왔는데 그만 케이스를 깜빡 두고 온 거죠. 어쩔 수 없이 기타 본체만 집에 숨겨놨었대요."

"그렇다면 그 이후에 누군가가 남겨진 기타 케이스 안에 컵라면을 넣어뒀다는 건가? 그러고는 얌전히 도서관 뒤뜰에 내버려뒀다?"

"뭐, 그런 셈이죠. 건네줄 때 안까지 확인해 주지 않은 이쪽도 잘못은 있지만요. 형은 집에 돌아가서 케이스 안을 열었다가 너무 놀라서 남동생한테 네 짓이냐며 추궁했대요. 하지만 남동생도 모르는 일이라고 했나 봐요. 그렇게나 잔뜩 들어 있으니 오히려 꺼림칙한 데다, 주인이 누군지는 몰라도 일단 도서관에 돌려주는 게 옳다고 생각해서 가져온 거죠."

"수수께끼로군." 아키바가 즐거운 듯 말했다. 그는 이처럼 기묘한 이야기를 굉장히 좋아했다. "어째서 주운 기타 케이스 안에 컵라면을 가득 넣어둔 거지? 애당초 그런 커다란 걸 만지는 모습을 본 사람이 아무도 없는 건가?"

"네, 아무도요. 처음에 발견했던 아주머니는 인지한 후에도 은연중에 한동안 주시하고 있었다는데 사람 그림자도 못 봤대요. 그래도 줄곧 옆에서 지키고 있던 것도 아니니까 누구든 접근할 수는 있었겠지만요."

"열두 개라면 꽤 부피가 컸겠군."

"그건 여기에……"

쿠도가 커다란 비닐봉지를 꺼내 왔다. 백문이 불여일견, 설명하는 것보다 보여주는 편이 빠르니까. 아키바는 흥미진진하게 안을 들여다봤다.

"흠, 유명한 브랜드 상품에다 맛도 다양하군. 그나저나 몸에 안 좋다고들 하면서도 다들 이걸 참 좋아한단 말이야. 하긴, 우리 가게에서도 판매하는 물건이니 나쁘게 말할 순 없네만."

아키바는 시의 근교에 단 하나뿐인 편의점의 경영자이기도 하다.

"나 같은 노인도 그렇고 젊은이들부터 애들까지 애용하니까. 얼마 전에는 아침마다 등굣길에 우리 가게에 들러서 컵라면을 사 가던 초등학생까지 있었다네. 매일 아침 첫 번째 선반에서 손에 잡히는 대로 집어 들고는 아저씨 이거 주세요, 한다니까."

"등교 전에 가게에서 먹고 가는 거예요?"

후미코는 얼굴을 찡그렸다. 그리 건강한 아침밥은 아니다.

"그게 참, 안 먹는다니까. 그러니 괜히 신경 쓰이지. 하굣길이라면 그럴 만도 하네만. 아무래도 장사다 보니 군것질은 안 된다고 잔소리는 안 하고 그냥 팔아. 혼내기라도 해봐, 요즘 부모들은 오히려 따지러 온다니까. 어쨌든 그 아이는 반드시 아침에 컵라면을 사는데 곧장 먹지도 않는다네. 소중히 가방에 넣어 가지."

"그러면 아침밥으로 사는 것도 아니군요. 그런 거였다면 뜨거운 물을 받아 그 자리에서 먹어 치웠을 텐데."

노세의 말에 아키바도 고개를 끄덕였다.

"나도 신경 쓰여서 한번 물어봤네. 아침밥을 안 먹냐고. 그랬더니 하굣길에 어딘가 친구네 집에 가서 게임 할 때 먹으려고 산 거라나. 그래도 매번 아침마다 그러니까. 열흘도 넘었어. 그나저나 이 라면은 어쩔 작정인가?"

"이대로 보관하려고요. 한 달이 지나도 주인이 안 나타나면 그때 가서 어떻게 처리할지 생각해야죠."

"고민이라 봤자 라면을 어찌 처분하느냐 정도로군. 여기는 귀찮은 일이라곤 아무것도 일어나지 않으니 좋겠구먼."

아키바가 부러워하니 관장이 쓴웃음을 짓는다.

"좋다고 해야 할지 모르겠네요. 이제 남은 건 개구쟁이 녀석들 장난에 골치가 아픈 일 정도지만요. 뭐, 평화롭긴 합니다."

"그건 또 무슨 이야기인가?"

아키바의 재촉에 관장이 도서관 잔류 게임 이야기를 꺼냈다. 초로의 두 남자가 애들의 무고한 장난에 한숨짓는 그림이야말로 살벌한 요즘 세상에서는 확실히 평화로워 보이기는 했다. 그런 생각을 하며 후미코는 다시 일에 전념했다.

그러나 그날 밤, 도서관 잔류 게임은 외부 사람까지 끌어들이는 소동으로 번졌다.

드디어 감시의 눈을 피해 도서관에 숨는 데 성공한 소년이 나타나고 만 것이다. 다만, 성공한 직후에 소년은 싱겁게 붙잡혔다. 근무를 마친 후미코와 노세가 직원 전용 출입구를 잠근 지 얼마 지나지 않아 도서관 안에서 경보가 울렸다. 사태를 파악한 두 사람이 곧장 도서관으로 되돌아갔지만 경보 오작동이라는 연락을 받지 못한 경비회사가 출동하는 소동이 빚어졌다. 도서관 내부에 보안시스템이 작동된 순간, 소년은 적외선 센서에 걸리고 말았다.

"저 아베인지 뭔지 하는 애는 대체 어떻게 숨어 있었던 거지?"

이미 어둠 속에서 울려 퍼진 커다란 경보음에 놀라 울음을 터뜨렸던 소년이, 경비원과 급히 달려온 부모에게 호되게 혼나는 바람에 더 크게 울면서 끌려가듯 돌아가고 나서야 관장이 피곤한 얼굴로 물었다. 그도 모처럼 일찍 퇴근했다가, 돌발상황이 발생했다는 통보를 받고 다시 불려온 것이었다.

"최근에는 애들을 쫓아내는 게 일이라 꼼꼼하게 체크하고 있었잖아."

"그 애는 여자 화장실 칸에 들어가 있었어요."

후미코의 설명에 관장은 뜻밖이라는 얼굴이었다.

"화장실이라면 전부 내가 직접 돌아봤는데. 칸마다 누가 없는지 제대로 확인도 했고."

"하지만 일일이 문을 열어보진 않으셨겠죠."

이미 퇴근한 뒤라 노세는 아키바 주류점에서 사 온 캔맥주를 손에 들고 있었다. 관장은 부럽다는 듯 맥주를 바라보면서 재차 반론했다.

"그야, 아무도 없다고 생각해도 여자 화장실을 들여다보기는 그렇잖은가. 하지만 발이 안 보였던 건 똑똑히 기억한다고."

아무나 출입이 가능한 도서관이니 방범에는 신경을 쓴다. 화장실은 카운터에서 잘 보이는 위치에 있고 각 칸의 문은 바닥에서 15센티미터 정도 틈을 두었다. 밑에서 들여다보기에는 좁더라도 안에 누군가 있다면 반드시 알 수 있도록.

"그걸 노린 거예요. 그 애는 변기 덮개 위에 올라가 있었거든요. 그러니 밖에서는 비어 있는 것처럼 보였던 거죠."

노세는 다시 맥주를 한 모금 들이켠 뒤 비닐봉지를 뒤져 맥주 한 캔을 더 꺼내더니 관장에게 내밀었다. 사람 좋은 관장은 노세의 설명에 입을 떡 벌린 채 맥주를 받아 들었다.

"이런, 세상에나…… 어떻게든 머리를 썼군. 그 열정을 공부에 쏟으면 좀 좋을까. 그렇게까지 도서관에 남는 게 대체 뭐가 재밌다는 건지."

"여기까지 오고 보니 오기가 생긴 거겠죠. 그런데 그 애, 이상한 말을 했어요. '이렇게 무서운 줄 알았다면 안 보는 편이 좋았는데…… 그래도 비결이 담긴 메모를 읽은 건 나뿐이니까'라던데요."

"비결이라니 그게 뭔데?"

"글쎄요."

관장의 물음에 후미코는 고개를 갸웃거렸다. 그것보다 신경쓰이는 점이 하나 더 있었다. 변기 뚜껑 위에 올라가 숨는다. 예전에도 누군가가 그런 짓을 했던 것 같은데.

노세는 빈 맥주 캔을 찌부러뜨리며 말을 툭 내뱉었다.

"그 소년과 대화를 나눠보고 싶은데. 비결이라는 게 뭔지. 어쩐지 그 녀석들, 놀이에 한해서는 지독히도 진지하군. 대체 목적이 뭘까?"

"목적 같은 건 없어요."

"그래? 엊그제 내가 붙잡았던 소년은 이런 말을 중얼거리던데. '언제쯤 다음 단계로 나아갈 수 있을까'라고. 무슨 뜻이냐고 물어도 더는 대답을 안 하더군."

"그러고 보니 도서관이 무섭다며 떠들어대던 여자애들도 있었어요." 후미코는 문득 생각나서 말했다. "최근 학교에서 이상한 소문이 퍼지고 있다나 봐요. 해가 진 뒤에는 도서관에 가면 안 된대요. 컴퓨터 화면에서 손이 튀어나와 그 안의 세계로 끌고 들어간다나요."

"그게 뭔 소리야."

눈을 부라리는 관장 옆에서 노세가 쓴웃음을 짓는다.

"도시 전설 같은 건가. 아까 그 녀석한테 이야기해 주면 겁먹을지도 모르겠군."

그런데 갑자기 노세는 말을 멈추더니 허공을 뚫어지게 바라봤다.

"왜 그러세요?"

"아냐, 아무것도." 노세는 고개를 저었다. "돌아가죠. 완전히 늦어 버렸네."

그리고 바로 다음 날. 이번에는 지역 전체가 뒤집히는 사건이 일어났다. 아이 셋이 밤이 되도록 집에 돌아오지 않은 것이다.

그날도 하루의 시작은 아무 일 없이 평온했다. 그러다 저녁 무렵, 카운터로 나온 후미코는 작은 변화를 알아차렸다.

"분실물을 찾으러 온 사람이 있었어요?"

어제까지 쿠도에게 골칫덩이였던 선반이 텅 비어 있었다.

"그렇다니까요. 아까 줄줄이 왔어요." 카운터를 지키던 아르바이트 아주머니가 대답했다. "남자애 두 명이 자기 거라면서 그 낡은 옷가지를 들고 돌아갔어요. 엄마가 재활용 쓰레기로 버리라고 하신 거 아니냐며 농담조로 물었더니, 어쩐지 창피한 듯한 표정을 짓더라니까요."

"그 추리가 맞아떨어진 건지도 모르겠네요."

호기심이 생긴 후미코는 분실물 기록 장부를 열어봤다. 분실물을 발견하면 그 날짜와 시간, 품목, 특징을 적어둔다. 수령인이 나타나면 그 이름과 연락처를 추가로 기록한 뒤 물건을 건네준다.

남색 배낭(안에 티셔츠 세 장) | 시노다 토오루 | 연락처 ××-××××

손가방(검정, 안에 속옷 세 장, 양말 세 켤레) | 오카와 토시야 | 연락처 ××-××××

"어머, 이 애는 물통까지 깜빡했나 보네."

후미코는 해당 페이지의 몇 줄쯤 아래로 시선을 옮기며 말했다.

물통(스테인리스제) | 오카와 토시야 | 연락처 ××-××××

덩달아 그 밑에는 예의 '수수께끼' 분실물이 적혀 있었다.

기타 케이스 | 히라노 마모루 | 연락처 xx-xxxx

문득 고개를 들었더니 노세가 옆에서 들여다보고 있었다.

"노세 씨, 이제 괜찮으세요?"

오늘 아침 그는 오전에 반차를 내겠다고 도서관으로 연락을 해왔다. 지금까지 말을 걸 기회가 없었는데, 점심이 지난 뒤 출근했을 때 노세의 얼굴은 상당히 초췌한 상태였다.

"응. 구급차 신세를 지긴 했는데 이송되고 나서는 금세 괜찮아졌어. 당분간 병원 신세를 져야겠지만."

"어머나."

안타까워하는 후미코와 달리 노세는 별일 아니라는 듯한 표정이었다.

"뭐, 이젠 익숙해. 그보다 후미코, 안뜰의 창고 열쇠 봤어?"

"아뇨. 거기에 안 걸려 있어요?"

도서관 안뜰에는 조립식 창고가 있었다. 재정이 녹록지 않은 도서관답게 어느 학교에서 폐기 처분하려던 것을 받아온 것이다. 발행일이 지난 신문이나 잡지 같은, 도서관에는 중요하면서도 공간을 차지하는 자료를 보관하는 데 사용하고 있다. 열쇠는 사무실에 하나, 카운터 벽에 설치된 보드판에 하나 걸려 있었다. 그러고 보니 확실히 원래 열쇠가 걸려 있어야 할 자리가 비어 있었다.

"어머, 없어요?" 아주머니가 고개를 갸웃한다. "아무도 가져 간 사람은 없었던 것 같은데…… 계속 신경을 쓰고 있던 게 아니라서요. 죄송해요."

"아뇨, 괜찮습니다. 사무실의 여분 열쇠를 가져다 쓰면 되니까요."

미안해하는 아주머니를 달래듯이 말한 뒤 노세는 후미코 쪽으로 몸을 돌렸다.

"후미코, 이제 슬슬 4분기 결산 마감 시기지?"

후미코는 우거지상을 했다.

"네, 맞아요. 오늘 야근해서 제대로 보고를 올릴 생각이었어요."

"알았어." 노세는 걸음을 옮기며 대꾸했다. "나도 함께 남아주지."

그 등을 바라보며 후미코는 살짝 웃었다. 노세 특유의 배려다. 어쨌든 억새 들판에 자리한 도서관이다 보니 밤길에는 인적이 없었다. 야근 후 혼자 돌아갈 후미코에게 마음을 써준 것이리라.

'노세 씨, 다시 밤이 자유로워졌나 봐. 본인이야 기쁘지만은 않겠지만.'

"좋아, 그러면 오늘 밤에는 열심히 일해볼까."

그리하여 후미코는 폐관 후에도 사무실에서 컴퓨터로 세세하게 나열된 숫자들과 씨름하고 있었다. 노세는 미뤄뒀던 고문서 보수 작업에 묵묵히 손을 움직였다.

후미코의 작업이 겨우 마무리되었을 무렵, 새파랗게 질린 남자들이 들이닥쳤다. 지역 자치 단체의 소방 단원들이었다. 도서관에 아직 불이 켜있는 걸 보고 뛰어 들어온 모양이다.

"애들이 방과 후에 놀러 나갔는데 아무리 기다려도 돌아오지 않고 있어요. 남자애 셋이래요."

후미코는 무심코 시계를 올려다보며 일어섰다. 이미 9시 반이 지났다. 가로등이라 봤자 어둠을 돋보이게 할 뿐인 들판 한가운데에서는 이미 한밤중이나 마찬가지인 시각이다. 지금 그 어둠 어딘가에서 어린애들이 움츠리고 있을지도 모른다니, 그 싸늘한 상상은 후미코마저 덜덜 떨게 했다.

"아직 사고가 생겼다고 단정 지을 수는 없는 거죠?"

후미코가 매달리듯 물었다.

"네, 그럼요. 경찰에 교통사고 신고도 들어온 게 없었고 응급실에 실려 온 아이도 없어요. 셋은 요즘 항상 같이 몰려다니며 놀았다고 하니까 지금도 함께 있을 것 같긴 해요. 하지만 이 근처에는 애들이 갈 만한 아지트가 없잖아요. 그렇다고 수중에 돈이 많은 것도 아닐 테니, 오늘이 간만에 맑은 날이긴 해도 이렇게 추운 계절에는 배가 고프면 돌아올 법도 한데 말이죠."

"애 둘은 집을 나간 뒤 아무도 본 적이 없다는데 나머지 한 명은 우리 가게에 들렀던 모양이야."

아키바가 끼어들었다. 당연히도 그는 이 자치회의 소방 단장도 겸하고 있었다.

"가게를 지키던 우리 알바생 말로는, 지금 찾고 있는 애들 중

하나랑 닮은 듯한 녀석이 라면 세 개를 사서는, 들고 있던 자그마한 보온병에 뜨거운 물을 받아서 근처 산 쪽으로 걸어갔다는 거야. 하지만 그것도 해가 지기 전의 일이지. 그 뒤로 여섯 시간이 흘렀는데 코빼기도 안 보인다네."

"저도 같이 찾아볼게요."

후미코가 다급히 말하며 컴퓨터 전원을 껐을 때 사무실 구석에 있던 노세가 느릿느릿 일어서며 물었다.

"그런데요, 그중에 오카와라는 아이가 없었나요? 그리고……"

말이 끝나기도 전에 남자들은 벌건 얼굴로 노세를 다그쳤다.

"어떻게 아셨죠?"

"있군요. 그렇다면 어디에 있는지도 알 것 같네요." 노세는 느긋해 보였다. "그 애들도 슬슬 기회를 엿보고 있으려나. 잠깐 보고 올게요. 다들 잠시만 기다려 주시겠어요?"

소방 단원들은 잔뜩 흥분한 상태였다.

"어딘데요?"

"어디 있다는 겁니까?"

"자자." 노세는 진정시키려는 듯한 동작을 취했다. "단언은 못하겠지만요. 제 추측이 맞았다면 애들은 무사합니다. 감기 정도는 걸릴지도 모르겠네요. ……딱 5분이면 돼요. 제가 확인할 동안만 기다려 주세요."

후미코는 불만스러운 표정의 소방 단원들을 비집고 노세를 뒤따라갔다.

"노세 씨, 어디 가시는 거예요?"

"안뜰 창고야." 그는 서둘러 걸음을 옮기며 어깨 너머로 수수께끼 같은 지령을 보냈다. "후미코, 뜨거운 물 있나? 포트에 한가득 끓여줄래? 녀석들, 기뻐할 테니까."

영문도 모른 채 후미코는 황급히 전기포트의 스위치를 누른 뒤 다시 그를 쫓아갔다.

조립식 창고는 안뜰의 서쪽 구역 전부를 차지하는 형태로 세워져 있었다. 물론 입구는 꼭 닫힌 채였다. 노세는 그 앞에서 발을 멈추고 말을 걸었다.

"오카와 토시야, 시노다 토오루, 그리고 성씨밖에 모르지만 히라노. 데리러 왔다. 나한텐 열쇠가 있어. 그래도 너희 스스로 나오는 게 좋지 않겠어? 그쪽에서 문을 열어줘."

후미코는 반신반의한 채 지켜봤다. '여기에 애들이 있다고? 그는 어떻게 안 걸까? 대체 왜 이름을 아는 거지? 수색하는 사람들도 이름은 말하지 않았는데.' 그런 후미코는 안중에도 없이 노세는 창고 문을 향해 말을 이었다.

"거기 꽤 춥지 않아? 이제 나오라니까."

한동안 아무런 소리도 들리지 않았다. 그러다 얼마 안 되어서 서서히 문이 열리더니 안뜰의 불빛 아래 세 사람의 얼굴이 드러났다. 노세는 다정하게 말을 건넸다.

"뜨거운 물도 잔뜩 있어."

세 얼굴이 사이좋게 구깃구깃 일그러졌다.

"노세 씨, 어떻게 아신 거죠?"

사무실이 겨우 평정을 되찾자 기다렸다는 듯 후미코가 노세를 다그쳤다. 궁금한 게 너무 많았다. 소동의 장본인인 세 아이가 정신없이 컵라면을 흡입하는 동안, 핼쑥해진 부모들이 달려와 혼쭐을 내며 돌아간 참이었다. 도서관의 역할은 여기까지다. 나머지는 가정과 경찰과 학교의 영역이다.

"물통과 기타 케이스 덕분이지." 노세가 하품하며 대답했다. "그리고 그 도서관 잔류 게임에 참여했던 애들이 했던 말들."

"네?"

이런 수수께끼 같은 대답이나 들으려고 물은 게 아니었지만 노세는 이미 서둘러 돌아갈 채비를 하고 있었다.

"이봐, 10시가 넘었어. 그만 집에 가자. 난 졸려. 내일 이야기하자고."

다음날, 아침부터 후미코는 좀이 쑤셨다. 노세에게 어젯밤의 수수께끼 풀이를 듣고 싶어서다. 하지만 노세는 아침에 전 직원 앞에서 애들이 창고에 잠입해 있었으나 무사히 집으로 돌아갔다는 간단한 말만 했을 뿐이다. 더군다나 후미코는 어제 황급히 컴퓨터 전원을 끄면서 중요한 예산관리 파일을 엉뚱한 위치에 저장한 모양이었다. 파일을 찾으려고 하드디스크 안을 여기저기 뒤지다 보니 쓸데없이 스트레스만 더 심해졌다. 변함없이 평화로운 도서관의 하루가 흘러가고 후미코의 욕구불만이 한계에 다다랐을 무렵, 사무실에 손님이 나타났다.

"엄마가 사과하고 오랬어요."

"기다리고 있었어. 너희랑 이야기하고 싶었거든."

노세가 맞이한 손님은 어젯밤의 삼인조였다.

"아저씨, 어젯밤에 그러셨죠? 다음날 우리끼리만 오라고요."

오카와 토시야, 시노다 토오루, 히라노 스스무. 그중에서 가장 키가 큰 오카와 토시야가 눈을 치뜨고 바라봤다. 그러고 보니 어젯밤 노세가 마지막에 애들한테 뭔가 속닥거리긴 했다.

"맞아. 안 그러면 너희도 이야기하기 어려울 테니까." 긴장을 풀어주려는 듯 노세가 웃었다. "그렇게 경계 안 해도 돼. 설교할 생각은 없어. 그저 내가 아직 모르는 부분을 묻고 싶었을 뿐이야. 제대로 설명하지 않으면 이 사서 누나가 화를 낼 테니까."

노세는 별실의 문을 열고 후미코에게도 들어오라고 손짓했다.

"너도 들어와. 애들 이야기를 들어보자."

"오늘은 시설 견학을 했어요."

회의실에 다섯 명이 앉아서 새삼스레 각자 자기소개를 마친 뒤 오카와 토시야가 나직한 목소리로 말을 꺼냈다.

"고분 유적지에서요."

히노가 말하던 '체험학습 인기 코스'인 그 공원이다.

"날씨가 맑아서 좋았겠네."

잔뜩 긴장한 애들의 마음을 풀어주려고 후미코가 말을 거니 노세가 가로막았다.

"너희들, 거기 가서 '괜찮았어'?"

"노세 씨, 그게 무슨 뜻이에요?"

후미코가 따져 물어도 노세는 아이들을 지그시 바라볼 뿐이었다. 토시야는 그 시선을 당당히 받아치며 말했다.

"괜찮았어요." 그러더니 갑자기 울상을 짓는다. "아저씨한테는 처음부터 다 들켜버린 거예요?"

"그건 아냐. 다만, 어제 너희가 보온병이니 낡은 옷가지니 하는 걸 찾아가길래 짐작은 했지. 그날 밤 주변에서 뭔가 일어날 것 같다고 말이야. 게다가 한창 유행하던 도서관 잔류 게임에서도 여러 가지로 신경 쓰이는 점이 있었거든."

노세는 다시 셋을 향해 웃어 보였다.

"너희들, 도서관으로 가출하고 싶었던 거지?"

"도서관 잔류 게임에 한창 불이 붙었을 때 대체 목적이 뭘지 생각해 봤어. 컴퓨터 케이블을 만지던 녀석. 그리고 붙잡혔을 때 그럴싸한 정보를 흘리던 녀석이 있었거든. '다음 단계로 나아가고 싶다'라는 식으로 말했지. '나아간다'니, 뭘 말하는 걸까? 너희들이 그런 말을 가장 많이 쓰는 건 게임이잖아? 스테이지를 클리어하면 다음 단계로 나아가지. 그렇다면 우리는 분명 그 훼방꾼인 셈이야. 하지만 폐관 후의 도서관에 남은 다음에는 뭘 하는 거지? 그 무렵 정반대의 소문도 들었어. 도서관이 무섭다는 식의 괴담이었지. 그런데 가만히 생각해 보니까 그 두 가지가 연결되더라고. 컴퓨터 모니터가 무섭다는 아이와 컴퓨터에 접근하는 아이. 이야기라는 건 다양한 변주가 생겨나기 마런인데, 이 소문들의 공통점은 '밤의 도서관 컴퓨터'야. 그러면 한 가지를 추측할 수 있지. 도시 전설이 만들어지는 중인 건가? 그렇다면 그걸 만들어서 퍼트린 녀석이 분명히 있다는 소리지."

"우리가 퍼트린 거 아니에요. 그 반대라고요."

지금껏 입을 다물고 있던 하얀 피부의 소년이 필사적인 표정으로 말했다. 시노다 토오루였다.

"그렇다면…… 난 너희 이야기를 들으면서 추리해 나가고 있는데, 어쨌든 아직 모르는 지점이 너무 많아서 말이야. 너희는 도서관 잔류 게임이 점점 과열돼서 곤란했던 거지, 맞지?"

세 아이가 일제히 고개를 끄덕인다.

"역시 그랬군. 너희는 게임의 열기를 잠재우고 싶어서 무서운 소문을 퍼트렸을 테고. 여기까지는 맞지? 그런데 그게 오히려 불에 기름을 들이부은 셈이 된 거야, 어때?"

"우리도 난감했어요. 학교 견학 때문에 다들 도서관에 관심을 가지잖아요. 그전까지는 도서관이 있는지도 몰랐으면서." 히라노 스스무가 말했다. 가장 체구가 작고 안경을 썼다. "처음에 2반 애들이 게임을 시작하고는 신나서 떠들고 다녔어요. 예쁜 누나한테 잡힐뻔했는데 완전 스릴 넘쳤다고요."

"그거, 나 말하는 거니?" 무심코 후미코의 목소리가 높아졌다. "장난하니? 내가 얼마나 서러웠는데. 어째서 내가 아홉 살 먹은 꼬맹이들의 놀이 상대가 되어야 하냐고!"

"후미코, 말조심해. 근무 중이잖아."

노세는 후미코에게 주의를 주고는 다음 말을 재촉했다.

"우리도 정말 곤란했다고요. 다들 참가했다가는 점점 경계가 삼엄해질 테니까요. 더군다나 어쩌다 그만 우리 계획이 조금 새어나가는 바람에…… 실패하면 안 되는데 어떻게 게임을 멈추게 할지도 모르겠고 점점 거들먹거리는 녀석들이 나오더라고요. 그래서 토오루가 도서관 컴퓨터가 무섭다는 말을 꾸며낸 거예요. 그러면 다들 그만두려나 싶어서요. 여자애들은 무서워했거든요. 그러다 누군지는 모르겠는데 모니터에 비치는 손이 미래를 알려준다는 이야기를 꾸며낸 녀석이 나타나는 바람에……"

"정도껏 해야지. 그런 장난 때문에 우리가 얼마나 고생한 줄 아니?"

후미코의 목소리가 점점 날카로워진다. 스스무는 꿋꿋하게 시선을 피하지 않았다.

"바보 같다고 생각하시는 거죠? 하지만 이렇게까지 방어가 탄탄하면 성공했을 때 자랑거리가 되겠다고 생각할 수 있잖아요. 아무도 성공하지 못하니까 오히려 과열돼버린 거라고요. 우리는 그저 중요한 계획이 실패하지 않도록 하고 싶었을 뿐인데……"

노세가 쓴웃음을 지었다.

"하지만 역효과밖에 나지 않았지. 아마도 애가 탔을 거야. 그런데 스스무, 방금 '중요한 계획'이라고 말했잖아. 결국 클로디아는 너였구나."

후미코의 머릿속에서 뭔가가 번뜩이는 순간 스스무가 환하게 빛나는 얼굴로 말했다.

"그 책을 읽으신 거죠?"

노세는 그 흥분을 가라앉히려는 듯, 한 손을 들었다.

"안 읽은 사람이 없을걸. 적어도 도서관 직원 중에는 말이지."

뉴욕 근교의 도시에 사는 열두 살 소녀 클로디아는 모든 게 불만이었다. 4남매 중 유일한 여자애다 보니 늘 엄마를 도와주는 역할을 도맡아야 했던 것도, 기대를 한 몸에 받는 우등생이 되어버린 것도 싫었다. 결국 소녀는 집을 나오기로 결심하지만, 고민이 있었다. 불편한 생활도 싫고 불쾌한 것도 싫어해서 노숙은 상상도 할 수 없었던 것이다. 청결한 속옷을 챙겨입을 수도 없다니, 생각만으로도 소름이 끼쳤다. 그래서 클로디아는 멋진 아이디어를 생각해 냈다. 우아한 장소. 아무리 머물러도 결코 질리는 법이 없는 행복한 장소. 그래, 세계 최고를 뽐내는 뉴욕 메트로폴리탄 미술관으로 가출을 하는 거야. 방법은 간단하다. 부모님이 눈치채지 못하도록 바이올린 케이스에 갈아입을 옷을 담기만 하면 된다. 미술관에는 누구든 마음대로 들어갈 수 있고 폐관 후 순찰 시간에는 화장실 변기 뚜껑 위에 올라가 숨으면 들키지 않을 것이다.

《클로디아의 비밀》. 코닉스버그가 쓴 미국 아동문학의 고전이다.

"확실히 우리 시에는 박물관도 미술관도 없으니까." 노세가 감탄한 듯 말한다. "그래서 우리 도서관을 선택해 준 건가."

스스무는 크게 고개를 끄덕였다.

"전요, 책을 좋아하거든요. 그리고 여긴 빌리는 사람이 아무도 없으니까 늘 책이 있기도 하고요."

스스무만큼은 도서관 단골인 모양이다. 빌리는 사람이 아무도 없다는 무례한 말은 용서하기로 했다. 사실이니까.

다른 두 아이도 말문을 열기 시작했다.

"우리 부모님도 도서관 같은 곳엔 온 적이 없거든요. 그러니까 밤이 되기 전에 발각될 염려는 없을 테고, 여기라면 밤에 소파에서 잘 수 있고 정수기도 있으니까요."

"아침이 되면 어딘가 구석에 숨어 있다가 도서관이 문을 열었을 때 나가면 되거든요. 화장실도 깨끗해서 양치도 제대로 할 수 있고."

후미코는 입을 삐죽거렸다.

"좀 더 도서관다운 장점을 칭찬해 주지 않을래? 고작 모험하고 싶다는 사소한 이유만으로 이렇게 커다란 소동을 피운 거니?"

노세가 다정한 얼굴로 끼어들었다.

"너희한테는 '사소한 일'이 아니었겠지?"

"제 탓이에요." 토시야가 울상이 되어 말했다. "두 친구는 절 도와주려고 한 거예요."

제각각 뭔가 말하려는 토오루와 스스무를 저지한 뒤 노세가 말을 이어받았다.

"아까 '실패하면 안 되는데'라고 말했지? 너희한테는 반드시

어제 가출해야 하는 이유가 있었어. 자, 전부 털어놓으라고."

띄엄띄엄 토시야가 이야기를 시작했다. 고분 유적지로 시설 견학을 간다는 말을 들었을 때부터 속으로 도저히 가고 싶지 않다고, 갈 수 없다고 생각했다. 절대 못 가. 지금은 곤란해. 옆자리였던 토오루는 끙끙대며 고민하는 친구를 걱정해 주었고, 토시야는 그만 속내를 털어놔 버렸다. 그리고 '이 녀석이라면 뭔가 좋은 방법을 생각해 낼지도 몰라. 온갖 신기한 이야기를 잘 알고 있으니까'라며 스스무도 한패로 끌어들였다.

"그런 견학을 갈 때는 선생님들만으로는 감독하기 힘드니까 늘 학부모회 임원 엄마들이 따라와요." 토시야는 노세와 후미코를 번갈아 바라보며 설명했다. "그리고 우리 엄마도 올해 임원이에요."

"엄마랑 같이 가고 싶지 않았다는 뜻이야?"

후미코가 묻자, 토시야는 고개를 끄덕인다.

"그런데 별도로 따라가는 사람은 네 엄마 한 분만은 아니잖아? 더구나 굳이 너만 엄마랑 손을 잡고 가야 하는 부끄러운 상황이 올 리도 없고." 노세가 흥미진진하다는 표정으로 천장을 바라본다. "그래, 거기만큼은 이해가 안 되네. 어쨌든 그 견학에 엄마가 따라가면 뭔가 골치 아픈 일이 일어난다는 건가. 그렇다면 이건 어때? 엄마가 보면 곤란한 무언가가 고분 유적지 안에 있다든가."

적중한 모양이다. 토시야는 기어들어 가는 목소리로 말했다.

"우리 아빠는요, 지금 일을 안 나가거든요." 토시야의 얼굴이 갑자기 어른스러워졌다. "정리해고라고 하죠? 어른들 대화에 자주 나오잖아요. 내가 안다는 걸 아빠는 모를 거예요. 그런데 봐 버렸어요. 치과에 들르느라 학교에 지각했던 날, 아빠가 그 공원 벤치에서 신문을 읽고 낮잠도 자는 모습을요. 그래서……"

"그러면 엄마는 아빠의 상황을 모르시는 거니?"

후미코가 넌지시 물었다. 토시야는 고개를 끄덕였다.

"그랬군……"

그래서 견학을 막으려고 했다. 아이가 셋이나 행방불명된다면 학교와 각각의 집에 난리가 나서 시설 견학은 안중에도 없어질 테니까. 견학을 도와주러 온 엄마가, 회사에서 척척 일하고 있어야 할 시간에 벤치에 우두커니 앉아 하늘을 바라보는 남편의 비참한 모습을 볼 일도 사라진다.

"이런 소동을 일으키지 않더라도 아빠한테 넌지시 견학 이야기를 흘린다든가 엄마한테 털어놓았다면……" 도중에 말을 멈추고 후미코는 고개를 숙였다. "남의 집 사정도 잘 모르면서 아는 척 말하면 안 되겠지."

"그래서 오늘 그 견학은 어땠는데?"

노세가 묻자, 소년들은 쓴웃음을 지었다.

"전혀 아무 일도 없었어요."

"토시야의 아빠는 안 계셨고 우리랑 함께 쟤네 엄마도 평화로운 얼굴로 고대 주거지 흔적에 관한 설명을 들으셨어요. 그림도 칭찬해 주시고, 그걸로 끝이었어요."

"뭐, 그랬겠지."

노세가 다시 천장을 바라보며 중얼거린다.

"어쩌면……"

후미코는 뭔가 말하려다 도중에 삼켰다. 어쩌면 처음부터 엄마는 알고 있었던 게 아닐까. 부모라는 존재는 '모르는 편이 좋다'라는 속 터지는 한마디로 자기 자식을 현실에서 격리하기 일쑤니까. 어쩌면 아빠는 아들에게만 비밀로 하고 있었던 건지도 모른다. 아침이면 시치미 뗀 얼굴로 집에서 나갔다가 잠깐 시간을 보낸 뒤 자식의 눈을 피해 아내가 기다리는 집으로 돌아오고 있었던 게 아닐까. 그러나 제삼자인 후미코가 억측일 뿐인 말을 섣불리 꺼내는 건 아이들에게 실례가 되리라.

"상관없어요. 어차피 토시야가 아니더라도 우린 집을 나가보고 싶었거든요. 맨날 학교에 갔다가 학원에 갈 뿐, 특별한 일은 일어나지 않으니까요. 계획을 세우는 동안에는 굉장히 신나기도 했고요."

"매일 똑같다는 건가." 노세는 자세를 고쳐 앉은 뒤 세 아이를 마주 바라봤다. "그래서 엄마가 버렸던 옷가지를 손가방에 챙기고 기타 케이스에는 식량을 담아서 미리 도서관에 놔뒀던 거였군. 결국 잃어버린 게 아니라 그저 도서관에 보관해 뒀던 거지. 당일에 커다란 짐을 들고 집을 나올 수는 없으니까. 그런 짓을 했다간 가족에게 들통날지도 모르니 사전에 짐을 준비해 둔 거였어. 도서관을 무료 숙소로 삼은 뒤 거기에 짐을 미리 맡겨둔 거지. 그나저나 누가 라면을 산 거야?"

토오루가 손을 들었다.

"전 그 가게 앞을 아침마다 지나다니거든요. 셋이 모은 돈으로 컵라면을 산 뒤 학교에서 스스무한테 건넸어요. 한꺼번에 사 버리면 눈에 띄잖아요, 그래서 매일 아침 한 개씩……"

"그러는 쪽이 오히려 더 눈에 띈다고."

노세가 웃자 토오루는 시무룩해졌다.

"하지만 그건 계산 착오였겠지? 기타 케이스의 주인이 결행 당일보다 더 일찍 도서관에 오는 바람에 눈치채고 들고 가버렸잖아. 게다가 너희의 중요한 식량인 내용물까지도 정중히 도서관에 돌려줘 버렸어."

"형은 그동안 도서관에 온 적도 없었으면서." 스스무가 분하다는 듯이 말을 이었다. "그런데 하필이면 그때 여자친구한테 멋진 모습을 보여주고 싶다면서 형이 데이트 약속 장소를 도서관으로 잡아버린 거예요."

"너로서는 눈앞에서 귀한 식량이 강탈당하는 꼴을 그저 바라볼 수밖에 없었겠지. 케이스를 잃어버린 것뿐이라면 적당히 아무 핑계나 댈 수 있겠지만, 그 안에 컵라면을 저렇게나 많이 넣어둔 이유를 추궁당하기라도 하면 변명할 수도 없잖아? 그러니 라면은 너도 모르는 일이라고 딱 잡아뗄 수밖에 없었던 거지."

그제야 후미코도 이해가 되었다.

"그런 거였구나. 덕분에 기타 케이스에 라면을 담아둔 수수께끼 인물이 탄생하게 된 거네."

"후미코, 지금껏 몰랐어? 라면을 담아둔 녀석이 따로 있을 리가 없잖아. 청소해 주시는 오노데라 씨의 말을 떠올려 보라고. 처음에 발견한 건 3시경, 즉 하교 후에 스스무가 두고 간 직후였을 거야. 그 사이의 짤막한 시간에 케이스가 놓여 있는 걸 본 누군가가 라면을 구해서 되돌아왔을 리도 없거니와 때마침 많은 양의 라면을 들고 있던 누군가가 텅 빈 케이스를 발견했을 리도 없잖아? 그리고 3시 이후에는 아무도 케이스를 만지지 않았어. 낙엽이 점점 쌓이고 있었으니까. 누군가 뚜껑을 열었다면 그 순간 낙엽은 미끄러져 떨어졌겠지. 그러니 애초에 두고 간 사람이 라면을 넣은 당사자인 거지."

후미코는 아차 싶었다. 분명 카운터에서 케이스 뚜껑을 열 때 이 손으로 직접 낙엽을 털어냈었는데!

"기타 케이스를 고집한 건 책 속에서 클로디아가 바이올린 케이스에 여벌 옷을 담아 가출했기 때문이니?"

진작 알아차리지 못해 분한 마음을 달래듯 후미코가 묻자, 스스무는 고개를 끄덕였다.

"우리 집에는 기타밖에 없었거든요. 그리고 기타 케이스 쪽이 더 많이 들어가잖아요. 식량은 젖기라도 하면 곤란하니까요. 갈아입을 옷 같은 건 말리면 되지만."

"깔끔한 걸 좋아하는구나? 착실하게 갈아입을 옷 걱정까지 하고. 남자애인데."

신기한 듯 후미코가 감탄하자, 토시야는 진지한 표정으로 말했다.

"엄마가 유난이라서요."

거기에서 노세가 말을 끊었다.

"세세한 부분은 나중에 말해도 되니까 이야기를 계속 들어보자고. 그다음에는 케이스 같은 것보다 훨씬 심각한 계산 착오 문제가 발생했어. 너희는 우리 눈을 속이고 도서관에 남기만 하면 그때부터는 다음 날 아침까지 따뜻한 장소에서 태평하게 파티를 벌일 수 있을 거라 예상했던 모양이지만, 한밤중에는 도서관에 있을 수 없다는 사실을 알았지. 전날에 그걸 몸소 증명해 준 덜렁이가 있었으니까."

"아베 그 자식, 제 메모를 훔쳐 읽었어요. 화장실에 숨는 아이디어도요. 정말 어떻게 해야 할지 고민했다니까요."

스스무가 우물우물 대꾸했다. 노세는 웃었다.

"그렇다고 이제 와 계획을 멈출 수는 없었겠지. 그래서 도서관에 맡겨둔 옷가지랑 물병을 회수하고 계획보다 부실해진 식량을 다시 한번 확보한 다음 카운터 아주머니의 틈을 엿보다가 안뜰 창고 열쇠를 슬쩍한 뒤 해가 지기를 기다렸어."

세 아이는 아무 말이 없었다. 후미코는 한숨을 내쉬었다. 아직 애들이었다. 자그마한 휴대용 보온병에 마치 무한대로 뜨거운 물이 들어 있어서 컵라면 세 개 분량은 거뜬할 거라고 믿어 의심치 않는다. 식량이 물에 젖는 건 싫다면서, 이런 늦가을 밤이라도 속옷은 금세 마를 거라고 철석같이 믿고 있다.

후미코의 심정도 모른 채 스스무가 입을 삐죽 내밀었다.

"전 클로디아가 어떤 마음인지 잘 알아요. 매일 명령만 받잖아요. 학교에 가면 선생님이 훌륭한 사람이 되라며 답답한 설교만 늘어놓고, 집에 돌아오면 부모님도 선생님이랑 똑같은 말만 해요."

"그리고 무슨 일만 있으면, 너희는 전혀 부족함 없이 풍족하게 살고 있는데 이렇게 불평이나 해대면 벌을 받는다는 식으로 말해요. 우리는 지금밖에 모르는데, 항상 옛날이랑 비교하면서 우리가 틀렸다고 하는데 어쩌라는 건지 모르겠어요."

"어른들은 자기가 어렸을 적에는 혼자서 앞가림을 잘 해냈다는 식으로 자랑만 하잖아요. 그러니까 우리도 어디든 가서 마음대로 하는 게 뭐가 나빠요? 우리도 제대로 앞가림할 수 있다고요."

앞다퉈 호소하는 소년들을 바라보며 후미코는 또 한 번 작게 한숨을 내쉬었다. 어떤 마음인지는 안다. 후미코도 십 년 전에는 그랬으니까. 이런 불만을 품은 아이들이 전국에 얼마나 있을까. 자기 삶을 스스로 결정할 수 없는, 혹은 결정할 수 없다고 단정하는 아이들. 후미코는 이미 어른이 되어버렸지만 그래도 반론하고 싶어진다. 꼭 그렇지만은 않다고. 후미코는 옆에 있는 노세를 쳐다봤다. 그런 말을 해줄 자격은 있는 쪽은 노세였다.

"너희들, 따라 와."

애들이 실컷 말하도록 묵묵히 지켜보던 노세가 갑자기 일어섰다. 문을 열고 세 아이를 억지로 끌고 나가듯이 관내로 걸음을 옮긴다. 그대로 성큼성큼 걸어 서가로 데려갔다.

"거기 앉아."

휘둥그레진 눈으로 쳐다보는 주변 이용자의 시선에도 아랑곳하지 않고 노세는 세 아이를 바닥에 앉히더니 그도 맞은 편에 떡하니 앉았다.

"너희가 하고 싶은 말이 뭔지는 알겠어. 하지만 거기에 동조는 안 해. 난 어른으로서 달리 하고 싶은 말이 있으니까."

노세의 얼굴에서 처음으로 미소가 사라졌다.

"설교가 아냐. 하지만 따분한 일상을 너희와 보내는 데 어른들도 상당한 에너지를 쓰고 있다는 건 알아줬으면 해. 그저 현재 위치에 머무는 일만으로도 얼마나 힘이 드는지 말이야. 이런 이야기야 아마 질리도록 듣겠지만, 그래도 말할게. 어른한테는 그것 외에 딱히 할 수 있는 말이 없거든. 그래서 너희가 외면한다 해도 계속 되풀이해서 말할 수밖에 없어. 아까 너희는 어딘가 다른 곳에 가고 싶다고 했지? 어른의 도움 없이 스스로의 힘으로만 설 수 있는 곳으로. 어른이 허락하는 여행 같은 건 재미라고 전혀 없을 테니까. 그래도 난 너희한테 재미있고 스릴 넘치는 여행을 떠나라고 말할 배짱은 없어. 우리가 사는 세상은 그런 식으로 태평한 소리를 지껄일 수 있을 만한 곳이 아니거든. 그래서 나는 내게 주어진 여행을 할 수밖에 없어. 이 공간에도 여행은 있다고 여기면서 말이지."

노세는 크게 팔을 휘두르며 주위를 가리켰다.

"도서관에는 책 말고는 아무것도 없어. 하지만 책이 있잖아. 그거 알아? 이 안에 얼마나 넓은 세상이 담겨 있는지. 모르겠지? 그러면 일단 경험해 봐. 미리 단정 짓기 전에 시험해 보라고. 어때? 책 여행을 한번 해보지 않을래?"

세 아이는 기가 죽은 듯 입을 꾹 다물고 있었다. 장황한 연설을 하고 난 뒤 노세는 쑥스러운 표정으로 자리에서 일어나 아이들을 배웅했다.

"언제든 오라고." 세 아이의 등에 대고 노세는 외쳤다. "대신 앞으로는 도서관이 열려 있을 때만 와라. 그런 식으로 어디까지든 멀리 가보는 거야. 따분한 어른의 말 같은 건 생각도 나지 않는 곳으로."

"저 애들을 꾸짖지 않으시네요." 그 옆에 서서 후미코가 말했다. "언제나 변함없는 일상을 보낼 수 있다는 게 얼마나 고마운 일이냐는 식으로요."

"말해봤자 소용없을 테니까." 노세는 간단히 말했다. "그런 건 누가 가르쳐주는 게 아니라 스스로 알아차리는 거야. 지금은 모른 채로 지내도 돼."

"그나저나 아즈사는 언제 퇴원하는 거예요?"

노세의 표정이 풀어졌다.

"이번에는 비교적 가볍게 끝났어. 발작이 더 일어나지 않는다면 일주일 정도만 입원하면 된다더군."

노세의 외동딸은 생후 반년도 지나지 않아 심각한 소아 천식이라고 진단받았다. 그가 이런 변두리 도서관으로 이동을 희망한 건 첫째도 둘째도 맑은 공기 때문이라고 했다. 그런데도 딸 아즈사는 봄과 가을, 특히 꽃가루가 흩날리는 계절이면 자주 발작을 일으켜서 병원에 실려 가는 신세가 된다. 결국 다섯 살

생일도 소아병동에서 맞아야 했다. 딸이 집에 있을 때 노세 부부는 온도와 습도, 공기 중 먼지 농도에 늘 촉각을 곤두세우고 있었고, 가벼운 발작은 흡입기와 약으로 대처했다. 특히 한밤중에 곧잘 발작을 일으켜서 노세 부부는 쪽잠을 자기 일쑤였다.

그래도 노세는 사랑하는 딸과 보내는 나날을 진심으로 소중히 여기고 있었다.

"그나저나 미리 일을 해둬야겠군. 아즈사가 집에 돌아오면 야근은 꿈도 못 꿀 테니까."

그날 이후, 도서관 잔류 게임은 말끔히 자취를 감추었다. 학교에서 학생들에게 단단히 주의를 줬기 때문이다. 그 사건 이후 후미코에게는 기억에 남는 후일담이 두 가지 생겼다.

그중 하나는 세 아이를 돌려보낸 다음 날 아침에 일어났다. 개관 전에 서가를 정리하던 후미코는 기뻐서 눈이 휘둥그레졌다. 아동용 서가의 '외국 문학' 코너 한 단이 전부 비어 있었기 때문이다.

도서관 직원은 늘 서가 상황을 파악하고 있다. 서가에서 책이 사라지면, 즉 누군가가 책을 빌려 가면 금세 알아차린다. 그리고 예상치 못한 상황에 놀라거나 지금의 후미코처럼 기뻐서 웃곤 한다.

스스무가 토시야와 토오루에게 코닉스버그의 책을 읽으라고 억지로 떠밀었을지도 모른다. 전집을 포함한 저자의 모든 작품이 깡그리 대출 상태였다. 그 애들은 책의 여행자가 되기로 한

걸까. 후미코가 들떠서 보고했더니 노세로부터 이런 한마디가
되돌아왔다.

"후미코, 도서관 책은 돌려 읽는 게 금지라고 그 녀석들한테
제대로 못을 박아두라고."

두 번째 후일담은 같은 날 저녁 무렵의 일이었다. 아키바가
도서관 앞을 가로막고 선 채 석양빛에 반짝이는 억새를 바라보
고 있었다.

"대체 뭘 하시는 거예요?"

후미코는 한없이 서 있는 그 모습이 신경 쓰여서 일부러 밖
에 나가보았다. 곰 같은 몸집의 양반이 언제까지고 현관 정중앙
에 떡하니 버티고 있는 통에, 몇 안 되는 귀한 이용자가 줄어드
는 건 원치 않으니까.

"이봐, 사서 언니. 이 수북한 억새는 베어버리는 게 나으려
나?" 아키바가 팔짱을 낀 채 물었다. "전망도 안 좋고 위험하기
도 하잖나. 그게 말이지, 최근에 애들이 사라졌을 때 여기를 어
떻게든 해야겠다고 생각했거든. 일손도 없는데 새삼스레 다시
논으로 쓰기도 그렇고. 겨울이 되기 전에 베어버릴까 궁리하는
중이었네."

"그러면 이제 어쩌실 건데요?"

그는 팔짱을 풀고 머리를 긁적거렸다.

"글쎄, 차츰 생각해야지. 맨땅으로 두면 황폐하니까 일단 뭔
가 꽃씨라도 뿌려둘까. 우리 헛간 어딘가에 비료용 연꽃 씨앗이

아직 두 자루쯤 굴러다니고 있을걸."

"좋은데요."

후미코가 들뜬 목소리로 대꾸했다.

괜찮을지도 모른다. 연꽃 들판 한가운데에 있는 한산한 도서관. 여기에 오면 늘 책이 기다리고 있다. 꽃에 이끌려서 누군가가, 설령 몇 명 안 될지라도 그렇게 도서관에 와주면 좋을 것 같다.

"저, 연꽃을 무척 좋아하거든요."

제2화
동지

노란 은행잎

오전 9시. 아키바 도서관의 개관 시간이다. '내일은 완전히 새로운 날이다'라는 후미코가 좋아하는 동화 작가 존 버닝햄의 말처럼, 도서관의 아침 또한 새롭고 산뜻하게 시작된다. 이를 위해 개관 전 도서관 직원 모두가 서가 정리에 힘쓴다. 책에 부착된 라벨에 따라 배치된 모든 책의 책등을 나란히 정렬하여 어지러이 쓰러져 있는 책이 없도록 한 뒤 도서관 예법에 맞게 이용자를 맞이할 준비를 했다.

정면의 자동문이 열리기를 고대한 듯 이용자 몇 명이 들어왔다. 초겨울의 잔뜩 긴장된 공기와 함께. 아이를 유치원에 보내고 온 엄마, 산책 도중에 휴식 겸 들른 남자. 아침에 가장 먼저 얼굴을 비추는 이들은 대체로 정해져 있다.

곧이어 호두색 헌팅캡을 쓴 초로의 신사가 들어왔다. '오늘은 이른 아침부터 행차로군.' 후미코는 벽시계에 눈길을 보내며 생각했다. 시간은 정해져 있지 않지만, 이 신사는 평일이면 거의 매일 들르는 이용자다. 신사의 모습을 눈으로 좇으며 그가 신문 열람 코너의 지정석에 자리 잡는 모습까지 지켜본 뒤에야 후미코는 긴장을 풀었다.

'내가 지금 저 테라다 교수님께 실습 감독을 받는 것도 아닌데 자꾸 긴장하게 되네.'

초가을 무렵 테라다와 처음으로 대화를 나눴던 때를 후미코는 똑똑히 기억하고 있다.

타이밍이 안 좋은 일은 종종 일어나기 마련이다. 한가로운 아키바 도서관에서도 갑자기 카운터 앞에 사람들이 몰리는 경우가 종종 있었다.

그 비즈니스맨 스타일의 남자가 성큼성큼 다가왔을 때 카운터를 지키던 후미코는 마침 자료 문의를 핑계로 억지스러운 전화를 걸어온 이용자 응대를 하느라 한창 진을 빼는 중이었다.

'글쎄 내 조카딸의 지인이 무슨 주간지 투고란에 실린 모양이에요. 그 애 말이, 그 사실을 한 달이나 지나서 알았다지 뭐예요. 서점에는 이제 없을 텐데. 무슨 잡지인지 알 수 있을까요?'

'그런 걸 알 턱이 없잖아.' 목구멍 끝까지 차오른 말을 꾹 참았다. 도서관 직원은 이용자의 요구에 최대한 예의를 갖춰야 한다. 전화 상대로부터 이어지는 끝없는 수다 공격에 정신이 없던 그때, 타이밍 나쁘게도 비즈니스맨 스타일의 남자까지 카운터에 나타난 것이다. 후미코 외에 카운터 담당은 그날로 일한 지 사흘째 되는 아르바이트 대학생뿐. 경력 차이를 알 턱이 없는 남자는 그 아르바이트생 여자애에게 자연스레 말을 걸었다.

"오늘 자 관보는 어디에 있죠?"

"네, 잠시만 기다려 주세요."

아르바이트생이 부리나케 컴퓨터의 도서명 검색 화면에 단어를 입력하려는 모습을 본 후미코는 수화기를 든 채 당황했다. 도서관 데이터베이스에 '관보'라는 단어를 검색해봤자 아무런 답도 나오지 않는다. 단순히 질문을 던지기만 하면 기계가 즉시 뭐라도 대답해 줄 거라고 믿는 게 얼마나 큰 착각인지 초짜 아르바이트생이 알 턱이 없었다. 아르바이트생을 말리려고 해도, 후미코의 전화 상대는 시간 여유와 에너지만큼은 얼마든지 있는지 곧장 전화를 끊으려 들지 않았다. 이번에는 조카딸 지인과의 복잡한 관계까지 설명하기 시작했다.

'곤란한데.' 검색 단계에서부터 서툴다는 게 들통났다가는 이용자가 커다란 불신만 품을 뿐이다.

후미코는 수화기 너머로 끈덕지게 이어지는 말의 포격에서 무리하게 틈을 비집고 들어가 겨우 "잠시만 기다려 주시겠습니까?"라는 한마디를 꺼낸 뒤 아르바이트 여자애 쪽으로 급히 다가가려 했다. 그때였다. 그들 세 사람 머리 위로 부드러운 목소리 하나가 쏟아져 내렸다.

"오늘 자 관보의 경우 우편으로 배송되는 관계로, 도착하는 데 아무래도 하루는 걸릴 겁니다. 급하시면 인터넷 사이트에서도 최신 관보를 보실 수 있어요. 여기 도서관 측에서도 가능하답니다."

일동은 멍하니 목소리 주인을 올려다봤다. 어느 틈엔가 커다란 키의 고상한 백발 신사가 서 있었다. 트위드 재킷과 그에 어울리는 헌팅캡. 후미코는 그 진갈색을 관내에서 몇 번인가 본 기억이 있었다. 변함없이 늘 고상한 옷차림이지만, 아무래도 샐러리맨으로는 보이지 않았다. 이목이 쏠리자 약간 당황했는지 신사는 한 걸음 물러섰다.

"이런, 이거 실례했습니다. 쓸데없는 참견을 했군요."

"그럴 리가요. 감사합니다."

진심이 담긴 인사였다. 지금 막 입에 올리려던 응대 멘트를 시기적절하게 말해준 신사를 후미코는 말끄러미 바라봤다. 사서 양성 강좌의 실습에 사용하고 싶을 만큼 모범답안이었다.

지금까지 대화해 본 적도 없었지만 대체 어떠한 경력의 소유자일지 궁금했다. 곧장 떠오르는 건 '동종업계 사람' 정도였다. 후미코가 재빨리 이용자용 컴퓨터의 위치를 안내하고 전화 문의로 다시 돌아가는 동안 신사는 총총히 모습을 감춰버렸다.

"지금 굉장히 훌륭한 분한테 도움을 받았어요."

카운터 업무를 마친 후미코가 그렇게 보고하자, 그녀의 교육 담당을 자처하는 히노가 빙긋 웃었다.

"구세주는 백발의 신사 아냐? 탐정처럼 트위드 헌팅캡을 쓰신 분."

"히노 씨, 아는 분이세요?"

후미코가 깜짝 놀라자, 히노는 무뚝뚝하게 대답했다.

"내 대학 은사님. 전공은 도서관 경영."

"으악."

"지금 와서 그런 비명을 질러봤자지. 나도 처음에 우리 도서관에서 만났을 때는 속으로 비명을 질렀다니까. 손가락으로 헤아려 보니 테라다 교수님도 슬슬 은퇴하실 나이가 되셨더라고."

히노는 이 지역의 이름을 내건 국립대학교 출신으로 이공계를 졸업하고 사서 과정을 수료한 경력자다. 이공계 출신 사서라는 배경이 드문 건 아니지만, 히노가 이 지역 도서관들에게 결정적인 순간마다 의지할 수 있는 인물로 평가받는 이유는 단지 그 전문 지식 때문만은 아니다. 바로 언어 능력 때문이었다. 영어와 독일어, 프랑스어는 보통 실력이라며 겸손을 떨지만, 그 외에도 알파벳을 사용하지 않는 아시아 쪽 언어에 능했다. 한국어, 중국어, 광둥어는 물론이고 페르시아어부터 태국어까지 입문 수준 정도라면 읽고 해석할 수 있었다. 이렇게나 우수한 사서의 은사이니만큼 추측건대 테라다 교수도 대단한 인물임이 틀림없을 것이다.

"테라다 교수님, 분명 생전 처음으로 한가해지셨으니 쓸쓸한 마음에 도서관이라면 어디든 좋다며 찾아다닌 끝에 여기 정착하신 게 아닐까. 익숙한 냄새가 나는 장소에서는 마음이 편안해지잖아."

도서관 직원은 관광지로 휴가를 가더라도 현지 도서관에 숨어들어 겸사겸사 그곳의 정보를 모으고 싶어 하는 습성이 있다. 이 도서관은 태국의 어느 국립대학 도서관이 소장한 일본어 도서 목록이라는 희한한 장서도 보유 중인데 히노가 휴가 때 가져온 여행 전리품이었다.

"그래서 주뼛거리며 다가가서 인사했더니 상냥하게 받아주시더라. 자신에 대해서는 떠들지 않는 분이라 나도 처음 알았는데, 출신지가 아키바여서 은퇴 후에 고향인 이곳으로 이사하셨다나 봐." 그러더니 다시 싱긋 웃는다. "후미코, 괜찮다니까. 굉장히 숫기 없는 성격이셔. 전문지식을 뽐내는 것 외에는 거의 말이 없으시지. 싸움은 말보다 논문으로 하시고. 그러니 예전에 내가 리포트로 혹평당한 것처럼 '당신은 이런 기본적인 것도 모르고 사서를 지망하고 있습니까'라는 말을 카운터에서 들을 일은 없을 거야. 보증할게."

전혀 위로가 되지 않았다. 덕분에 후미코는 여전히 테라다를 대하기가 어려웠다. 후미코의 전공이 아닌 공업 규격 같은 문의에 답변할 때 근처에 그가 가만히 있는 모습이 보이기라도 하면 식은땀이 날 지경이었다.

"긴장하는 건 좋은 거야. 그런 사람이 없으면 점점 해이해져 버리잖아. 특히 여기처럼 한가해서 이용자의 요구가 높지 않은 도서관에서는 말이야."

히노 역시 은사의 존재가 신경 쓰이기는 했다. 최근 반년 동안 노세와 동조해서 이용자를 늘리려고 애쓰는 것도 다 테라다의 눈을 의식해서 그런 거라고 후미코는 생각했다. 그 증거로 히노는 무심결에 이런 정보도 흘렸다.

"테라다 교수님 있잖아, 협회 기관지에 칼럼을 쭉 써오고 계셔. 〈거리의 도서관 탐방기〉라고."

"오, 그 테라다 씨였군요."

업무상 후미코도 가능한 한 훑어보곤 하는 도서관협회의 잡지다. 칼럼 집필자의 이름이 분명 '테라다'라고 되어 있었다.

"그래. 테라다 오노타(斧太, '커다란 도끼'라는 뜻). 《미래의 도서관 모델을 모색하며》라는 책 외에도 여러 권을 쓰셨지. 펜을 들면 성격이 달라지신다니까. 부모에게서 받은 이름의 뜻 그대로, 나태한 도서관은 싹둑 잘라내는 인정사정없는 논조로 유명하지. 그 칼럼에 유독 한가한 도서관으로 우리가 입에 오르내려도 괜찮겠어? 그게 싫으면 조금이라도 이용자를 모으려고 노력해야 해. 새삼스럽긴 하지만."

그런데 최근, 겨울로 접어들 무렵부터 직원들이 위기를 느낄 만큼 파리만 날리던 아키바 도서관에도 점점 사람들의 발길이 잦아지게 되었다. 가을에 있었던 가출 소동을 계기로 지역 유지인 아키바가 친척들을 동원하여 들판의 억새를 깡그리 베어낸 덕에 전망이 두드러지게 좋아져서인지도 모른다. 물론 도서관 측의 눈물겨운 홍보도 한몫했다고 믿고 싶다. 그러나 무엇보다도 가장 효과가 있었던 건 복지 버스였다.

이번 10월 1일에 시장의 주도로 시내 순환 복지 버스가 화려하게 선보인 것이다. 시청을 기점으로 시민회관, 보건소 그 밖의 공공기관을 잇는 여덟 군데 정류장을 도는 버스로, 요금은 일률적으로 100엔이었다.

버스라고는 하나 정원이 고작 열두 명인 소형 미니버스일 뿐이지만, 운행 대상자인 경로석 이용자들에게는 호평받고 있었다. 차가 없으면 급작스러운 외출이 쉽지 않은 이 지역 특성상, 걸핏하면 집에 틀어박히기 일쑤인 사람들에게 복지 버스는 무척이나 편리한 존재였다. 그 정류장 중 한 곳에 아키바 도서관이 들어가게 되었다. 도서관으로서도 언감생심 바라지도 않던 호의였다. 노선 안내 음성을 통해 버스 승객의 귀에 아키바 도서관이라는 명칭이 반복해서 들리게 되었다. 이는 엉덩이가 무거워 목적지에서 내리지 못한 노인에게 '오호, 이런 곳에도 도서관이 있었네. 잠깐 들러볼까.' 하는 마음을 불러일으킨다는 게 노세의 추측이었다. 버스가 개통된 지 두 달이 지나자, 그 효과는 두드러지기 시작했다. 도서관 이용자 수가 20퍼센트 늘어나는 형태로.

"어쨌거나 다행이야. 도서관은 이용해 줘야 의미 있는 거니까."

"복지과랑 교섭한 게 옳은 선택이었네요."

"그래그래."

12월의 월례 회의 자리에서 히노와 노세가 건네는 말에 관장은 만족스러운 표정으로 대꾸했다. 시에서 복지 버스를 새롭게 운행한다는 소식이 전해졌을 때, 그 거점 중 한 곳에 아키바 도서관이 꼭 들어가야 한다고 강하게 건의한 것도 이 두 사람이었다.

"굳이 도서관을 찾아오는 사람은 상당히 한정되어 있어요. 결정적으로 여긴 입지 조건이 열악하니까 조금이라도 이용자를 끌어들이는 노력을 해야죠."

"그나저나 덕분에 이용자의 평균 연령은 확실히 올라갔네."

확실히 도서관 안을 이리저리 돌아다니고 있는 사람들은 모두 노인들뿐이었다.

"차라리 타깃을 고연령층으로 쥐어짜 볼까. 노인 건강과 역사 소설에 중점을 두고 장서를 구성한다든가 말이야."

히노의 말투가 상당히 진지해졌다. 〈거리의 도서관 탐방기〉에 고연령층 도서관으로 소개되기를 노리는 건지도 모른다.

여하튼 이용자가 많아진 건 좋은 일이다. 보람이 있다. 복지 버스 덕분이다. 버스가 없었다면 아마 도서관과는 인연이 없었을 사람들을 찾아오게 해주었다.

예를 들면 미유키 같은 사람들을.

시를 상징하는 꽃 이름에서 따온 '도깨비부채' 버스는 하루에 네 번 도서관 앞에 정차한다. 하지만 그녀가 도서관에 오는 날은 판에 박은 듯 정해져 있었다. 매주 수요일, 오후 3시경이다.

처음 그녀가 정문으로 들어왔을 때 후미코는 무심코 자리를 박차고 달려 나갔다.

"도와드릴까요?"

그렇게 해주기를 그녀는 기다리고 있었다. 예순이 넘었을까. 헐렁한 손뜨개 베레모에 둘러싸인 머리는, 자그마한 체형에 깡마르고 가녀린 어깨에는 자못 무거워 보였다. 걷는 것조차 힘에 부치는지 그녀는 천천히 걸음을 옮기고 있었다. 그러나 후미코를 올려다보는 눈동자와 목소리는 의외로 밝았다.

"고마워요. 하지만 이래 봬도 다부지니까 마음 쓰지 마세요. 다만 미안한데 편히 앉을만한 자리를 가르쳐주시겠어요?" 여자는 부드러운 회색 숄을 어깨로 끌어당기며 기쁜 듯이 주변을 둘러봤다. "처음 와봤답니다. 이 고마운 버스가 생긴 뒤 노선에 도서관이 있는 걸 알고 언젠가는 들러보리라 계속 벼르고 있었어요. 다행히 오늘은 진료 후에도 컨디션이 좋아서요."

"저기, 어딘가 불편하신지……"

말을 꺼내다 말고 후미코는 기억을 떠올렸다. 복지 버스 노선 가운데 아키바 도서관의 세 번째 전 정류장은 시립종합병원이다.

"여기 있다가 두 시간 뒤에는 또 다음 버스를 탈 수 있잖아요. 그전에 피곤해지면 좀 사치를 부려서라도 택시를 부르면 되니까요." 노부인은 미소 지은 채 말을 이었다. "아름다운 사진집을 볼 수 있을까요? 오래된 절에 관한 책이면 좋겠는데."

그게 아키바 도서관과 미유키의 만남이었다. 이제는 매주 들르는 단골이 되어 도서관 사람들과도 친해지자, 그녀가 그렇게 불러달라고 했다.

"이름으로 불러주면 어쩐지 젊어진 기분이 들어요. 여학생 시절로 돌아간 것처럼요. 이제 와 부끄럽지만, 옛날에는 문학소녀였답니다. 학교 도서실의 도서부원이었는데 장래에는 사서가 되고 싶어서 그 공부도 조금 했어요. 그러니 후미코 씨는 제 동경의 대상이랍니다."

미유키의 눈이 장난스레 반짝였다.

"결국 졸업하자마자 부모님 말씀대로 결혼해 버렸지만, 학창시절에는 즐거웠어요. 아직 국내에 물자가 부족한 시절이었는데, 앞으로는 여자도 학문을 해야 한다면서 다들 희망으로 가득 차 있었죠. 학교는 영어와 다른 외국어 교육에 열정적이었지만, 전 고전문학을 좋아했답니다."

미유키가 아키바 도서관에서 마음에 들어 하는 책은 한결같이 아름다운 미술서와 고전문학이었다.

"요즘 분들은 와카 같은 고전 정형시와는 인연이 멀겠죠. 저희는 마음에 드는 시인을 찾아서 누가 더 좋은지 이야기꽃을 피우곤 했어요. 《만요슈(일본에서 가장 오래된 와카 모음집) 선집》이라고 아시나요? 당시에는 엄청난 베스트셀러였답니다. 거기에 실린 시를 다들 경쟁하듯 암송했죠. 여러 시인 가운데 저는 다소 평범한 히토마로 시인을 좋아했어요. 가정을 이룬 뒤로는 쭉 바쁘게 살아서 그런 우아한 세계와는 멀어졌지만요."

미유키는 아득한 눈빛으로 말을 이었다.

"드디어 자식들이 독립한 뒤부터는 어쩐지 아침에 일어나는 것도 힘들어졌어요. 마음이 느슨해진 건지 게을러진 건지. 그런 생각을 하면서 꾸물거리는 사이에 점점 심해져서, 보다 못한 딸이 병원에 데려갔답니다. 그랬더니…… 크게 당첨된 거죠!"

미유키가 너무 신나는 표정으로 이야기하는 바람에 후미코도 덩달아 웃고 말았지만, 곧장 알아차렸다.

"저기 미유키 씨, 당첨되셨다는 게……?"

"석 달 동안 입원해 있었어요. 지금 다니는 병원에서는 가능한 처치는 전부 해줬대요."

어찌할 바를 몰라 하는 후미코를 달래듯 미유키는 여전히 웃음기가 남은 목소리로 담담히 말했다.

"이젠 입원해도 해줄 치료가 없다면서 퇴원 허가가 떨어졌는데 아직은 매주 통원하고 있어요. 처음에는 딸이 차로 데려다주다가 겨우 조금씩 몸을 움직일 수 있게 돼서 버스로 혼자 다니고 있답니다. 도서관에 들르기까지 실행에 옮기는 데 몇 주나 걸렸네요."

후미코는 말없이 미유키의 열람 테이블에 놓여 있던 얇은 사진집들을 한데 모았다.

상투적인 동정의 말을 건넬 만한 처지는 아니다. 그렇지만 도서관은 미유키에게 도움이 되고 있다. 이럴 때는 도서관에 근무해서 다행이라는 생각이 든다. 후미코가 할 수 있는 일이라고는 미유키가 들기 버거운 책을 가까이 옮겨주는 것뿐이지만.

동지가 가까워지고 있었다. 복지 버스는 무사히 운행되고 있으며 오늘도 아키바 도서관에 이용자를 내려주었다. 더는 파리 날리는 도서관이라고 불리지 않는다. 그렇다고 아키바 도서관이 〈거리의 도서관 탐방기〉에 소개될 기미는 전혀 없어 보이지만.

"분명 조만간 써주실 거야. 양심적인 데다 성실한 도서관이라는 걸 어필하기 위해 좀 더 참고도서 코너에 신경 쓰자고."

"히노, 동기가 불순하네."

노세와 히노는 채용시험 동기였다. 후미코는 서로를 편하게 부르는 두 사람을 늘 부럽게 바라봤다.

확실히 테라다는 최근 참고도서 코너에서 두툼한 연감류를 펴서 읽고 있을 때가 많았다. 새로운 연구 주제라도 발견했는지 요즘은 오후 내내 도서관에서 시간을 보낼 때도 있다. 저렇게나 시간과 열의를 기울이는 모습으로 봐서는 그가 염두에 두고 있는 건 자그마한 칼럼이라기보다 굵직한 주제로 보인다.

"아쉽네. 도서관에 머무는 시간은 점점 길어지시는 것 같은데 말이야."

고개를 갸웃거리는 히노를 보며 노세가 웃었다.

"딱히 테라다 교수님만 그런 건 아냐. 네가 그분을 계속 의식하고 있어서 눈에 더 띄는 것뿐이지. 도서관은 개관해서 폐관할 때까지 진을 치고 있대도 불평 한마디 하지 않고 오히려 감사해하는 희한한 곳이니까. 게다가 심심풀이 거리로 가득하지."

맞는 말이다. 찻집만 해도 일정한 제약이 있다. 시청이나 은행 같은 공공기관도 용건 없이 대기실에서 죽치고 있으면 "용건은 끝나셨습니까?"라고 물으며 넌지시 돌아가기를 재촉하기 마련이다. 비교적 온화한 지역이지만 산에 가깝다 보니 이곳은 도심과 비교해서 꽤 추운 편이다. 그 때문인지 아니면 '도깨비부채' 버스 덕분인지, 도서관 이용자의 평균 연령과 더불어 체류 시간도 증가하는 느낌이다.

어쨌든 좋다. 누구든 소중한 이용자니까.

날이 추워졌지만, 미유키의 건강에는 이상이 없는 모양이다. 한두 번 가족으로 보이는 사람과 함께인 적도 있었지만, 보통은 혼자였다.

"재밌네요. 그 버스로 도서관에 오게 된 뒤에 옛친구 몇 명과 재회했답니다. 수십 년이나 연락이 없었던 친구들이었거든요. 서로 나이를 먹고 여유가 생겨서 그런 걸까요."

종종 관내에서 동년배의 누군가와 인사를 나누게 된 미유키는 즐거워 보였다. 대개는 마음에 드는 사진집을 열람용 테이블로 가져가서 보고 있었지만, 서가 사이를 거닐거나 이따금 다른 책을 한 권씩 빌려 가기도 했다.

"밤에 잠들 수 없을 만큼 재미있는 책은 없나요?"

이제 그런 질문을 할 정도가 되었다.

"좋은 징조로군." 카운터 맞은편 끝에서 후미코의 응대를 지켜보던 노세가 불쑥 그렇게 중얼거린 적이 있다. "책을 집에 들고 갈 마음이 생겼다는 건 두 주 후 반납할 때까지 본인의 건강에 어느 정도 자신이 생겼다는 뜻이니까."

후미코가 서고에서 《다이쇼의 모던》이라는 두꺼운 사진집을 찾아 들고 갔을 때, 미유키는 언제나처럼 《고찰 순례》 사진집을 보고 있었다. 사진계의 대가라고 불렸던 어느 사진작가의 대표작이었다. 아키바 도서관은 다양한 판본 가운데 비교적 얇은 장정 형태의 다섯 권짜리를 소장하고 있었다.

"이 정도 두께라면 구매해서 소장하고 싶어지네요. 더 이상 살 수 없다는 게 아쉬워요."

후미코가 두꺼운 애장판 외에는 이미 절판된 사실을 알려주었을 때 미유키는 진심으로 애석해했다.

"어머." 후미코가 다가가자 미유키가 소리를 냈다.

"책 안에 뭔가 종이가 끼워져 있는데요." 그녀는 차분하게 말하며 후미코에게 종이를 보여주었다. 복사지로 보이는 A4 용지가 반으로 접혀 있었다. 후미코가 펼쳐 보니 예상대로 종이에는 어느 책의 표지가 복사되어 있었다. 앞표지와 책등이었다. 책등과 뒤표지 사이의 경계를 90도로 꺾은 채 복사기 유리면에 대고 누르면 이런 식으로 복사된다.

책은《Schneewittchen》이라는 제목의 그림책이었다.

"우리 도서관 책을 누군가 복사한 걸까요. 감사합니다, 이 종이는 일단 카운터에 보관해 둘게요."

《Schneewittchen》. 번역하자면 '백설 공주'다. 거의 한 세기 전에 출간된 그림책으로 그 나라의 저명한 화가가 일러스트를 맡았다. 복사한 그림 안에는 검은 머리에 까만 눈동자의 미녀가 두 사람을 올려다보고 있었다. 잡지의 그림책 특집 기사에서도 자주 봤던 유명한 표지다. 그 복사본을 거듭 살펴보던 후미코는 고개를 갸웃거렸다.

"여기에 뭔가 적혀 있네요."

언뜻 봤을 때는 알아차리지 못했는데 'Schneewittchen'라는 제목 아래에 오른쪽으로 약간 기울어지듯 쓴 각진 글씨로 한 마디가 더 적혀 있었다. '설백 공주'라고. 그러고 보니 그림 형제의 이 옛날이야기를 설백 공주라고 번역하기도 한다. 그런 후미코 옆에서 미유키도 빤히 그 종이를 바라보고 있었다.

"저기, 후미코 씨. 이건 도서관 책인가요?"

"네. 저희도 소장하고 있어요."

한쪽 표지만 복사된 탓에 뒤표지에 붙어 있을 아키바 도서관의 이름이 들어간 식별 바코드는 확인할 수 없었다. 그래서 단정하기에는 이르지만, 적어도 같은 책이 여기 도서관에도 있었다.

그런데 다시 보니 달랐다. 복사본 속 표지는 아키바 도서관의 책이 아니었다. 개인 소장 도서가 아닌 도서관 책처럼 보이지만 책등 맨 하단에 붙어 있는 라벨이 아키바 도서관의 형식과 달랐다. 라벨에는 '2495'라는 숫자가 인쇄되어 있었다.

"어쨌든 우리 도서관에도 같은 판본이 외국 그림책 서가에 있을 거예요. 외국 도서는 빌리는 분이 거의 없으니 지금 있을 것 같은데요. 원하시면 가져다드릴까요?"

미유키가 고개를 들었다. 오늘은 특히 컨디션이 좋아 보인다. 눈에 생기가 넘친다.

"괜찮아요, 어딘지 아니까 직접 가볼게요. 걱정하지 마세요."

도서관 직원은 카운터를 지켜야 한다. 이상적인 도서관이라면 층별 담당자가 수시로 관내를 순회하면서 혹시라도 곤란해하는 이용자가 없는지 살필 것이다. 그러나 그건 어디까지나 이상적인 얘기일 뿐이다.

후미코는 혼자 가보겠다는 미유키를 따라나서지 않았다. 이용자는 그녀 혼자만이 아니니까.

얼마 지나지 않아 도서관을 나서는 미유키가 보였다.

"어디 안 좋으신 건가."

그 모습을 목격한 후미코가 자리에서 일어났을 때는 다음 회차 '도깨비부채' 버스가 오기까지 한 시간 가까이 남았을 무렵이었다. 늘 미유키는 다음 버스가 올 때까지 두 시간을 꽉 채우며 도서관 탐색을 즐겼었다. 그러나 씩씩하게 걸으며 멀어져가는 뒷모습을 보니 걱정할 정도는 아닌 듯했다.

다음 날 아침, 항상 서가를 정리하는 시간에 후미코는 괜히 외국 그림책 서가에 들러봤다. 이 공간은 책을 만지는 이용자가 적은 탓에 대체로 말끔한 편이다.

그림책일지라도 외국어로 되어 있으면 문턱이 높게 느껴지는 법이다. 국내 그림책은 곧잘 대출되지만, 외국 원서일 경우 사정이 달라진다. 얼마 되지 않는 예산을 할애해서 이런 책들을 구매하는 건 세금 낭비라며 쓴소리를 들을지도 모르지만, 후미코는 의미 있는 일이라고 생각했다. 일본어가 익숙하지 않은 소수 시민이나 좋아하는 외국 작가의 책을 원서로 읽고 싶은 사람. 그 수는 적을지라도 그들의 '읽고 싶은 마음'에 응답하는 것 또한 도서관의 훌륭한 역할 아닐까.

그러한 연유로 아키바 도서관에서도 원서 그림책을 소장하고 있다. 앞서 언급한 사정 때문에 장서 수는 극히 적지만, 다 합쳐 봐야 백 권쯤이어서 키 작은 서가 두 단에 쏙 들어갈 정도다.

후미코가 찾으려던 《Schneewittchen》는 그 작은 서가 위에 놓여 있었다. 마치 방금까지 이 책을 보던 누군가가 그 자리에 툭 내려놓고 가버린 것처럼. 어제 미유키가 그대로 내버려 두고 간 건지도 모른다. 이 그림책과 재회하는 것도 오랜만이었다.

문득 이 표지의 백설 공주가 누군가와 닮았다는 느낌이 들었다.

'누구였더라.' 생각이 떠오를 듯 말 듯 했다. 고개를 갸웃거리며 원래 위치에 되돌려 놓으려다 후미코는 이상한 점을 발견했다.

"이게 어떻게 된 거지."

"후미코, 왜 그래?"

기쁘게도 마침 바로 근처에 노세가 있었다. 타관에서 또다시 장서 대출 요청이 들어온 건지도 모른다.

"누군가가 배가(분류 기준에 맞춰 책을 서가에 배열하는 일)를 엉망진창으로 해놨어요."

"뭐라고?"

가까이 다가온 노세에게 후미코는 말없이 서가 위에 나열된 그림책의 책등을 가리켰다. 도서관의 책에는 반드시 라벨이 붙어 있다. 도서관은 모든 소장 도서에 라벨이라는 주소를 붙여 정렬시키는 게 원칙이다. 백여 권의 외국 그림책에는 알아보기 쉽도록 작가의 알파벳 첫 글자 하나를 첨가한 라벨이 붙어 있다. 작가 이름이 브루나(Bruna)라면 라벨에 B가 붙는 식이다. 그런데 라벨 A부터 가지런히 정렬되어 있어야 할 책들 사이사이마다 빈자리가 생겨나 있었다. 여기저기 책들이 빠져 있었다. 그렇게 빠진 책들의 행방은 곧 파악할 수 있었다. 《Schneewittchen》이 가로놓여 있던 바로 옆, 원칙대로라면 책이 있어서는 안 되는 서가 위쪽에 그림책 열 권 정도가 나란히 정렬되어 있었다. 주변의 다른 서가에서 북엔드까지 가져오는 수고를 들여 그림책들을 꼿꼿하게 세워 놓았다.

"누가 이런 짓을 한 거야."

절대 도서관 직원이 한 짓은 아니다. 제자리에 있던 책을 빼서 라벨을 무시한 채 멋대로 꽂아놓는다는 건 도서관 직원에게는 생리적으로 불가능한 일이다. 서점에 가면 서서 읽는 사람 사이에 끼어들어 멋대로 서가를 정리하는가 하면, 내친김에 질겅질겅 껌을 씹는 패거리를 매섭게 쏘아보며 오히려 업무를 방해하는 인종이 바로 도서관 직원이다. 어제 아침에 서가를 정리한 이후부터 지금까지 사이에 어느 틈엔가 이용자가 저지른 짓이 틀림없다.

"재밌군." 노세가 정말 흥미롭다는 듯 말했다. "혹시 암호 같은 걸까?"

"암호요?"

정확히는 그림책 열두 권이 아래 순서대로 놓여 있었다.

《Albert's Alphabet》 Tryon

《The Polar Express》Allsburg

《Curious George Takes a Job》Rey

《The Garden of Abdul Gasazi》Allsburg

《Ox Cart Man》Cooney

《Titch》Hutchins

《Billy's Beetle》Inkpen

《Mittens》Newberry

《In the Forest》Ets

《Tuesday》Wiesner

《Red Leaf, Yellow Leaf》Ehlert

《Ten Minutes till Bedtime》Rathmann

앞에서도 말했듯 저자 이름의 첫 알파벳 한 글자가 라벨에 인쇄되어 있다. 그러니 라벨을 왼쪽에서부터 차례로 읽어 나가면 확실히 그럴싸하기는 했다.

T, A, R, A, C, H, I, N, E, W, E, R이었다.

"TARACHINEWER? 타, 라, 치, 네, 에…… 다음은 어떻게 읽죠? R로 끝나잖아요."

"그건 분명 만들고 싶은 문자가 적힌 라벨의 책이 없었던 거겠지."

"진심으로 하는 말씀이세요?"

"물론, 농담이야." 노세는 진지한 표정으로 말한다. "서가에는 A, E, I, O, U는 물론이고 Y나 N이 적힌 라벨의 책도 아직 남아 있어. 마음만 먹으면 어떤 문자든 골라서 이어갈 수 있었을 텐데, 여기까지만 만든 거지."

"누군가가 놀이 삼아 그랬다는 거예요? 애들 짓인가."

영문 모를 일이 일어날 때마다 애들을 의심하는 건 나쁘지만, 후미코로서는 다른 대상이 떠오르지 않았다. 보통 일본어 발음에는 사용하지 않는 'WE'라는 알파벳을 늘어놓은 점도 애들 짓처럼 느껴졌다. 뭔가 멋을 부리려다 오히려 실수한 걸지도 모른다.

"요즘 세상에 도서관 책의 라벨로 문자를 조합해서 메시지를 만든다는 게 현실적이지는 않은데요."

노세도 쓴웃음을 지었다. "설사 제삼자가 눈치채지 못하도록 연락을 취하고 싶었다고 해도, 어른이라면 예를 들어 편지처럼 그 외에도 얼마든지 떠오르는 게 있었을 텐데."

간편하고 비밀스러운 개인 간의 연락을 위해 IT 업계를 비롯해 수많은 기업이 나날이 기술 발전에 힘쓰고 있는 시대 아닌가.

"후미코, 거기 정리 좀 부탁해. 이제 개관 시간이야."

도서관 책은 공공기물이다. 거기에 이상한 장난을 치고 싶어 하는 녀석이 끊이지 않는다.

"또다시 새로운 수법의 장난이야." 그다음 주가 되자 이번에는 히노가 우거지상으로 뭔가를 휘두르며 사무실에 들어섰다. "누군지는 몰라도 책 사이에 종이 쪼가리를 끼우고 다니는 녀석이 있는 것 같아. 이용자가 알려줘서 알았지만."

종이를 건네받자마자 후미코는 깜짝 놀랐다.

"어머 세상에, 또 백설 공주잖아!"

"후미코, 짚이는 데라도 있어?"

"그렇다고 해야 할지 모르겠지만 얼마 전에 저도 이걸 찾았거든요."

불과 지난주에 같은 그림을 발견하지 않았는가. 후미코는 미유키와 발견한 종잇조각에 대해 간단히 말해주었다.

"그거 어디 있어?"

"복사기 옆에 있는 분실물 수거함 안에요."

이 세상에는 애써 복사한 카피본을 깜빡 두고 가버리는 사람이 꽤 많았다. 그런 류의 분실물이 복사기 옆 상자에 쌓여갔다. 이면지가 필요할 때면 맨 밑에서부터 한 장씩 꺼내 쓰는데 보통 한 달 분량 정도는 그대로 보존된다. 상자를 살피러 간 후미코는 곧장 종이를 찾아 돌아왔다.

"히노 씨, 여기요. 이것도 장난일 줄은 몰랐어요."

그것은 완전히 똑같은 카피본이었다.

"대체 몇 장이나 복사한 걸까요."

"네가 발견한 것까지 합치면 다섯 장이야."

히노는 손안의 복사지를 팔랑팔랑 넘기며 보여줬다.

"다섯 장이나요?"

"응. 전혀 상관없는 사진집 시리즈 안에 한 장씩 끼워져 있었어."

후미코는 깜짝 놀랐다.

"그거 혹시 《고찰 순례》 시리즈 아니에요?"

"후미코, 그걸 어떻게 알았어?"

"그야 제가 발견한 종이도 같은 사진집 안에 들어있었으니까요."

《고찰 순례》 시리즈는 〈나라〉 편과 〈교토〉 편이 각 두 권씩 상·하권 세트로 되어 있고, 〈간토의 사찰〉 편이 한 권으로 총 다섯 권으로 구성되어 있었다.

후미코는 관내에 이상한 일이 생길 때마다 노세가 있는 곳으로 뛰어갔다. 언뜻 보면 엉뚱한 것 같지만, 실은 논리정연한 그의 견해를 듣는 게 즐거워서다. 오늘은 히노도 함께 나섰다.

"그 다섯 권에 한 장씩 끼워져 있었다는 건가."

둘에게서 교대로 설명을 들은 노세가 갑자기 말똥말똥한 표정이 되어 그렇게 중얼거렸다.

"대체 언제 이런 짓을 벌였는지는 확실하지 않아요. 지난주 수요일에 미유키 씨가 맨 처음 발견해 주셨어요."

"이상한 종이가 책에 끼워져 있다는 말을 내가 이용자한테 들은 건 지난 일요일이야. 그리고 하루 간격으로 오늘 화요일에 또 발견했지. 게다가 두 번 다 같은 시리즈였어. 그래서 혹시나 하는 마음에 그 옆에 꽂혀 있던 다른 두 권을 열어봤더니 예상대로 거기에도 끼워져 있었지."

"같은 녀석이군."

그다지 이용률이 높은 책은 아니다. 미유키가 열람한 뒤 오늘까지, 다해서 모두 두 명의 이용자가 이 책을 본 듯하다.

"꽤 공들인 장난이네."

"그러게, 정말 공을 많이 들였어. 일본의 옛 사찰이 담긴 사진집에 그림책 표지를 복사해서 끼워둔다. 그것도 일부러 분류기호까지 스스로 만들어서 말이지."

"네?"

"뭐야, 후미코, 눈치 못 챘어?"

노세가 책등의 맨 하단에 붙은 라벨에서 2495라고 적힌 분류기호를 손가락으로 가리켰다.

"하지만 이건 우리 도서관 책이 아니지 않나요? 그렇다면……"

아키바 도서관의 책이라면 이 그림책의 분류기호는 작가 이름의 첫 한 글자를 따서 C로 시작해야 한다.

"후미코, 좀 더 머리를 쓰라고."

"그래 후미코, NDC에 이런 번호는 존재하지 않아."

"물론 NDC에는 네 자리로 된 2495는 없는 데다, 249.5라고 쳐도 분야가 완전히 달라지는데……"

"그것도 없는 번호야."

도서관 고유의 분류법인 NDC는 삼라만상을 다루는 이 세상의 모든 도서를 일단 열 가지 분야로 나누는 것에서부터 시작한다. '0 총류'부터 '9 문학'까지. 거기에 십진법을 부연하여 크게 열 개의 분야로 분류한 뒤 각각을 다시 열 개의 하위 개념으로 재분류하고, 이하 원리적으로 같은 법칙을 되풀이해서 더욱 세세하게 분류해 나간다. 하지만 중간중간 결번도 상당수 존재한다. 249.5도 그 결번인 모양이었다. 부끄럽게도 후미코는 도서관 직원이 반드시 파악해야 할 분류기호 숫자들을 그렇게까지 세세히는 습득하지 못한 상태였다. 일찍이 후미코를 지도했던 교관은, 눈에 비치는 세상 전부가 반사적으로 NDC로 변환되어 뇌에 인지된다는 말을 떠들어대곤 했다. 참새는 488.99, 그 발밑의 전봇대는 547.22, 거기에 내려앉은 서리는 451.63, 이런 식이었다. 그 교관이 다소 괴짜이긴 했지만.

"하지만 NDC 이외라면……"

"내가 아는 한, 어떤 분류기호를 사용하더라도 그림책에 이런 번호를 부여하는 체계는 없어."

히노가 명쾌하게 단언했다. 히노의 말이니만큼 설득력이 있었다.

"게다가 이건 손으로 쓴 거야. 레터링용 따위의 가느다란 펜으로 정성껏 적어 놨어. 상당히 독특한 글씨체야. '설백 공주'라는 글씨와 비슷한 서체 같아." 카피본에 얼굴을 바짝 댄 채 노려보면서 노세가 말했다. "일부러 라벨 기호를 수정한 뒤 다섯 장이나 복사해서 《고찰 순례》 시리즈에 끼운다. 이렇게까지 공들여 장난을 치니 흥미가 생기는군."

이럴 때 노세는 거의 아이처럼 흥미진진하다는 반응을 보인다. 불과 조금 전까지 몰래 졸고 있었으면서 완전히 잊어버린 모양이다. 거기에 찬물을 끼얹듯 히노가 말했다.

"흥미가 생겨났다고 한들 누가 한 짓인지 알 방법이 없잖아. 당분간은 다들 주의할 수밖에 없겠어."

다음 날은 수요일이었다. 미유키를 본 후미코는 문득 어떤 생각이 떠올랐다. 카피본을 끼워두고 다니는 녀석 외에도 도서관 책으로 장난을 친 인간이 한 명 더 있었다. 지난주 수요일에 외국 그림책이 있는 서가에 갔던 미유키는 혹시라도 그 암호문을 만든 사람을 보지 않았을까. 그러나 그녀는 고개를 저었다.

"제가 갔을 때는 이상한 짓을 하는 사람은 아무도 없었어요. 서가 위에 책이 몇 권 놓여 있었을 뿐이죠."

오늘도 맑게 갠 겨울날이었지만 밖은 추운 듯했다. 미유키의 볼이 혈색 좋게 물들어 있었다.

노세가 두 사람 앞을 지나 어딘가로 걸어갔다. 그러더니 얼마 후 되돌아와 후미코를 손짓으로 불렀다.

"재미있는 걸 보여주지."

재미가 있든 없든 후미코는 노세가 부르면 기쁘게 따라간다. 성큼성큼 걷던 노세의 발이 관내 어느 지점에서 딱 멈췄다.

"이것 봐, 후미코. 이게 뭐라고 생각해?"

외국 그림책 서가 앞이었다. 노세의 손가락 끝을 좇던 후미코는 화들짝 놀랐다.

그림책 서가 위에 또다시 그림책 몇 권이 책등을 나란히 한 채 진열되어 있었다. 그 세부 내용은 아래와 같았다.

《Who is the World for?》 Ingpen
《The Very Hungry Caterpillar》 Carle

《Die Sieben Raben》Hoffmann

《Moon Tiger》Young

《Farmer Duck》Oxenbury

《The Snowy Day》Keats

《kipper's Christmas Eve》Inkpen

《Corgiville Fair》Tudor

《Johnny the Clockmaker》Ardizzone

《Rumpelstilzchen》Watts

《In the Attic》Oram

뭔가 의미를 담아 그림책을 골랐다고 해도 후미코는 영문을 알 수 없었다. 그림책 작가들도 제각각이었다. 그러나 라벨의 머리글자만을 왼쪽에서 순서대로 나열하면 'ICHYOKITAWO'였다.

"이, 초, 키, 타, 오……"

일본어를 알파벳으로 적을 때 CHYO라는 표기가 일반적이지는 않지만, 느낌상 '이초, 키타오'로 나눌 수 있을 것 같았다.

"저 비밀 메시지도 여전히 진행 중인 모양이야." 노세의 말에 후미코가 책으로 손을 뻗으려고 하자 그가 말렸다. "딱히 실질적인 피해를 주는 장난은 아니잖아. 내일 아침까지 이대로 두고 보지 않을래?"

"제가 계속 지켜보고 있을까요?" 후미코는 단단히 벼르고 있었다. "누군지는 몰라도 이 메시지의 수신 상대가 읽으러 오겠죠?"

"무리야." 보고하려고 카운터로 급히 되돌아온 후미코에게 찬물을 끼얹듯 히노가 말했다. "이곳에서는 그쪽 서가가 안 보이잖아? 구석에 있으니까. 개관 시간 동안에 망을 보는 건 비현실적이라고."

"범인은 거기까지 예측하고 그런 짓을 벌인 걸까요."

"그런 거겠지. 그나저나 정말 애들 짓일까."

"그렇지 않을까요. 일단 머리를 쓴 것 같긴 해요. 도서관 책의 배열을 바꿔서 손편지를 쓰고 싶은 것뿐이라면 좀 더 간편한 재료가 여기저기 널려있는데 말이죠."

아키바 도서관의 장서 팔만 권은 대부분 NDC에 근거한 분류번호가 부여되어 있다. 대부분이라고 말한 건 이 중에 유별나게 두드러지는 분야가 있기 때문이다.

바로 국내 소설이다. 출판 권수가 월등히 많고 이용자의 요구도 높다. 아키바 도서관에서는 대략 20퍼센트대, 즉 이만 권 이상의 책이 인정사정없이 913.6이라는 NDC 분류번호를 가지고 있다. 이래서야 같은 기호로 된 이만 권의 책을 감당하기가 힘들다. 그래서 이 분야도 예외적으로 각 책의 라벨마다 저자의 성에서 첫 글자를 가져와 표기해 두었다. 나쓰메 소세키라면 '나', 모리 오가이라면 '모'라는 식으로.

"라벨에는 존재하지 않는 글자도 몇 개 있긴 하지. 내가 도서관에 입사했을 무렵에는 더더욱 라벨에 없는 글자가 많았어." 히노가 말을 이었다. "그래도 확실히 소설의 라벨을 사용한다면 문장 대부분은 쓸 수 있겠는데."

도서관 장서 이만 권이 문장 짓기 놀이의 재료인 셈이다. 다만, 이 재료에는 한 가지 결점이 있다. 도서관이 문을 여는 동안에는 한 자리에 가만히 있지 않는다는 것이다. 이용자의 수요도 많다 보니 도서관은 해당 분야의 책을 대량으로 구매한다. 게다가 수요가 많은 만큼 곧장 대출되는 경우가 많다. 결국 공을 들여 책으로 문장을 짓는 작업을 해놔도 금세 흐트러질뿐더러 남의 눈에 너무·띄어서 장난을 치는 것 자체가 쉽지 않을 것이다.

"그렇게 따져 보면 외국 그림책 서가를 고른 건 꽤 영리한 생각이었네. 그쪽의 책이라면 좀처럼 움직이지 않으니까. 게다가 남의 눈에 띌 일도 없고. 암호를 만드는 쪽과 읽는 쪽이 제각각 상당한 시간차를 두고 행동해도 괜찮은 셈이지."

"거기다 우리도 지켜보고 있지 않으니까요."

"그렇게 융통성 없는 짓은 그만두라고." 카운터로 돌아온 노세가 두 사람의 대화를 듣고 쓴웃음을 지으며 말했다. "별다른 피해는 없을 거야."

그렇지만 후미코는 오기로라도 밝혀내고 말겠다며 마음을 다잡았다. 그러나 결국 그날 후미코는 외국 그림책 서가에서 어슬렁거리는 인간을 발견할 수 없었다. 그 후 일주일 동안 매일 빠짐없이 둘러봤지만 아무 일도 없었다. 사실 후미코 혼자서는 역부족인 듯싶어서 청소를 담당하는 오노데라에게도 부탁해 두었는데 아무런 소득이 없었다. 게다가 이상한 카피본이 끼워져 있다는 신고도 없다. 어쩌면 수면 아래에서는 새로운 수법의 세밀한 공작을 펼치고 있을지도 모른다. 그러나 도서관 장서에 남의 눈을 피해 치밀한 작업을 해냈다고 한들 도서관 직원이 눈치채기란 좀처럼 쉽지 않다. 후미코는 감시를 강화해야겠다고 생각하면서 새삼 뼈저리게 느끼고 있었다.

기껏해야 하루에 한 번 책등을 보기 좋게 정돈하는 정도가 고작이다. 그 안에 불건전한 낙서를 하거나 소름 끼칠 정도로 페이지를 싹둑 잘라낸다거나 고리타분한 옛날 액션 만화처럼 책 속을 도려내어 물건을 넣는 데 사용한다고 한들, 표면적으로 이상이 없으면 누구도 곧장 알아차리지 못한다. 다음에 그 책을 펼쳐 보는 사람이 나타나지 않는 이상.

"우리는 타인의 선의에 의지하는 존재였네요." 후미코는 히노에게 가만히 말했다. "아무리 눈에 불을 켜고 살펴봐도 수상한 사람은 전혀 안 보여요. 우리 눈을 속인 채 무슨 짓이든 가능할 것 같아요."

후미코는 손에 든 종잇조각에 시선을 떨어뜨렸다. 라벨의 분류기호를 엮은 '암호'를 메모해 둔 종이였다.

TARACHINEWER.

그리고 ICHYOKITAWO.

글자는 이것뿐이다. 아무리 머리를 쥐어 짜내도 독창적인 해답은 떠오르지 않는다.

"의미가 통하는 단어가 들어가 있기는 하네. 타라치네, 이초, 키타. 도대체 그런 단어로 뭘 전하려고 했을까? 그 어린이 정보원들은 뭔가 아는 게 없대?"

사실 후미코는 두 번째 암호를 입수한 다음 날, 곧장 스스무에게 물어보았다. 가을의 가출 소동 이후에도 아이는 도서관에 열심히 다녔다. 한창 건방지게 굴 나이였지만, 일단 도서관에 한해서는 일종의 존경심을 가지고 있는 듯했다. 아무리 또래보다 어려운 책을 읽는다고 해도 그 정도 수준의 책은 진작에 독파한 사람들만이 모인 장소니까.

"있잖아, '타라치네'가 뭔지 아니?"

방금 빌린 시간여행 판타지에 이미 정신이 팔린 스스무는 고개도 들지 않았지만, 뜻밖에도 옆에 있던 친구가 곧장 대답해 주었다.

"타라치네 문방구요."

"문방구?"

후미코의 적극적인 반응에 놀랐는지 스스무도 처음으로 고개를 들었다. 좀처럼 책에서 시선을 떼지 못하면서도 대답해 준다.

"우리 학교 바로 옆에 있는 가게예요. 아줌마가 친절해서 다들 자주 들러 이것저것 사요."

"그렇구나."

후미코는 흥분한 상태였다. 그렇다면 그 암호는 역시 아이들 가운데 누군가가 친구에게 보내는 비밀 메시지였던 건가. 하굣길에 타라치네 문방구로 오라는 뜻일까.

"그러면 '이초(암호에서 유추한 단어 '이초'는 일본어로 '은행나무'를 뜻한다.)'

라는 말도 짐작 가는 게 있니?"

"그게 뭔데요?" 이번에는 스스무가 진지한 얼굴로 후미코를 바라보며 물었다. "은행나무를 말하는 거라면 여기저기 널려 있잖아요."

"그렇긴 하지."

거기까지 기대하는 건 무리였나. 후미코가 침울한 표정을 지었는지 스스무가 위로하는 표정으로 말을 덧붙였다.

"그러고 보니 타라치네 문방구 근처에도 커다란 은행나무가 있어요. 혹시 그거 말하는 건가?"

"고마워." 그제야 수수께끼의 답이 보이는 것 같아서 후미코는 스스무에게 감사 인사를 했다. "그런데 너 말이야, 길을 걸으면서 책을 읽거나 하면 안 된다."

"그래서?"

히노의 재촉에 후미코는 시무룩해진 채 대답했다.

"하지만 아무런 진전도 없었어요."

암호를 통해 세 가지 말을 추측할 수 있었다. 뭔가 특정 장소와 관련된 내용이라는 점도 파악했다. 그러나 여전히 당사자에게만 통하는 단어일 뿐이다. 후미코는 세 가지 단어를 가지고 이리저리 궁리해 봤지만, 범인을 추리해 낼 수 없었다.

"어쨌든 그날 퇴근길에 타라치네 문방구에 들러봤어요."

현장에 가면 뭔가 알 수 있을지도 모른다고 기대했다. 타라치네 문방구는 금방 찾을 수 있었다. 자그마한 상점가 안에 있는 가게로, 북적북적한 원색의 상품들을 도로 앞에까지 내다 놓고 팔고 있었다. 땅거미 지는 풍경 가운데 그곳에만 따스한 빛이 넘쳐났다. 십오 년 전이었다면 후미코도 매일 들르며 잔뜩 설레는 마음으로 꿈 같은 보물들을 한없이 구경하고 있었겠지. 그런 애들이 지금도 몇 명쯤 모여 있었다. 가게 이름(암호에서 유추한 단어 '타라치네'는 일본어로 '어머니'를 뜻한다.)과 정말이지 잘 어울리는, 푸근하고 온화한 얼굴의 아주머니가 애들을 상대하고 있었다. 저 아주머니라면 어떤 손님이든 매정하게 내쫓지 않고 마음껏 구경할 수 있게 해줄 것 같았다.

문구점 옆에는 스스무의 말대로 커다란 은행나무가 위풍당당하게 우뚝 솟아 있었다. 마침 지금은 일 년에 한 번뿐인 낙엽의 계절이다. 자그마한 금빛 새를 무수히 몸에 걸친 은행나무는, 같은 색의 호화스러운 융단을 밑동 주변에 깔고 가로등 불빛 아래 장엄하게 우뚝 서 있었다.

"확실히 아름다운 광경이네. 그나저나 은행나무 북쪽(암호에서 유추한 단어 '키타'는 일본어로 '북쪽'을 뜻한다.)에는 뭐가 있었는데?"

히노의 질문에 후미코는 다시 시무룩해졌다.

"……타라치네 문방구요."

"이런."

"어쩐지 그립기도 하고 마음이 차분해지는 풍경이었지만, 수상한 점이라곤 정말이지 아무것도 없었어요. 그런데요." 후미코는 뾰로통한 표정으로 선언했다. "오늘은 바로 그 수요일이잖아요. 또다시 장난을 치려고 한다면 분명 오늘일 거예요. 기필코 오늘은 범인을 밝혀내고야 말겠어요."

그리하여 후미코는 종일 수시로 외국 그림책 서가를 찾았다. 범행 현장 진압은 둘째치고 조금이라도 빨리 다음 암호문을 발견하고 싶었다.

"열심이군." 언제나처럼 '작업' 코너에서 똬리를 틀고 있던 노세는 후미코가 수시로 옆을 지나다니는 통에 편히 잠을 못 자는 모양이었다. "후미코, 그렇게 한가해? 그렇다면 얼마든지 일을 시켜주지. 요즘처럼 바쁜 시기에, 교육위원회의 높으신 양반이 의회 답변에 필요하다면서 또 종잡을 수 없는 보고서를 요청했다고."

"오늘은 좀 봐주세요. 무슨 일이 있어도 저는 도서관 책을 들쑤시는 녀석을 기필코 붙잡아야겠어요."

"뭐 어때서 그래." 노세가 웃었다. "그렇게 귀찮게 하는 것도 아닌데. 장서에 흠집을 낸다거나 관내에서 소동을 일으키는 것도 아니고. 조금은 너그러이 봐줘도 될 텐데."

"싫어요. 이 도서관 안에서 제가 모르는 일이 있다는 건 참을 수 없다고요."

게다가 범인을 잡는다면 노세도 놀랄 것이다. 후미코는 고집스레 순찰을 이어갔다. 오전 10시, 이상 무. 10시 35분, 이상과 같음. 11시 20분, 11시 53분, 12시 40분, 1시 15분, 2시 5분. 전혀 아무 일도 없음.

"너, 그렇게 끈기 있었냐."

노세가 마지못해 낮잠을 포기하고 질렸다는 표정을 지었을 때 후미코는 여덟 번째 순찰을 마치고 돌아왔다. 손에 책 한 권을 들고 있었다.

"그 책은 뭐야?"

"외국 그림책 서가 위에 올려져 있었어요. 자세히 살펴봤는데 종이도 끼워져 있지 않은 걸 보니 그저 누군가가 원래 자리로 책을 되돌려놓는 게 귀찮아서 그대로 두고 가버렸나 봐요."

그런데 힐끗 책을 본 노세는 두 눈을 번쩍 뜨더니 재빨리 말했다.

"돌려놓고 와."

"네? 배가 위치가 전혀 다른데요."

문제의 책은《세계의 명저》시리즈 제35권으로 '니체' 편이었다.

"적에게 아량을 베푼다는 말이 있잖아. 아무튼 돌려놓고 와. 한 시간이면 돼. 3시 반이 되면 회수해도 좋으니까."

후미코는 빤히 노세를 바라봤다.

"그 험악한 눈은 뭐지?"

"노세 씨, 뭘 꾸미고 있는 거죠?"

"그건 내가 아니잖아. 그저 앞으로 한 시간 정도만 그 꿍꿍이를 눈감아주자고. 아무런 죄도 없는 겁쟁이의 절절한 호소니까."

후미코는 여전히 노세를 노려보다가 결국 발길을 휙 돌리고 총총히 사라졌다. 눈 깜짝할 사이에 빈손으로 되돌아온 후미코는 곧장 노세의 소맷부리를 붙잡더니 획획 끌고 갔다.

"이봐, 왜 이래."

"설명해 주세요." 노세를 사무실로 밀어 넣은 후미코는 카운터와 경계인 문을 꼭 닫고 거기에 기댔다. 노세의 눈에서 시선을 떼지 않은 채 그녀는 최대한 으름장을 놓는 목소리로 말했다. "겁쟁이의 절절한 호소라니, 무슨 뜻이죠? 노세 씨, 그 암호를 만든 범인이 누군지 진작 알고 있었던 거예요? 그러면서 제가 쓸데없이 조사하고 다니는 걸 그냥 지켜보고만 있었냐고요."

후미코는 놓아주지 않겠다는 듯 문에 딱 달라붙어 있었다.

"나도 듣고 싶은데." 퉁명스러운 목소리와 함께 사무실 맞은편 끝에서 히노가 일어섰다. "이해할 수 없는 일은 확실히 설명을 해줬으면 좋겠어. 이봐, 노세. 어서 결정해."

노세는 항복했다는 동작을 취했다.

"알았어, 알았다고. 그런데 말이야, 우리 셋이 여기에 모여 있으면 카운터는 어쩔 건데?"

히노는 카운터에 남아 있던 관장에게 재빨리 내선전화를 걸어 잠시 자리를 지켜달라고 명령, 아니 부탁했다.

"자, 이제 3시까지 우리 모두 자유야."

무서운 표정을 한 동료 둘을 앞에 두고 노세는 한숨을 내쉬며 앉았다.

"알았으니까 일단 앉아. 뭐든 자백할 테니까. ……후미코, 암호를 적어둔 메모는 아직 가지고 있어?"

후미코가 주머니에서 이미 꾸깃꾸깃해진 메모를 꺼내자, 노세도 자기 주머니에서 종이 한 장을 꺼냈다.

"어머, 그건……"

얼마 전 발견했던 카피본 다섯 장 중 하나였다.

"그것도 뭔가 연관이 있나요?"

"있고말고. 애초에 발단은 이 카피본이었으니까."

그러고 보니 확실히 그랬다. 이 카피본을 발견한 뒤 후미코는 실제 장서인 《백설 공주》를 찾으러 외국 그림책 서가까지 갔고, 이상한 배열로 되어 있는 그림책 더미를 발견했다. 노세는 카피본과 후미코의 메모를 나란히 늘어놓더니 펜을 꺼냈다.

"딱히 중요한 증거물은 아니니까 여기에 적어도 상관없겠지." 노세는 카피본 쪽에 펜으로 가볍게 줄을 그어 나갔다. "이 카피본에서 읽어낼 수 있는 정보에는 뭐가 있지? 제목, 저자, 출판사. 그런데 이상한 게 하나 더 있어."

"잘못된 분류기호."

히노가 즉시 대답했다.

"맞아. 이것만큼은 의도적으로 적어둔 거야."

2495. 언뜻 도서관 책처럼 보이지만, 도서관 관계자가 봤을 때는 완전히 엉뚱한 기호라는 걸 알 수 있었다.

"하지만 이것만으로는 어디에서 쓰는 번호인지 유추할 수 없잖아요. 은행이나 어딘가의 회원등록 비밀번호라든가 전화번호 뒷자리 수라든가 우편번호 뒷자리라든가. 이런 건 당사자만 알 수 있는 거 아닌가요."

"메시지라고 생각한다면 적어도 한 명쯤은 이해할 수 있는 인간이 분명히 있겠지. 이 정보의 수신인 말이야."

"그러면 이것도 암호라는 거야?"

"어쨌든 난 그렇게 생각하고 유심히 들여다봤어. 이 카피본 옆에다 후미코가 가지고 있던 암호도 나란히 놓은 채."

그러더니 노세는 2495 옆에 '타라치네'라고 적어넣었다.

"카피본을 보고 호기심을 느낀 사람이 책 실물을 보러 갔다가 이 단어를 맞닥뜨린다. 설백 공주와 2495에서 타라치네까지. 우연히도 상호에 타라치네라는 단어가 들어간 문구점이 근처에 존재하는 바람에 우리 시선이 그쪽으로 쏠려버리긴 했지만 2495와 타라치네라는 두 암호에만 집중하면 다른 게 떠오르지 않아?"

후미코는 어쩐지 머리 한구석에서 뭔가가 걸리는 느낌에 노세가 쓴 글자를 빤히 바라봤다. 그러나 도통 떠오르지 않았다.

"한심하긴. 너 국문학 전공이잖아?"

노세는 그 옆에 천천히 단어를 하나 더 적었다. '타라치네노(垂乳根能)'라고.

"아!"

다음 순간 후미코는 외마디를 남긴 뒤 사무실을 뛰쳐나갔다. 그러더니 눈 깜짝할 새에 두꺼운 책 두 권을 품에 안고 돌아왔다.

"저기요, 도서관에서 뛰시면 안 된다고요."

장난스레 놀리는 노세를 무시한 채 후미코는 세 사람 사이에 그 책을 늘어놨다.

"아하, 와카였나."

책을 보자마자 히노도 퍼뜩 깨달은 모양이다.

"맞아요, '타라치네노'를 봤을 때 처음부터 마쿠라코토바(와카에 사용되는 수식어의 일종. 보통 다섯 음절로 되어 있으며 특정 단어 앞에 쓰여 그 의미를 강조하는 역할을 하기도 한다.)를 생각해 냈더라면 좋았을 텐데 말이죠. 일단 이 '타라치네노'라는 수식어가 가장 많이 나오는 책이라면 만요슈가 틀림없어요. 그리고 만요슈의 와카에는 일련번호가 매겨져 있죠. 와카 시집 가운데 특히 만요슈의 와카는 그 번호로 식별하곤 해요."

후미코가 들고 온 건 모든 와카 시집을 망라한 책으로, 단어를 검색해서 와카를 찾을 수 있는 도서관 필수품이다. 후미코는 초조한 손짓으로 색인을 훑어나갔다.

"찾았어요!"

검색어 '타라치네노' 아래에는 이 마쿠라코토바를 사용한 와카의 시집명과 그 번호가 나열되어 있었다. 그리고 확실히 이 수수께끼의 번호도 있었다. '만요슈 2495.'

후미코가 와카를 모아 놓은 다른 한 권으로 손을 뻗더니 천천히 만요슈 항목을 훑어갔다. 드디어 그 손이 멈추자, 히노가 와카 한 수를 소리 내어 읽었다.

"만요슈 2495······ 타라치네노('어머니'라는 뜻으로, 뒤에 나오는 시어 '어머니'를 강조하는 역할을 한다.), 어머니의 누에, 고치에 숨듯, 두문분출한 애인, 어찌 볼 수 있을까. 가키노모토노 히토마로 시집."

"좋은 연가로군. 어머니에게 누에처럼 귀하게 보호받으며 바깥바람을 쐬는 일도 없이 틀어박혀 있는 당신을, 어떻게 해야 만날 수 있을까요……"

짐짓 황홀한 표정을 짓는 노세를 두 여자가 쏘아봤다.

"노세 씨, 진작 알고 있었던 거죠?"

"그래서 뭐가 어쨌다는 건데? 이 와카에서 뭘 도출해 낼 수 있다는 거야? 후딱 설명하라고."

쏟아지는 추궁에 다시 고분고분한 표정으로 돌아온 노세가 말을 이었다.

"이제 백설 공주 그림책에서 일본의 연가까지 다다른 셈이야. 그런데 이 시점에서 다음 의문이 생겨나지. 라벨로 엮은 암호 중에 남은 WER은 뭘까? 만요슈가 등장한 시점에서 이젠 애들 짓일 거라는 추리에는 제동이 걸렸어. 그러니 귀찮아져서 불완전한 문장인 채로 끝내버렸다든가 철자가 틀렸다는 식으로 범인에게 실례가 되는 추리는 그만두고, 이 암호를 문자 그대로 해석해 보자. 거기에 힌트가 있으니까. 애초에 발단이 된 백설 공주 그림책은 그 작품이 탄생한 나라의 원서였어. 그렇다면 이 암호도 같은 언어, 즉 독일어가 아닐까? 그렇다면 이렇게나 간단명료한……"

"우리도 이젠 이해했다고."

히노가 퉁명스레 노세의 말을 가로막았다.

WER. '누구?'라는 뜻이다.

"그럼, 이건 일방적인 메시지가 아니라 편지와 그 답장이었다는 거예요?"

"후미코가 발견했을 때는 이미 답장이 오가고 난 뒤의 상태였어. 누군가가 '타라치네'라며 말을 거니까 상대가 '당신은 누구?'라고 답장을 한 것뿐이야. 받은 메시지를 그대로 둔 건, '확실히 읽었다, 이건 그 답장이다'라는 걸 강조하고 싶었던 거겠지." 노세는 계속해서 그 밑의 암호를 펜으로 두드렸다. "그렇다면 이쪽도 같은 맥락이라고 볼 수 있어. 독일어로 쓴 편지와 답장인 거야."

더는 설명이 필요 없었다. 후미코를 아름다운 은행나무의 막다른 골목에서 헤매게 한 수수께끼의 암호는 그야말로 간단한 문장으로써 그 정체를 드러냈다.

ICH YOKITA / WO?

나야, 요키타. / 어디야?

"누가 이런 짓을 한 걸까."

스르르 실타래가 풀려가는 걸 느끼며 후미코는 멍하니 중얼거렸다. 그러다 퍼뜩 고개를 들었다.

"그러면 아까 제가 발견했던 잘못 배가된 책은……?"

"어디냐는 질문에 대한 발신인의 두 번째 대답이라고 봐야겠지." 노세는 미소 지으며 말했다. "어떤 책이었는지 기억하고 있겠지?"

물론이다. 《세계의 명저》 제35권. 그리고 분류기호는……

"전집이니까 080이에요."

"그 번호에서 뭐 연상되는 거 없어?"

두말할 필요도 없다.

"휴대전화의 맨 처음 세 자리잖아."

히노가 딱 잘라 말했다.

"그렇다면 그 책 35쪽을 펼치면 나머지 전화번호가 적혀 있을 거다?"

"아마도." 노세는 고개를 끄덕였다. "후미코가 한 차례 확인했는데도 몰랐으니, 종이가 끼워져 있진 않을 거야. 페이지의 여백에라도 써놓았을지도 모르지. 하지만 이 발신인은 상당히 책을 조심스레 다루는 타입이야. 이 카피본 한 장만 봐도 알 수 있어. 책을 상하게 하지 않으려고 신경 쓰는 게 느껴져. 그러니 희미하게 연필로라도 써뒀겠지. 용건이 끝나면 바로 지울 수 있도록…… 이제 저를 좀 놓아주시겠습니까?"

"그건 안 돼요!"

후미코는 당황한 나머지 얼결에 노세의 왼손을 움켜잡았다가 불에 데기라도 한 것처럼 화들짝 놀라며 손을 치우더니 이번에는 그의 재킷 소매를 고쳐 잡았다.

"아직 절반밖에 설명해 주지 않았잖아요! 애초에 범인은 누구인 거죠? 노세 씨가 겁쟁이니, 아량을 베푸니 하며 동정하는 투로 말하던 상대가 누구냐고요."

"맞아. 게다가 어째서 이렇게 바보처럼 에두른 방법을 선택한 건지. 어른이라면 이런 귀찮은 방법은 사용하지 않을 거라고 처음부터 그랬잖아. 요즘 같은 시대에 편리하면서도 남한테 들키지 않을 통신수단은 얼마든지 있다고 말이야."

"범인은 어쩔 수 없었던 거지." 노세는 곤란하다는 듯 말했다. "이 사람한테는 다른 방법이 없었던 거라고."

그는 한숨을 내쉬더니 자세를 고쳐 앉았다.

"어디까지나 내 짐작으로만 들어줘. 어차피 이 메시지의 역할은 끝나기도 했고."

그러더니 후미코를 본다.

"후미코, 이 범인한테는 어떤 특징이 있지?"

당황하면서도 후미코는 고분고분 손가락을 접으며 헤아리기 시작했다.

"매주 수요일에 도서관에 오는 사람이고 독일어가 가능하고 만요슈도 알고 있어요."

"마치 초등학생의 대답 같군. 뭐 좋아. 그렇다면 이 사람은 누구에게 말을 걸고 있었던 걸까?"

"마찬가지겠죠. 매주 수요일에 도서관에 오는 사람이고 독일어가 가능하고 만요슈도 알고 있고."

노세는 다시 한숨을 내쉬었다.

"너희도 추리에 동참시켜서 나 혼자 폭로하는 꺼림칙한 기분은 피하고 싶었는데. 백설 공주 그림책에서 그림책 라벨의 암호를 따라가다가 무심코 메시지 내용을 파악했을 때, 자연스레 좀전의 의문이 생기더군. 이런 답답한 방법으로 메시지를 전하려 한 건 어떤 녀석일까. 너희 둘 말대로 좀 더 손쉽고 안전한 방법이라면 얼마든지 있을 텐데."

"거기다 포인트는 독일어와 만요슈니까, 그에 걸맞은 교양을

지닌 사람들이겠지."

"잠깐만요!"

히노를 가로막듯 후미코가 외쳤다. 아까 스스로 한 말들이 머릿속에서 울려 퍼지고 있었다.

수요일. 만요슈.

"이 암호를 만든 사람은 미유키 씨인가요?"

맞다, 그 노부인이라면 이 조건에 꼭 들어맞지 않는가. 그러나 노세는 고개를 저었다.

"아니, 틀렸어. 미유키 씨가 저지른 짓은 아냐. 뭐, 결국 그분과 관련된 일이긴 하지만. 어쨌든 지금은 설명으로 돌아가지. 왜 이런 방법을 선택했을까. 이리저리 따져 보다가 이 메시지를 주고받는 두 사람의 관계를 생각해 봤어. 달리 그들한테는 연락할 수단이 없었던 거야."

후미코와 히노는 입을 떡 벌렸다.

"아무런 연락 수단도 없으면서 연락하고 싶었다? 대체 어떤 관계이길래?"

"딱히 불가능한 가정은 아니잖아? 특히 이번처럼 한쪽에서 먼저 말을 건 단계에서는, 그 상대방은 전혀 그런 사실을 예측하지 못했다고 생각할 수도 있으니까. 그렇다면 분명 억지스러운 가정은 아니지. 원래 알고 지내던 사이였는데 옛날에 소식이 끊긴 상태라서 주소는 고사하고 전화번호든 메일이든 알려줄 만한 공통의 지인조차 찾기 힘든 상대. 재회하기 전까지 아마도 긴 세월이 흐른 상대 말이야. 여기는 도서관이라고. 아무나 들어올 수 있지. 누군가 들어와서 아무리 오래 머무른들 수상하게 생각할 사람은 없어. 그런 장소에서 지금 예로 든 상대를, 그야말로 우연히 발견했다고 치자. 자, 어쩔 것 같아?"

"어깨를 두드리며 '이야, 오랜만이네'라고 인사하면 되잖아요."

노세는 몇 번째인지 모를 한숨을 쉬었다.

"모든 사람이 후미코만큼 굉장히 솔직하다면 성가신 일은 없겠지. 하지만 공교롭게도 그러한 상대를 발견한 이 양반은 훨씬 더 섬세한 성격이었어. 좋아, 이 표현이 못마땅하다면 꼬인 성격이라고 표현을 바꾸지. 뭐, 호의적으로 해석한다면 자기가 이름을 댔을 때 상대가 대체 어떤 반응을 할지 전혀 감이 안 왔을 거야. 상대가 웃으면서 '오랜만이야'라고 대꾸해 준다면 좋겠지. 미소까지는 바라지 않아도 순순히 상대해 준다면 말이야. 그런데 만에 하나 상대가 차갑게 거절한다면? 그래서 상처 입기 쉬운 이 사람은 상대가 어떻게 나올지 반응을 살피려고 하나의 계책을 생각해 냈어. 두 사람만의 특별한 기억을 환기하는 키워드를 복사해서 책에 끼워둔 거지."

"그게 백설 공주라는 소리야? 아니, 정확히 말하면 설백 공주인가." 히노는 말끄러미 카피본을 바라봤다. "모르는 사람이 발견하면 어느 얼빠진 녀석이 애써 복사한 걸 끼워둔 채 잊어버린 모양이라고 생각할 것 같긴 하네."

"그렇지? 그래서 이 사람은 다섯 권마다 각각 정성껏 종이를 끼워뒀어. 그렇게 하면 상대의 눈에 띌 확률이 다섯 배가 되리라 기대하면서. 히노의 말대로 아무리 실패한다고 한들 남들은 모를 테니까. 목표하는 상대가 알아차리지 못한다면 또 다른 방법을 구상하면 되니까. 범인이 《고찰 순례》를 고른 건, 다른 누구보다도 그 사람이 여기 다섯 권 중 하나를 열어볼 가능성이 매우 높다는 걸 알고 있었기 때문이겠지. 이 작전을 실행에 옮기기까지는 한동안 멀리서 지켜보고 있었을 거야."

"잠깐만요!" 후미코가 다시 소리쳤다. "결국 이 메시지 상대가 미유키 씨였다는 건가요?"

"달리 누가 있겠어? 수요일 당일에 이 카피본을 본 뒤 범인이 의도한 대로 백설 공주 그림책이 있는 곳을 찾아간 건 그분뿐이었어. 그래, 정확히 말하면 암호를 처음 발견한 건 후미코 네가 아냐. 미유키 씨지."

이런저런 기억의 파편이 후미코의 머리를 스쳤다. 온화한 미유키의 얼굴. 상대를 포용해 주는, 굉장히 매력적인 미소. 젊은 시절에는 무척 사랑스러운 여자였으리라.

'옛날에는 문학소녀였답니다. 앞으로는 여자도 학문을 해야 한다면서 다들 희망으로 가득 차 있었죠.'

'《만요슈 선집》이라고 아시나요? 당시에는 엄청난 베스트셀러였답니다. 저는 다소 평범한 히토마로 시인을 좋아했어요.'

"……그렇다면 이야기의 발단은 아주 오래전부터 시작되었던 거네요."

"그녀는 수요일 오후 3시에 도서관에 온다. 범인이 손에 넣은 정보는 그것뿐이었어. 교양 있는 미유키 씨는 관내에서 큰소리로 사적인 이야기 같은 건 하지 않는 데다, 그 자그마한 버스에

같이 올라타서 스토커처럼 뒤를 쫓아 사는 곳을 알아낼 수도 없었겠지. 어쨌든 미유키 씨의 반응을 확인하기 전까지 범인은 모습을 숨기고 있었으니까."

"그 미유키 씨의 상대라면 일단 범인은 틀림없이 남자겠네. 옛날로 치면 좋아하는 여자의 신발장에 편지를 넣어두는 식의 고리타분한 수법이 있었는데. 이건 그 변형된 버전인가."

"미유키 씨는 이 암호는 자기를 향한 메시지가 아닐지 의심했어. 우리는 모르는, 그분의 기억을 환기하는 특별한 요소가 포함되어 있었을지도 모르지. 그래서 같은 방식으로 답장한 거야. 암호 씨는 안심했겠지. 답장이 있었다는 건 결국 상대에게 거부당하지 않았다는 뜻이니까."

'WER? 당신은 누구지?'

미유키는, 그 조심스러운 메시지에 이렇게 답장했다.

용기를 얻은 그는 그다음 주에 다시 한번 메시지를 보냈다.

'ICH YOKITA. 나야, 요키타.'

그랬더니 그녀가 다시 질문해 주었다.

'WO? 어디야?'

"노세의 말대로라면 확실히 이 메시지 왕래는 완료된 거네."

히노가 중얼거렸고 후미코도 고개를 끄덕였다. 거처를 묻는 상대에게 그는 당당히 연락처를 알려 줬다.

이제 앞으로는 이런 에두른 방법에 기대지 않고 미유키가 그의 휴대전화로 연락하면 된다.

후미코는 퍼뜩 시계를 올려다봤다. 오후 3시가 넘어서고 있었다. '도깨비부채' 버스는 진작 도서관에 도착했을 시간이다.

"이런, 관장님을 카운터에 내버려 뒀잖아."

그렇게 말하며 노세가 카운터로 통하는 문을 열었을 때였다. 문 너머로 또렷한 목소리가 들려왔다.

"죄송합니다만, 공중전화는 어디에 있나요?"

미유키 목소리다. 세 사람은 우르르 카운터로 뛰어나가 자동문 옆 공중전화로 향하는 미유키의 뒷모습을 바라봤다. 무심코 그 뒤를 두세 걸음 따라가던 후미코는 퍼뜩 걸음을 멈췄다. 누구에게도 미유키의 대화를 엿들을 권리는 없다.

"후미코, 우리 도서관에 '요키타' 씨로 등록된 이용자가 있는지 검색해 봐야겠다는 생각은 안 해?"

사무실로 돌아온 후미코는 히노의 말에 목을 움츠렸다.

"안 할 거예요."

"정말? 난 이미 해봤는데." 히노는 그렇게 중얼거린 뒤 혼잣말처럼 한마디 덧붙였다. "그 정도는 파고들어도 괜찮잖아? '요키타' 씨가 도서관 책에 장난을 친 건 확실하니까."

"못 말리신다니까."

맥이 빠진 후미코에게 히노는 고개를 저어 보였다.

"하지만 아쉽게도 우리 도서관에 '요키타'라는 희귀한 성을 가진 사람은 한 명도 등록되어 있지 않았어. 여러 가지 한자로 바꿔서 검색해 봤지만…… 음?"

"히노 씨, 별로 이상할 건 없는데요. 도서관에 들어오는 것뿐이라면 딱히 등록할 필요는 없으니까요. 다만, 이제 더는 도서관에서 관여할 여지가 사라졌네요."

아쉬워하는 후미코는 내버려 둔 채 히노는 그저 허공을 쏘아보고 있었다.

한 시간 남짓 후, 후미코는 도서관 밖의 '도깨비부채' 버스정류장에 혼자 앉아 있는 미유키를 발견했다.

'좀 신경 쓰여서 말을 걸어보는 것뿐이야. 혹시라도 컨디션이 안 좋아지신 거라면 큰일이잖아.'

스스로에게 변명하며 후미코가 가까이 다가가자, 미유키는 평소와 다름없이 온화한 미소로 그녀를 맞아주었다.

"춥지 않으세요? 꽤 쌀쌀해졌는데요."

"아뇨, 괜찮아요."

해는 진작 떨어져서 꼭두서니 빛의 하늘을 따라 산의 능선이 또렷이 드러나 있었다.

미유키는 양손을 덥히려는지 코코아 캔을 소중한 듯 들고 있었다. 무릎 위에는 그 설백 공주 그림책이 놓여 있다.

후미코는 깜짝 놀랐다. 설백 공주가 누구를 연상시키는지 알아차렸기 때문이다. 이 가늘고 기다란 검은 눈동자야말로 미유키와 닮지 않았는가.

"……바보 같긴. 웃겨 죽겠다니까."

"네?"

혼잣말을 한 건가.

"젊은 아가씨는 상상도 할 수 없을 거예요. 저도 옛날에는 젊었답니다. 설백이라는 별명도 있었죠. 딱히 제가 미인이었다는 소리가 아니라 그저 이름이 '깊이 쌓인 눈'이라는 뜻의 미유키잖아요. 게다가 학생 시절에는 독일어 연극에서 설백 공주 역할을 맡은 적도 있어서 반 친구들이 그렇게 부르게 되었지요." 미유키는 쑥스러운 듯 웃었다. "제가 주인공이 된 건 독일어 발음이 가장 좋아서였답니다. 아버지가 의사여서 집에 독일어책이 잔뜩 있었거든요. 당시에는 근처 남학교 학생들까지 연극을 보러 와서 학교 안이 무척 시끌벅적했어요. 그 이후에 누군가 불쑥 이 그림책을 집으로 보내준 적도 있었죠. 엄격한 아버지가 이게 뭐냐며 화를 내는 바람에 숨기느라 애를 먹었지만요. 전부 머나먼 옛날이야기예요. 그런데 그걸 지금껏 잊지 않은 바보도 있었네요."

후미코는 가만히 듣고 있었다. 미유키도 맞장구를 바라지는 않은 듯했다.

"겁쟁이였어요. 그야 요즘과 달리 부모님이 엄격하던 시절이었으니까요. 그래도 그러한 장애를 뛰어넘는 사람들도 있었는데. 당시에 그저 한마디만 건네줬더라면. 그런데 상처받는 게 두려웠던 그 사람은, 하고 싶은 말을 입밖에 전혀 꺼내지 않았죠. 오십 년이 지났는데도 여전히 변한 게 없어요. 자기가 먼저 말도 걸지 못한 채 제가 말을 꺼내주길 기다리고 있죠. 한 걸음 내딛지 않으면 아무것도 손에 넣을 수 없잖아요. 그런 겁쟁이를 상대해 줄 여유 따위, 지금의 제겐 없는데 말이에요."

미유키는 퍼뜩 정신이 들었는지 후미코를 쳐다봤다.

"미안해요, 이상한 옛날이야기나 하고. 못 말린다니까요. 할머니가 되면 자기가 아는 걸 누구든 알고 있을 거라고 바보처럼 단정 지어 버린답니다."

'저도 조금은 알고 있어요.' 그렇게 말해도 좋았을지 모른다. 그러나 후미코는 가만히 있었다. 상처받는 게 두렵다는 말. 지금 미유키가 담담하게 한 말이, 어쩐지 가슴 깊은 곳에 울려 퍼져서 섣불리 입을 열 수 없는 기분이 되었다. 게다가 자기보다 곱절이 넘는 세월을 살아온 미유키가 인생의 끝에 다다른 나이가 된 지금, 어떤 대답을 내놓는다 한들 후미코가 코멘트해 줄 말은 없었다.

"지금 전 최선을 다하고 있답니다. 옛날 감상에 빠져 있을 시간 따위 없어요. 제가 죽는다면 마음 아파할 사람들이 있으니까요. 그들은 저와 인생을 함께 해준 사람들이죠. 그러니 제가 할 수 있는 최소한의 일은, 그들이 받을 상처가 조금이라도 가벼워질 수 있도록 가능한 한 좋은 추억을 잔뜩 남겨두는 거랍니다. 제 목표는 이제 그것뿐이에요. 하지만 그것만으로도 힘에 부쳐서요."

그녀의 말은 더 이상 후미코를 향해서가 아니었다.

"미유키 씨, 버스 왔어요."

버스에 오를 때 미유키는 처음으로 순순히 후미코가 내민 손을 붙잡았다.

호기심 가득한 두 사람의 눈동자가 돌아온 후미코를 맞이했다. 무리도 아니다. 반대였다면 후미코라도 그랬을 테니까.

"……라네요. 뭐, 결론은 미유키 씨가 딱 잘라 거절하신 거죠. 마음이 훈훈해지는 이야기일 줄 알았는데 실제 인생은 그렇지 않네요."

후미코로서는 아쉬운 면이 있었다. 겁쟁이 고백남에게, 서가의 그림자에 숨어 미유키를 바라보고 있었을 그에게 공감되기 시작했었으니까.

"확실히 걷어차고 싶어질 만큼 답답한 녀석이네. 하지만 전체를 두고 본다면 미유키 씨에게는 좋은 사건이었을지도 모르지." 노세가 중얼거렸다. "결코 그분은 자신의 젊은 시절을 후회하지 않아. '미유키'라는 이름에도 애착이 있지. 물론 애착의 일정 부분은 오래전의 겁쟁이 남자 덕분일지도 모르지. 그렇지 않았다면, 설백 공주니 만요슈니 하는 단어에 곧장 반응하지 않았을 테니까. 이번 사건을 통해 그러한 과거와는 단호하게 매듭을 지은 셈이야. 그분의 의지로. 이제껏 질질 끌어오기만 했던 추억을, 스스로 행동함으로써 자기가 납득할 수 있는 색깔로 다시 칠할 수 있었어. 그래, 암호 씨가 차인 건 결과적으로 미유키 씨를 위한 일이 된 거야."

노세가 하는 말도 듣는 둥 마는 둥 히노는 여전히 후미코가 쓴 메모를 노려보고 있었다.

"있잖아, 노세. 암호가 수요일에 만들어진 건 미유키 씨가 읽게 하기 위해서니까 납득이 가. 재빨리 작업을 해놔도 다음 날 아침이면 우리가 치워버리리라는 점도 예측했을 테니까. 그렇다고 해서 남자 쪽도 '수요일의 방문자'일 거라고 한정할 수는 없 잖아?"

노세는 고개를 끄덕였다.

"누구든 일주일 중에 우연히 수요일에만 도서관에 올 확률은 낮아. 여러 사정으로 미유키 씨는 반드시 수요일 오후 3시에만 도서관에 오는데, 좀 더 자주 도서관에 출입하던 남자 쪽에서 우연히 그녀를 목격한 거라고 보는 쪽이 오히려 현실적이지."

"히노 씨, 뭔가 짚이는 거라도 있어요?"

하지만 등록자 중에서 요키타라는 이름은 없지 않았는가.

곧장 대답하지 않은 채 히노는 의자를 회전시키더니 자기 책 상의 서류 파일에서 얇은 잡지 한 권을 꺼내고 노세를 빤히 바 라봤다.

"노세, 처음부터 이거 알고 있었어?"

'××대학 간행물 특집 테라다 오노타 교수 퇴임 기념 강연'

"테라다 교수님이 저서에서 오노타(斧太)라는 이름은 부모님 이 지어주신 거라고 하셨지. 그리고 이런 말씀도 하셨어. 한자 를 정확히 읽는 사람이 아무도 없어서 한자가 아닌 발음으로만 적은 오노타(オノタ)를 필명으로 삼았다고."

노세는 고개를 끄덕였다.

"나도 교수님 에세이에서 그 이야기를 읽은 적이 있어. 이름 을 한자로 어떻게 쓰는지는 적혀 있지 않았지만."

"두 분 다 무슨 말씀을 하시는 거예요?"

답답해진 후미코가 재촉하자, 히노는 간행물 표지에 적힌 오노타 교수 이름 중 '오노(斧)'라는 한자를 손가락으로 쿡 찔렀다.

"후미코, 이 한자는 '오노' 말고 또 뭐라고 읽을 수 있지?"

斧……. 요키! 오노타를 요키타로 바꿔 쓴 것이다.

"그럼, 그 교수님이 범인이었던 거예요? 학문에 생애를 바친, 그 까다로운 은퇴한 교수님이 살금살금 좀스럽게 라벨로 암호를 만드는 작업 따위를 하고 있었다고요?"

후미코가 반신반의하여 외쳤지만, 노세는 쓴웃음을 지을 뿐이었다.

"이 카피본을 가지고 있던 사람은 책을 소중히 다루는 사람일 거라고 말했잖아? 테라다 교수님, 존재도 하지 않는 분류기호를 책에 부여하면서 내심 부끄러우셨을걸."

"확실히 테라다 교수님은 쭉 독신이셨어. 하지만 사생활에 관해서는 학생들도 거의 모르니까. ……노세, 그래서 겁쟁이라는 둥 걷어차고 싶어지는 녀석이라는 둥 묘하게 단정적으로 말했던 거야?"

히노의 질문에도 여전히 노세는 웃고 있다.

"그 당찬 미유키 씨는 옛날부터 야무진 미소녀였을 거야. 인생을 정면에서 당당히 바라보는 타입이지. 그런 여자에게 사랑고백조차 책으로밖에 하지 못하는 약해빠진 학자라니, 애초에 결론은 나 있었던 셈이야."

후미코는 겨울의 삭막한 거리를 터벅터벅 걸으며 멀어져가는 진갈색 모자를 떠올렸다. 조금 연민을 자아내는 그 모습이, 어느새 무척 친밀하게 느껴졌다.

제3화
입춘
축제 준비

봄이 가까워졌다. 거리에서는 히나마쓰리(3월 3일마다 제단 위에 인형과 음식을 올려 장식하며 여자아이의 건강과 행복을 비는 축제)를 맞이한 판매 전쟁이 절정에 다다를 시기였다. 자식이나 손주가 태어나서 처음 맞는 명절이다 보니 온 가족이 잔뜩 들떠서 우편 판촉물이나 백화점 광고를 살펴보느라 분주한 때이기도 했다.

그러나 이 고장에서는 이 명절을 음력으로 쉰다. 오랜 관습을 고집하는 노인들의 세력이 강하다 보니 모든 명절을 음력에 맞춰 엄숙하게 치른다. 게다가 단오를 아예 양력 5월 5일로 정한 정부를 아직도 못마땅해하는 노인들이 있다는 소문도 그럴싸하게 퍼져 있는 분위기다. 실제로 6월이 되면 청과물 가게 앞에는 여봐란듯이 창포가 진열된다.

어쨌든 히나마쓰리 같은 경우 때때로 눈이 흩날리곤 하는 양력 3월 3일보다는, 집집이 뜰에 붉은 꽃이 피는 화창한 날씨일 가능성이 큰 음력 쪽이 여자애의 성장을 축복하기에 제격이다. 봄의 도래를 기뻐하고 겨울 동안 묵은 때를 벗기는 건 인간의 생리를 따르는 행위다.

물론 우아하게 봄의 방문을 기다릴 수 있는 인간만 존재하는 건 아니다. 아키바시 문화센터 담당자는 올해도 '봄맞이 문화강연회' 개최로 골머리를 앓고 있었다. 거품경제 이후 공공사업 활성화라는 미덥잖은 목소리에 전국이 놀아나던 시기에, 아니나 다를까 이 지역에도 외견만큼은 번지르르한 문화센터가 생겨났다. 건물만 있을 뿐 실속이 없는 건 어디든 마찬가지여서 아키바시 문화센터도 늘 한산했다. 고작 지역 자치회의 회합 장소나 노래방 동호회의 연회장 같은 용도로 전락한 상태였다. 급기야 시장으로부터 이 한심한 사태를 어떻게든 개선하라는 지시가 내려왔다. 문화시설은 시민의 문화 향상을 위해 애써야 한다. 문화센터와 도서관 같은 공공시설은 시민이 이용하도록 적극적으로 홍보해야 하며, 틈틈이 이용률 파악에도 힘써야 한다.

그런 연유로 센터 담당자는 '문화강연회'를 기획해야 했다. 시장은 의욕만 앞설 뿐 예산은 만족스럽게 책정해줄 생각이 없으니 이름값을 할만한 인물을 무보수로 어떻게든 섭외해야만 한다. 한 번뿐이라면 궁리해볼 만도 하지만, 해마다 기획해야 하는 사업이다 보니 담당자로서는 골치 아픈 일이었다. 그러던 어느 밤, 고심하던 담당자는 본가에서 히나마쓰리 장식 인형을 유심히 바라봤다. 이 고장에서는 정초가 지나면 할머니들이 전통 종이로 히나마쓰리 장식 인형을 만드는 풍습이 있다. 원래는 종이 인형을 만들어 강에 흘려보내는 행사가 시초인데, 시대가 바뀌면서 복사꽃과 놀이용 공, 비녀 등을 형형색색의 전통 종이로 만들어 장식하게 되었다. 어느 집이든 직접 만든 종이 장식품을 히나마쓰리 인형 옆에 매달았다. 상당히 소박하면서도 훌륭한 장식품이다. 그리고 음력 3월 3일이 되면 강물에 흘려보낸다. 강물에 몸을 씻어 액운을 없애는 풍습이 남아 있는 셈이다.

'바로 이거야.' 담당자는 무릎을 쳤다. 지역의 향토사 연구회에 히나마쓰리와 관련한 풍속 이야기를 해줄 수 있는 사람이 한 명쯤은 있으리라. 친분이 있는 할머니들에게 히나마쓰리 장식을 시연해달라고 부탁하거나 희망자를 대상으로 기초를 가르쳐달라고 해도 좋을 듯하다.

담당자는 한결 가벼워진 기분으로 기획안을 짜 내려갔다.

향토사 연구회에 부탁하려면 일단 회장인 아키바 나리에게 말을 꺼내야 한다. 요즘 그 나리는 한가한 도서관에 붙어사는 모양이었다. '그래, 내친김에 그 도서관 직원들한테도 도와달라고 하자. 어차피 늘 한가해 보이니까.'

그리하여 좁디좁은 이 고장에 하나의 소동이 일어나게 되었다.

"사줘, 사달라고, 제발."

"안 돼요. 안 된다니까요. 그럴 돈 없어요."

"돈이라면 있어. 괜찮아. 정확히 계산했다고."

"그런 쓸데없는 곳에 지출할 돈은 없다는 뜻이에요."

"쓸데없는 거 아니라니까. 이건 꼭 필요해. 도서관으로서도 소장하지 않으면 창피한 일이라고. 내 말 좀 들어 봐."

"무슨 말을 해도 낭비예요. 안 되는 건 안 되는 거예요."

"구두쇠 같으니."

마치 떼를 쓰는 아이 같다. 어째서 이 남자는 이런 때에만 정신연령이 가파르게 낮아지는 걸까. 난감한 기색을 내비치며 후미코는 책상 맞은편의 부루퉁한 얼굴을 바라봤다. 아무리 졸라봤자 먹히는 나이도 아니면서.

"구두쇠, 구두쇠, 구두쇠 대마왕. 제발 사자. 이 전집, 싸게 해드릴게, 4만 엔……"

"저기요, 노세 씨." 후미코의 말투도 과자를 사달라고 조르는 아이를 대하는 엄마 같았다. "우리 도서관에는 분명 그 작가의 선집이 있잖아요. 그걸로 충분하지 않나요?"

그 순간 노세가 어깨를 한껏 펴고 자세를 고쳤다. 어느 정도 희망이 보인다고 생각한 모양이다. 그의 목소리에는 한층 열의가 담겨 있었다. 지금 회의 때만큼은 평소의 졸린 표정도 어딘가로 사라지고 눈이 총총하게 빛났다.

"선집만으로는 안 돼. 그건 서간 종류가 빈약하거든. 이 전집에는 작가의 모든 서간이 들어있다니까? 거기다 미발표 수기까지……"

"기각." 히노가 냉혹한 목소리로 판결했다. "우리 도서관에서는 그렇게 본격적인 자료까지 소장할 필요는 없어. 기존 소장 도서보다 더 높은 수준의 책을 요청한 이용자는 한 명도 없었 잖아? 이왕이면 어려운 자료보다는 사람들의 관심을 넓혀주는 자료부터 충실히 갖춰야 해."

"무슨 소리야. 수집의 기본은 1차 자료라고."

"저기…… 회의 중에 미안한데……"

쭈뼛쭈뼛한 목소리가 사이를 비집고 들어왔다. 사람 좋은 얼굴의 관장이 어쩔 줄 몰라 하는 표정을 한 채 문틈 너머로 빼꼼 얼굴을 내밀었다. 작년에 교육청에서 발령받아 온 관장은 전형적인 사무직 타입이었다. 도서관이라는 별세계에 돌연 내던져졌지만, 그래도 이 아저씨는 독서를 무척 좋아하고 도서관에서 일하는 사람들을 경외의 시선으로 바라본다. 어릴 때 무서운 도서관 아주머니한테 혼쭐이 나는 바람에 트라우마를 안고 있는지도 모른다. 도서관 고유 업무에도 매우 협력적인데다 일주일에 한 번씩 도서관 소장 도서를 결정하는 도서선정회의를 하는 동안에는 관장이 카운터 당번을 서 준다. 어떤 책을 사야 할지 말아야 할지 침을 튀겨가며 토론하는 직원이라는 존재가, 그 어느 때보다도 일종의 경외를 품어야 하는 외계생명체로 보이는 모양이다.

"네, 무슨 곤란한 일이라도 있으세요?"

여전히 부루퉁한 노세를 무시하고 후미코가 상냥하게 대꾸했다. 마음만 먹으면 그런 목소리를 내는 건 쉽다. 관장은 후미코가 쥐고 있는 도서구입비를 노리는 듯한 행동은 하지 않는다. 반면 노세는 자기의 이념과 취향에 치우친 책만 사려고 한다. 언뜻 관장은 안심한 표정이었다.

"미안한데, 좀 곤란한 일이 생긴 듯해서 말이야. 안에서 이야기를 들어줄 수 있을까?"

그 목소리와 함께 색이 바랜 승복 스타일의 옷을 걸친 사람한 명이 저벅저벅 안으로 들어왔다. 후미코는 이곳에서 근무한지 한 해가 다 되도록 그가 다른 차림을 한 모습을 본 적이 없었다. 오늘 같은 날은 그의 옷차림에서 살짝 봄기운이 느껴졌지만, 엄동설한에는 승복 위에 늘 소매가 넓고 예스러운 솜 잠바를 걸치며 버틴다.

"안녕하세요, 아키바 씨."

그는 이 도서관의 지주다. 정확히는 이미 이곳 부지를 시에기부한 상태지만, 기부자인 아키바는 여전히 이 한산한 도서관을 벌이가 시원찮은 세입자나 변변찮은 손주처럼 생각하며 뻔질나게 드나든다. 평소에는 땡중처럼 서글서글하고 불그레하던 얼굴이, 지금은 대단히 불쾌한 표정으로 바뀌어 있었다. 아키바는 후미코를 내려다보며 종이 한 장을 불쑥 내밀었다.

"이봐, 이거 말이야. 좀 곤란한 상황 아닌가?"

두툼한 다섯 손가락이 복사지 한 장을 움켜쥐고 있었다.

언뜻 본 후미코의 안색도 바뀌었다.

"노세 씨, 히노 씨."

두 사람이 곧장 다가왔다. 후미코의 목소리에서 뭔가 심상치않은 낌새를 느낀 모양이었다. 노세도 비싼 도서 구매 건은 일단 뒤로 제쳐놓은 듯한 표정이다. 그리고 후미코가 내민 종이를 힐끗 보더니 아키바에게 안쪽을 가리켰다.

"이쪽으로 오시죠. 자세히 이야기를 듣는 편이 좋을 것 같군요."

그들은 아키바를 사무실 한쪽으로 정중히 안내했다. 저렴하긴 해도 응접세트가 있는 곳이었다.

아키바와 마주 앉은 후미코는 다시 손에 든 종이로 시선을 떨어뜨렸다. A4 크기의 종이에는 세로 여섯 줄로 나열된 누군가의 이름들 옆에 각각 주소와 전화번호, 나이, 게다가 뭔가 사연이 있는 듯한 아홉 자리 숫자가 가로로 프린트되어 있었다. 언뜻 보기에 숫자가 무엇을 뜻하는지 알 수 없었지만, 외관상으로는 여섯 명의 주소록처럼 보였다. 그러나 거기에 하나 더, 도서관으로서 도저히 간과할 수 없는 사항이 적혀 있었다.

"이건……"

"어제 우리 가게 복사기에 놓여 있었다네."

아키바가 퉁명스레 말했다.

아키바 가문은 이 근방에서 대대로 부농으로 이름을 떨쳐온 집안이다. 수도권에 자리한 농가들이 흔히 그렇듯이 농지는 해마다 줄어드는 추세여서, 요즘은 농산물보다는 그들이 운영하는 주류 판매점에서 나오는 수익이 더 많다고 한다. 이 주류 판매점은 당주인 아키바의 어머니가 들고 온 지참금이었다. 무엇보다 이 근방에는 경쟁 업체가 전혀 없었다. 처음에는 동네의 작은 주류 판매점으로 시작했지만, 점차 조미료나 일용잡화, 직접 조달하는 신선한 채소, 심지어는 문구류까지 취급하게 되면서 말 그대로 만물상으로 탈바꿈했다. 그렇다 보니 이 가게가 편의점으로 변한 건 자연스러운 일이었다. '해피스토어 아키바'는 지금도 이 근방에서 '아키바 주류점'으로 인식되고 있었다.

그 가게의 복사기에 이 종이 한 장이 놓여 있었다고 했다.

"복사를 한 사람이 깜빡 두고 간 걸까요."

건드리고 싶지 않았던 상처 주변을 살살 들쑤시는 심정으로, 일단 후미코는 누구든 쉽게 가정할 수 있는 말을 해봤다. 어쨌든 이 근방에서 복사기를 이용하려면 아키바 주류점에 가야 한다. 복사하러 왔다가 원본을 깜빡 두고 가는 건 흔히 일어날 법한 일이다.

"나도 처음엔 그렇게 생각했네. 그런데 타인의 주소며 전화번호 같은 게 줄줄이 적혀 있는 거야. 그러니 거기에다 내팽개쳐 둘 수는 없잖나. 요즘같이 험한 세상에 말이야."

개인 정보를 악용하는 방법이라면 얼마든지 있다. 겉보기와 달리 아키바는 세심한 면이 있었다.

"가게를 지키던 알바생은 마지막으로 복사기를 누가 사용했는지 기억도 못 하더군. 일단 내가 이걸 발견했을 때는 이미 삼사십 분은 지났다고 봐야겠지. 이젠 주인이 누군지도 몰라. 복사기 분실물은 한데 모아서 계산대 옆 상자에 놓아두고 주인이 찾아갈 수 있도록 해뒀네만, 이건 거기에 던져두기도 위험한 것 같아서 말이야."

아키바는 혀를 차며 다시금 종이를 곰곰이 바라봤다.

"여기에 적힌 사람 중 한두 명한테 연락해보면 잃어버린 당사자가 누군지 짐작할 수 있지 않을까 생각도 해봤지."

그러더니 아키바는 갑자기 생각에 잠겼다. 아무리 생각해도 숫자는 의미불명이니 일단 무시하기로 하자. 이름과 주소, 전화번호도 뭐 괜찮다. 그런데 가장 구석에 적혀 있는 이건 뭘까? 거기에서 하나 짚이는 부분이 있었다.

"여기에 줄줄이 적혀 있는 건 책 제목 아닌가? 그렇게 생각해보니 이 숫자도 뭔지 알겠더군. 여기 도서관 대출증에 이런 식의 번호가 적혀 있잖나."

마주 보고 있던 히노와 노세, 후미코는 굳은 표정으로 고개를 끄덕였다. 물론 세 사람은 처음부터 한눈에 알아차렸다.

도서관 카드번호에 주소와 이름, 전화번호. 게다가 도서명까지 적힌 종이를 누군가 동네 복사기 위에, 쉽사리 타인의 눈에 띄는 장소에 깜빡 두고 가버렸다.

《조몬의 새벽》
《꽃피는 왕조의 에마키》
《말세 사상》
《무르익는 상인 문화》
《서구의 숨결》
……

"……이건 말도 안 돼."

후미코가 중얼거렸다. 아키바 쪽이 되려 곤혹스러워하는 기색이었다.

"자자, 그렇게 거북하게 생각할 필요는 없잖나. 역시 자네들이 책을 빌린 이용자의 목록을 만든 거겠지? 그게 어찌 된 상황인지 우리 가게까지 우연히……"

"그럴 리가 없잖아요!"

후미코의 서슬 퍼런 반응에 아키바는 무심코 뒤로 물러나 앉았다. 그러더니 놀란 표정으로 노세에게 도움을 청한다.

"이봐, 내가 뭔가 곤란한 말이라도 한 건가? 이렇게까지 사서 언니를 화나게 할 정도로?"

"이제 그녀가 설명할 거예요."

노세는 간신히 표정을 풀며 안심시키듯 대답했다. 히노도 한마디 거들었다.

"아키바 씨가 저지른 짓이 아니잖아. 제대로 조리 있게 설명해드려야지."

후미코는 잠시 크게 숨을 들이마셨다. 그러더니 기세 좋게 지껄여대기 시작했다.

"이건 분명 도서관의 대출 목록 같아요. 하지만 아키바 씨, 도서관 직원은 말이죠. 섣불리 이용자의 주소니 이름이니 어떤 책을 빌렸는지 따위를 파악할 만한 목록 같은 걸 만들지 않아요. 만에 하나 그런 걸 만들었다고 치죠. 이건 도서관의 누구에게 물어도 똑같을 거라 단언하는데요, 그걸 여기 도서관, 아니 이사무실 밖으로조차 들고 나가지도 않을뿐더러 하물며 어딘가에 깜빡 버려두는 짓 따위는 절대 하지 않아요."

숨이 찼는지 후미코는 어쩔 수 없이 말을 끊었다. 그러나 누군가 끼어드는 걸 꺼리듯 곧장 말을 이었다.

"그러니 아키바 씨의 가게에 누군가 이걸 놓고 갔다고 해도 그건 우리 도서관 직원이 한 짓이 아니에요. 애초에 부주의하게 이런 목록을 만드는 짓은 절대로, 정말 절대로 하지 않아요."

후미코는 초조한 기색으로 양손을 휘둘렀다. 아키바가 알아들을 수 있는 말을, 어쩐지 허공에서 거둬들이는 것처럼.

"그러니까 예를 들어…… 예를 들자면 말이죠, 아무리 목이 말라도 누군가 먹다 버린 주스 캔을 주워서 마시거나 하지 않잖아요? 아무리 갈증에 시달린다 해도 생리적으로나 본능적으로 그걸 입으로 가져가는 행위를 거부하게 되는 거죠. 이 상황도 마찬가지예요. 도서관에서 일하는 사람에게는 이용자의 개인 정보를 함부로 노출한다는 것 자체가, 일단 이치를 떠나서 본능적으로 불가능하게끔 되어 있다고요."

"맞습니다."

숨이 찬 후미코를 대신해서 노세가 부드러운 목소리로 말을 이었다.

"우리는 이런 걸 만들지 않아요. 아무리 주의한다고 해도 만에 하나라는 게 있으니까요. 그래서 일단 이런 종잇조각의 형태로 만드는 것 자체를 피하고 있어요. 정보 유출이 불안하면 정보량을 제로로 하면 그만이죠. 그게 제일 안전하잖아요? 업무상 이용자의 개인 정보가 필요한 상황이더라도 지금의 시스템에서는 대체로 컴퓨터 화면으로 확인해도 충분해요. 일부러 종이매체 따위로 출력하지 않죠."

두 사람의 얼굴을 교대로 바라보던 아키바가 절반은 납득한 듯하면서도 여전히 미심쩍은 표정으로 고개를 갸웃거렸다.

"결국 자네들은 이런 걸 만들지 않는다는 거로군. 그렇다면 우리 가게에서 발견된 이 종이는 대체 어느 누가 만들었다는 건가? 더더욱 자네들 말대로라면 이 종이에 적힌 내용을 아는 사람은 여기 도서관 직원들뿐이라는 말이 되잖아?"

냉수라도 뒤집어쓴 것처럼 후미코의 흥분이 가라앉았다. 자신도 모르게 자세마저 움츠러드는 기분이었다. 그 옆에서 노세가 냉정한 목소리로 단호하게 말했다.

"말씀하신 대로입니다. 죄송하지만, 이 건은 잠시 도서관에 맡겨주시겠어요? 명확하게 경위를 밝혀낼 테니까요."

오노데라 유코 | 아키바시 니시하라다 ×××
《ENGLISH WATER PAINTINGS》외 4권 | 반납 기한 2월 3일

기세가와 노리코 | 아키바시 히가시혼고다이 ×××
《조몬의 새벽》외 4권 | 반납 기한 2월 14일

기즈 마유미 | 아키바 시 혼마치 1번지 ×××
《꽃피는 왕조의 에마키》외 4권 | 반납 기한 2월 18일

고토 게이코 | 아키바시 요코가와 ×××
《사무라이의 시대》 외 4권 | 반납 기한 2월 7일

다지마 기요미 | 아키바시 소료 ×××
《무르익는 상인 문화》 외 4권 | 반납 기한 2월 23일

후지모토 가즈라 | 아키바시 산탄다 ×××
《서구의 숨결》 외 4권 | 반납 기한 2월 20일

"틀림없어요."

모니터를 보며 후미코는 안색이 창백해졌다. 오늘만큼은 노세의 얼굴이 어깨 가까이 다가와 있다는 사실을 의식할 여유도 없었다.

"여섯 분 모두 도서관에 등록되어 있고 종이에 적힌 대로 책을 빌리신 상태예요. 주소와 나머지 데이터도 완전히 정확해요."

히노는 관장과 함께 카운터를 지켰고 후미코는 노세와 둘이 목록에 있는 여섯 명의 상세한 정보를 색출하는 작업에 한창이었다. 노세는 고개를 끄덕이다가 갑자기 갸웃했다.

"잠깐 짐작 가는 게 있는데. 서가 좀 보고 올 테니까 넌 이 사람들이 언제 도서관에 등록했는지 조사해줘."

금세 돌아온 노세는 옆의 컴퓨터로 각 출판사의 출간목록을 검색하기 시작했다.

"빨리 오셨네요, 노세 씨."

여섯 명의 여자가 각각 다섯 권씩 총 서른 권을 대출한 목록이 적혀 있다. 그 책들이 서가에 꽂혀 있는지 조사하려면, 아무리 능숙한 사람이라도 몇 분은 걸린다. 어쨌든 후미코는 일단 자기 모니터로 시선을 돌리며 말했다.

"회원등록 날짜는 상당히 근접해요. 가장 빠른 쪽이 3주 전이고 가장 최근이 불과 엊그제예요. 게다가 다들 등록 직후에 각 다섯 권씩 최대 대출권수를 꽉 채워서 빌렸어요. 회원등록은 모두 본관 쪽에서 했고요."

이 사람들이 회원등록을 위해 방문한 도서관은 분관인 아키바 도서관이 아니라 본관인 중앙 도서관 쪽이었다. 그러나 대출은 전부 여기에서 했다. 노세는 말없이 고개를 끄덕이면서 어느 출판사 목록을 검색하고 있었다.

"이것 좀 봐."

거기에는 복사지에 적혀 있던 도서명들이 그대로 나열되어 있었다. 페이지의 서두에는 '일본의 미술 시리즈'라고 되어 있었다.

"출판사는 한 곳이야. 판형은 A3고 전부 스물다섯 권이지. 이 분들은 이 미술 시리즈를 모조리 빌린 거야."

"아하, 그렇군요. 한 권마다 도서명이 다르니까 언뜻 봤을 때는 몰랐어요. 그리고 이것도 보세요, 오노데라 씨라는 분은 외국 도서만 빌렸는데 역시 전부 미술서예요." 후미코는 한숨 돌리며 말했다. "그렇다면 예를 들어 이 여섯 분은 미술 동호회라든가 공부 모임 같은 걸 만들었는데 관련 책을 서로 분담해서 빌린 다음 누가 어느 책을 빌렸는지 헷갈릴까 봐 목록을 만들었다……?"

"가장 그럴듯한 가정이군."

노세도 고개를 끄덕인다.

"휴우, 다행이다." 후미코는 진심으로 안도했다. "이용자 쪽에서 목록을 만든 거라면 모든 상황이 명확하게 설명되네요."

"안심했어? 우리 도서관의 누군가가 저지른 일이 아니라는 걸 알아서 말이야."

후미코는 새빨개진 얼굴로 허둥지둥 고개를 저었다.

"무슨 그런, 설마요. 우리 중 누군가를 의심하다니, 말도 안 되는……"

"난 처음에 의심했는데." 노세가 시원스레 말했다. "물론 곰곰이 따져 보니 있을 수 없는 일이라는 생각에 마음을 고쳐먹었지만. 이름의 배열만 해도 도서관 직원이 한 짓이 아니야."

"네? 하지만 제대로 오십음도 순으로……"

"잘 보라고. 목록 규칙과는 다를걸."

"아!"

기세가와, 기즈. 평범한 사람이라면 이 종이와 같은 순서로 나열할 테지만 전통적으로 도서관에서는 고유의 독법이 따로 있었다. 도서관과 인연이 있는 사람이라면 반사적으로 기즈, 기세가와의 순서대로 배열할 게 틀림없었다.

"또 안심했어? 하지만 대출 당사자가 만들었을 거라고 단정하긴 아직 일러." 노세가 수화기를 내밀며 말한다. "가장 먼저 대출한 분은 이미 반납 기한을 넘긴 상태야. 슬슬 도서관에서 반납 독촉 전화를 걸 타이밍이지."

"본인한테 물어서 확인해 보라는 건가요?"

"그래. 어떤 경우에든 사실 확인이 철칙이니까. 어서."

"제가요?"

"이런 때일수록 부드러운 목소리가 적격이라고."

"그런 김에 이 복사지에 대해서도 슬며시 물어보라는 거죠?"

투덜거리면서도 후미코는 일단 도서관 근처의 주소를 골라 순순히 전화번호를 눌렀다.

"실례합니다, 게이코 씨 댁인가요? 시립 아키바 도서관인데요, 게이코 씨가 대출하신 책 때문에 연락을…… 네?" 업무 응대용 말투를 쓰던 후미코의 목소리가 갑자기 흐트러졌다. "실례지만, 전화 받으신 분은 게이코 씨 본인이신 거죠? 그리고 네, 도서관에 오신 적이 없으시고…… 하아, 그러셨군요. 네, 대단히 죄송합니다. 아니요, 걱정하실 일은 아닙니다. 저희 쪽의 실수니까요…… 저희가 다시 한번 확인해 보겠습니다……"

진심으로 사죄하고 전화를 끊은 후미코는 노세를 바라봤다.

"왜 그래?"

후미코는 얼이 빠져서 말했다.

"고토 게이코 씨 본인과 통화했는데요. 도서관에서 그런 책을 빌린 적이 없으시다네요."

"뭐라고?"

서로를 바라보던 두 사람은 급히 전화로 달려가 맹렬히 번호를 누르기 시작했다.

이윽고 남은 다섯 명과 연락을 마친 뒤 둘 다 맥이 빠진 듯 털썩 주저앉았다.

이 목록에 있는 여섯 명 모두 도서관에 발을 들인 적조차 없다고 단호하게 입을 모았다.

"대체 어떻게 된 일일까?"

관장이 도저히 모르겠다는 표정으로 말했다. 실내는 무거운 공기로 가득했다.

"여섯 명의 대출 목록이 외부로 샜는데 어떤 경위로 그런 일이 일어났는지는 아직도 오리무중이고. 게다가 말도 안 되는 건, 이 여섯 명의 회원등록 자체가 사실상 타인이 사칭해서 벌인 짓이다, 그 소린가?"

"네."

"어떻게 해야 그런 일이 벌어질 수 있는 거지?"

히노가 말했다.

"처음부터 다시 살펴보죠. 어떤 방법으로 타인을 사칭해서 등록 같은 게 가능했는지."

"불가능한 일은 아니죠." 노세가 지친 목소리로 말했다. "회원등록을 할 때는 이용자에게 신분증을 제시해달라고 요청하지만, 개인이 소지한 증명사진이 붙어 있는 신분증의 경우 보통은 운전면허증 정도잖아. 그게 아닌 다른 증명서를 사용하는 사람은 잔뜩 있으니까. 건강보험증이나 주민등록증 같은 중요 서류라면 소유자 측에서 신중하게 보관하겠지만, 도서관에서는 그 밖의 다른 방법으로도 신분 증명을 인정해주고 있지."

히노가 고개를 끄덕였다.

"본인 앞으로 온 우편물 말이지."

너무 허술한 거 아니냐는 소리를 들을지도 모른다. 그러나 도서관에서는 관례로써 우편사업부를 통해 도달한 우편물을 본인의 아이디로 인정해주고 있다. 도서관에 오면서 일일이 신분증명 서류를 가지고 다니진 않는다고 항의하는 사람이라든가, 번거롭게 한다며 화를 내는 이용자가 있는 것 또한 사실이다. 직장도 없고 운전면허증도 없는 할머니나 하굣길에 책가방을 메고 들른 아이를 공적인 증명 서류가 없다는 이유만으로 차마 차단할 수 없는 게 도서관 사정이기도 했다. 그리하여 신분증 없이 도서관에 온 이용자에게도 당일 1회 한정으로 대출을 인정해주기도 한다.

"시청에서 희망하는 주민을 대상으로 고유의 신분증을 발행해주는 사업을 조만간 시작한다던데요." 쿠도가 말했다. "그렇게 된다면 이런 문제는 해결되는 셈이죠."

"이번 경우에는 이미 늦어버렸지만." 노세가 대꾸했다. "여기 여섯 명 중에서 네 명이 신분증 미제시였어요. 나머지 두 사람은 신분증을 제시해서 처리했고. 다만 어떤 종류의 신분증이었는지는 도서관 데이터베이스에서 더는 확인 불가능해요."

"생판 남인 주제에 일부러 도서관에 회원등록을 하다니, 무

슨 생각인 거야?" 관장이 망연자실한 듯 중얼거린다. "우리 도
서관이 그런 짓을 할 만큼 중요한 장소였나?"

관장을 제외한 전원이 쓴웃음을 지었다.

"그건 생각하기 나름이죠." 후미코가 수습하듯 말했다. "책더
미를 보물이라고 생각하는 사람들이 저희에겐 소중하니까요.
그런데 이번 사건에서는 그러한 사람들 가운데 자기 신원을 밝
히지 않은 채 책을 독점하고 싶어 한 인물이 있었다는 거죠. 아
마도요…… 아니길 바라지만."

"관장님, 이 지역에 서점이 몇 군데가 있는지 아세요?" 히노
가 불쑥 묻더니 관장의 대답을 기다리지 않은 채 계속 말을 이
었다. "여섯 곳이에요. 그런데 미안한 말이지만 어디든 문고본과
잡지만으로 공간 대부분을 채워놓은 가게뿐이죠. 화제의 신간
도 일주일만 지나면 반품되고 말아요."

"반면에요." 히노는 역설을 이어간다.

"도서관은 달라요. 책을 방치하지 않죠. 팔리든 안 팔리든 저
희는 그런 걸 기준으로 책을 고르지 않아요. 선별 기준은 단 하
나예요. 우리 도서관에 잘 어울리는 내용인지 아닌지, 그것뿐이
죠. 그러다 보니 결과적으로 도서관에는 서점보다 훨씬 고가의
책들이 늘 풍성하게 모여 있어요."

후미코는 채용 당시에 히노에게서 들었던 가르침을 떠올렸다.

'넌 앞으로 도서관 직원으로서 책을 채워나가게 되겠지만, 한
가지 잊어선 안 돼. 넌 대리일 뿐이야. 구체적으로 말하면 아키
바 시민 팔만 명의 대리로서 책을 사들이는 거지. 시민이 맡긴

돈으로 말이야. 그러니 단 한 권일지라도 왜 이 책을 샀는지, 또
는 사지 않았는지 언제 어느 때 설명을 요구해올지 알 수 없어.
그리고 그때가 되면 넌 합리적인 설명을 통해 도서관이 내린
결정을 상대에게 납득시켜야 해. 잊지 마.'

벌써 일 년이 다 된 이야기다.

"사람에 따라서는 도서관이라는 곳은 보물섬이나 마찬가지예
요. 저희는 그 보물의 가치를 발견해 줄 사람을 늘 기다리고 있
는 셈이죠. 하지만 여기에 적힌 사람들은……"

히노는 거기에서 말을 멈췄다. 관장이 대꾸했다.

"그건 그렇다 쳐도 전부 도서관 장서 중에서도 커다랗고 비
싼 책들뿐이잖아? 단독으로 저지른 짓인지 어떤지는 모르겠지
만, 공범자가 여섯 명이나 있을 리는 없어. 한 사람이 복수의 카
드를 사용해서 이렇게 들기에도 무거운 커다란 책만 다섯 권씩
이나 빌려 가는 걸 누구 기억하는 사람 없나?"

"관장님, 오늘 책을 대출한 이용자의 얼굴을 기억하고 계세
요?"

히노가 거꾸로 질문을 던지자, 관장은 우물거렸다.

"그렇긴 하네……. 난 기계 조작이 서툴러서 실수할까 봐 이
용자보다 내 손밖에 안 보니까. 게다가 누가 뭘 빌렸는지 이용
자에게 책을 건넨 순간 잊어버려서……"

"저희도 그래요." 노세가 위로하듯 말한다. "도서관에 사고가
일어나지 않는 한 대체로 이용자의 개별 독서 성향 같은 건 알
필요도, 의무도 없죠. 우리가 일일이 파악하는 수고를 하지 않

도록 컴퓨터가 있으니까요. 하루에 이용자가 십수 명 남짓이라면 몰라도, 최근에는 감사하게도 우리 도서관의 하루 평균 이용자 수가 수백 명에 다다르고 있기도 하고요. 이번 사건은 그래서 틀어진 셈이지만."

그때 뭔가 생각난 듯 관장의 얼굴이 밝아졌다.

"그런데 말이야, 밝혀낼 수 있지 않을까? 도서관에 등록해서 대출증을 가지고 있다는 소리잖나? 요주의자로 표시해두는 거야. 컴퓨터에 이 대출증 번호를 메모해 놓고 다음에 그 카드를 또 악용한다면 우리가 알 수 있지 않겠어?"

"다시 그런다면야 가능하겠지만요." 후미코는 그렇게 대꾸한 뒤 선배들을 쳐다봤다. 다들 같은 생각이라는 게 표정에서 보였다. "이 짓을 저지른 범인은 굉장히 신중한 성격인 듯해요. 주소와 이름을 아무렇게나 써서 도서관을 속이려고 한 게 아니라, 실재 여성들 이름을 사칭한 점만 봐도요. 가공의 인물을 여섯 명이나 조작한다는 게 꽤 힘들어서였겠지만요. 그런 성격이라면 결국 탄로 날 거라는 것쯤은 처음부터 예상했을 거예요. 도서관 책이니 언젠가는 반납해야 할 테고. 한없이 연체하면 도서관 측에서 뭔가 조사를 시작할 거라고 예상하잖아요. 그런데도 범인은 개의치 않았어요. 결국······."

"애초부터 돌려줄 생각이 없었다는 건가?" 관장은 그제야 사태를 파악한 눈치다. "그렇다면 이건 신분 사칭만으로 끝날 문제가 아닌데."

노세가 묵직한 목소리로 말했다.

"맞아요. 사실상 총합 120만 엔 상당의 미술서 절도인 셈이
죠."

"그런데 범인은 이 여섯 명의 여자가 도서관에 온 적도 없다
는 사실을 어떻게 알고 있었을까?"

아까부터 노세는 천장을 바라보며 생각에 잠겨 있었다.

"그러게. 그게 가장 수수께끼야."

히노도 맞장구를 친다.

도서관에 등록하는 경우, 주소와 이름, 생년월일이 중복되는
데이터는 시스템에서 자동으로 거른다. 즉, 동일 인물이 중복으
로 등록할 수 없다.

"그런데도 범인은 이 여섯 명이 도서관과 인연이 없다는 걸
알고 있었어. 주소와 전화번호, 나이까지 정확히 파악하고 있었
지."

"하지만 이 여섯 명은 서로 일면식도 없는걸요."

후미코가 반론했다. 전화로 문의하는 와중에 은근슬쩍 리스
트에 있는 다른 이름을 조심스레 언급해 봤지만, 여섯 명 모두
모른다고 딱 잘라 대답했다.

"적어도 타인을 사칭할 작정이었다면 등록할 때 도서관 측으
로부터 의심받지 않으리라는 자신감이 있었으니 가능했을 거
야. 이중으로 등록하려고 했다가는 도서관에서 사정을 물을 테
니까." 노세는 여전히 난해한 표정이었다.

"여섯 명은 주소도 나이도 제각각이고 뭔가 공통된 동호회에
소속되어 있지도 않아."

"같은 연령대의 애들을 키우고 있을 가능성은요?"

후미코는 문득 떠오른 생각을 말해봤지만, 그 즉시 부정당했다.

"그랬다면 이름을 들었을 때 누군가 한 사람 정도는 반응했겠지? 정말 일면식도 없는 거야. 주소와 이름 정도라면 타인이 알 수는 있어. 대문 기둥에 걸려 있는 문패만 봐도 그 정도 데이터는 손에 넣을 수 있으니까. 하지만 전화번호와 생년월일이 일치한다는 건, 반드시 정확한 정보를 쥔 녀석이 저질렀다는 뜻인 거야. 게다가 이 녀석은 여섯 명이 도서관과 인연이 없다는 점까지 파악하고 있었어. 단독으로 저질렀는지 공범이 있는지는 아직 모르겠지만. 그러니 이 여섯 사람의 공통점이 뭔지 알고 싶은 거야. 범인은 거기에 접근할 수 있는 녀석이었을 테니까. 하지만 그럴 만한 게 뭐가 있을까?"

"일단 범인은 틀림없이 여자겠네요." 생각 끝에 후미코가 다시 입을 열었다. "그리고 언뜻 봐도 수상쩍어 보이지 않을 만큼 연령대가 비슷할 테고요. 타인의 신분을 속이는 마당에 굳이 쓸데없는 의심을 불러일으킬 만한 위험은 감수하지 않았을 게 틀림없어요."

"이 여섯 명은 서른 후반에서 오십 대까지 걸쳐 있어."

"딱히 대수로운 문제는 아냐. 신청서에 작성한 나이보다 젊어 보이거나 더 들어 보이는 여자한테 나이를 의심하는 듯한 위험한 질문을 할 수 있겠어?"

히노의 추궁에 노세는 강하게 머리를 저었다.

"그런 무서운 걸 어떻게 물어보냐. 증명서만 별문제 없으면 나이 같은 건 체크 안 하지."

"결국 다시 처음의 의문으로 돌아온 꼴이네." 히노가 손으로 턱을 괴었다. "어떻게 이 여섯 명의 개인 데이터를 손에 넣었을까?"

"그러한 녀석을 특정할 수만 있다면 진작 밝혀냈겠지."

분통이 터지는지 히노가 느닷없이 머리카락을 쥐어뜯었다.

"으아, 답답해. 어쩐지 여기 이름 중 어딘가에 짐작 가는 게 있는 듯한 기분이 든단 말이야. 그런데 도무지 그게 뭔지 모르겠어. 아아, 기분 더럽네." 그러더니 책상을 쾅 두드리며 선언한다. "그래도 꼭 밝혀내고 말겠어."

"생각났어!"

히노가 외친 건 다음 날이었다. 카운터에 놓인 전단을 들어 올린 채 잡아먹을 듯이 노려보고 있었다.

"이거야."

의기양양한 표정으로 후미코를 돌아본다. 손에 든 전단의 문구가 곧장 눈에 들어왔다.

'강물에 종이 인형을 띄우는 풍속—아키바의 히나마쓰리 | 아키바 도서관·아키바 문화센터 공동주최'

"이건 문화센터 측에서 우리 도서관에 제안해온 강연회잖아요?"

이 도시에 단 하나뿐인 문화센터는 평소에는 주민의 집합소처럼 쓰인다. 그래도 빠듯한 예산을 어떻게든 굴려 가며, 무보수로 한걸음에 달려와 줄 인맥까지 동원해서 성실하게 문화 행사도 이어가고 있다.

"맞아. 여기 좀 봐봐."

히노가 손가락으로 가리키는 곳에 후미코의 시선이 멈췄다.

※강연회 신청은 전화를 이용하시거나, 관제 엽서에 아래 항목을 작성해 우편으로 보내주세요.

1) 성함, 주소, 전화번호, 생년월일

2) 아키바시의 문화시설을 이용해 본 적이 있습니까? 해당하는 시설을 모두 적어 주세요.

예) 문화센터, 주민회관, 도서관 등

"……이거였군요."

드디어 찾아냈다.

"홍보부가 이 전단에 도서관 이름을 먼저 표시해놓는 바람에 실행 주체가 문화센터인데도 우리 쪽으로 신청엽서가 잔뜩 왔잖아? 그중에 내가 신청받은 사람 중 한 명이 복사지에 적혀 있던 후지모토 가즈라라는 이름이었어. 성과 이름이 묘하게 관련이 있어서(성과 이름에 각각 '덩굴식물'을 뜻하는 글자가 들어가 있다.) 연상 게임 같다는 생각이 들어 인상에 남았거든. 있잖아, 이 신청엽서라면 자기가 전혀 모르는 여자의 개인 데이터를 모두 파악할 수 있어. 더구나 결정적인 점은 '도서관 이용 유무'를 묻고 있다는 거야. 그래서 본인인 양 행세할 수 있는 연령대의 여자면서 도서관에 온 적이 없는 사람으로 한정할 수 있었던 거지."

"이 신청서는 문화센터에서 일괄적으로 파일로 모아두고 있잖아요? 그러니 그쪽에서 정보를 도난당한 거라면 의문점이 해결되네요."

"맞아, 이젠 누가 저지른 짓인지만 밝혀내면 돼."

히노는 청소 담당 아주머니가 카운터까지 들고 와준 우편물을 건성으로 받아 들며 말했다.

"고맙습니다, 오노데라 씨. ……관장님을 통해 센터 측으로 조사해달라고 할까? 어처구니없게 정보가 악용당했다고 말이야."

"센터 관계자를 의심하는 건 아니지만, 수강자 명단을 조심성 없이 만든 게 아닐까 싶네요."

"게다가 그 일부인지 전부인지는 몰라도 외부의 누군가가 훔쳐보고 말았어. 굉장히 위험한 상황이잖아."

두 사람은 분통을 터트리면서도 어쩐지 안심한 것도 사실이었다. 정보 유출의 원인이 이것이라면 도서관 관할 밖에서 벌어진 일이 된다.

그리하여 두 사람은 잔뜩 상기된 얼굴로 노세에게 뛰어갔다. 그러나 노세가 문화센터 담당자에게 재차 '사실 확인'을 위해 문의하고 난 뒤 둘의 흥분은 곧장 수그러들었다.

"그 인형 띄우기 풍속 강연회에 관해 여쭤볼 사항이 있어서요. 현재 신청 중인지 아닌지 확인하고 싶은 분이 여섯 명 있는데요, 지금 불러드릴게요…… 네, 고맙습니다. 그러면 수강자 명단은 작성된 상태인가요? 네? 그렇군요."

노세는 정중히 감사의 말을 한 뒤 전화를 끊었다. 그는 초조하게 기다리는 히노와 후미코를 돌아보며 말했다.

"확실히 여섯 사람 모두 신청한 상태였어." 그러더니 안도의 한숨을 내쉬는 두 사람을 향해 크게 고개를 저었다. "안심하긴 일러. 정원 100명 중에 신청자는 현재 76명이라 여전히 모집 중이래. 그러니 수강자 명단 같은 건 아직 만들지도 않았어. 이렇게……" 노세는 히노가 들고 있던 전단을 손가락으로 튕기며 말했다. "우송되어 온 엽서라든가 직원이 전화로 접수해서 컴퓨터에 입력한 신청서를 곧장 서류로 묶어두기만 한 단계라는데."

"그렇다면 누군가가 문화센터의 그 서류철을 훔쳐보고……"

후미코가 매달리듯 말했다.

"그런 식으로 개인 데이터를 골라내서 눈에 띄는 것만 훔쳤다는 거야? 아무리 아키바 문화센터가 한가하고 모든 직원이 졸고 있었다고 쳐도 외부인이 어슬렁어슬렁 사무실로 잠입해서 고객의 개인 정보를 휘젓게 내버려 둘 만큼 얼빠진 곳은 아냐."

평소 근무 중에 조는 게 일상이면서도 노세는 좀전의 전화 상대가 들었다면 격분할만한 말을 태연하게 내뱉었다.

"게다가 이 신청서는 일단 문화센터 담당으로 되어 있지만, 우리 도서관도 공동 주최자야. 홍보과의 어처구니없는 실수 때문에 실제로 전단을 보면 여기로 신청하라는 식으로도 읽히니까. 우리 또한 도서관으로 우송되는 우편엽서를 받고 있잖아. 신청엽서야 그대로 센터로 돌려보내지만, 일단은 우리 도서관을 경유한 건 틀림없으니까. 그러니 우리도 책임은 면할 수 없어. 게다가 정보 유출 말고도 여전히 문제가 남아 있잖아. 어쨌든 그 미술서들을 되찾아야 하니까."

맞는 말이었다. 그 책들을, 특히 고가의 외국 서적을 사기 위해 얼마나 갖은 고생을 해가며 여기저기에서 예산을 변통했던가.

"수수께끼는 다시 원점으로 되돌아와 버렸네요."

"그렇지도 않아. 어느 정도는 파악이 됐거든."

"네? 뭐를요?"

"스스로 머리를 쥐어짜 보라고."

"그러는 노세 씨는 어떤데요?"

"짐작 가는 건 있지."

순간 후미코는 긴장했다. 노세가 이렇게 말하는 거라면 일단 십중팔구 짚이는 부분이 있다는 뜻이었다.

"뭐, 조금만 기다려. 범인한테 어떻게 이야기를 꺼내야 할지 아직 고민 중이니까."

"누가 한 짓인지 알고 있다는 소리예요?"

"글쎄, 조금만 기다리라니까."

아무리 후미코와 히노가 다그쳐도 노세는 꿈쩍도 하지 않았다.

"괜찮아, 더는 문제가 심각해질 일은 없을 테니까." 그러더니 불쑥 덧붙인다.

"범인도 이제 자기가 원하는 건 다 했을걸?"

월요일. 도서관은 휴관이었다. 후미코는 노세와 둘이서 묵묵히 서가를 정리하고 있었다.

적성에 맞는 일을 하는 직장인 대다수가 그러는지는 모르겠지만, 후미코는 반복적인 업무를 할 때 현재 자기 컨디션이 어떤지 잘 파악할 수 있었다. 바이오리듬이 상승하는 시기에는 자연스레 몸이 움직이며 서가에 배열하는 책등의 글자가 곧장 눈에 들어온다. 능률적 인간이 되어 뇌의 지극히 일부만 사용하면서 최소한의 움직임으로 작업을 진행해 나간다. 물론 컨디션이 최악일 때는 도서명이 전부 꼬부랑글씨로 적혀 있는 것처럼 보이지만.

그날은 최상의 컨디션이었다. 게다가 오늘은 같은 층의 어딘가에서 똑같은 작업을 하는 중인 노세와 단 둘뿐이다. 책을 만지고 제자리에 정리하는 행위를 통해 후미코는 에너지를 얻는 타입이었다. 작업에 몰두할수록 마음이 평온해지고 건강해지는 게 느껴졌다. 예전에는 이러한 상태를 '도서관 목욕'이라 부른 적이 있다고 노세에게 털어놨다가 비웃음을 산 적도 있었다. "일하는 현장에서 힘을 얻는다니, 효율이 좋은 녀석이군."

무수한 책의 수많은 이미지에 머리를 씻으며 그저 흘러가는 대로 말없이 몸을 맡긴 지 두 시간이 지났을 무렵, 서가의 책들은 예의 바른 아이들처럼 가지런해졌다.

"후미코, 잠깐 쉬자."

기가 막힌 타이밍에 노세가 말을 걸었다.

사무실로 돌아오니 좋은 냄새로 가득했다.

"우와, 고마워라."

노세가 내리는 커피는 일품이라며 모두가 인정했다. 그런데 후미코는 고개를 갸웃거렸다. 오늘 도서관에 출근한 사람은 노세와 후미코 두 사람뿐인데 테이블 위에는 커피잔 세 개가 놓여 있었다.

"한 사람 더 있는데." 노세는 그렇게 말한 뒤 고개를 들었다. "아, 오노데라 씨, 어서 오세요. 마침 관내 청소도 끝나셨죠?"

후미코는 깜짝 놀랐다. 늘 '청소하는 아주머니'라고만 인식해 온 대상이 사무실 입구에 조심스레 서 있었다.

"들어오세요."

방금까지만 해도 관내에는 노세와 단둘만 있다고 생각했을 뿐 이 사람에 대해서는 안중에도 없었다. 그게 양심에 찔렸던 후미코는 새삼스레 밝게 말을 건넸다.

"어머나, 향이 좋네요."

그렇게 말하며 오노데라는 삼각 두건을 벗더니 의외로 우아하게 후미코 옆자리에 앉았다.

매화는 지금 얼마나 폈으며 매화 구경에 최적인 장소는 야트막한 산인지 신작로의 가로수인지 따위의 운치 있는 대화를 나누며 커피를 다 마셨을 즈음, 노세가 세 사람 사이의 테이블 위에 가만히 종이 한 장을 올려놨다. 후미코는 깜짝 놀랐다. 신분을 사칭한 사람이 빌려 간 책의 목록이었다. 사칭 피해자의 정보는 제외한 대출 도서 서른 권의 제목만이 태연스레 나열되어 있었다.

"여기 서른 권의 책들이 대출된 채 반납되지 않고 있어요." 노세가 잡담하는 투로 말을 꺼냈다. "오노데라 씨, 그만 반납해 주시겠어요?"

후미코는 입도 벙긋 못 한 채 앉아 있었다. 노세의 말대로라면 이 아주머니가 여섯 명의 신분을 사칭해서 부정하게 대출했다는 뜻인가?

그런데 어떻게 확신하는 거지? 증거가 있는 건가. 노세는 어쩌다 그런 결론에 도달한 걸까.

휘둥그레진 눈으로 다급히 이리저리 머리를 굴리는 후미코 옆에서 오노데라는 딱 한 번 숨을 크게 들이쉬었을 뿐, 그대로 미동도 하지 않았다.

노세는 계속 말을 이었다.

"누군가가 타인의 이름을 빌려서 도서관에 등록했어요. 말도 안 되는 일이었죠. 어수룩하게도 도서관은 이용자의 주소와 이름을 의심하진 않으니까요. 일면식도 없는 사람을 가장해서 속인다 한들, 몰라요. 뭐, 그렇게까지 고지식하게 관공서가 정해둔 절차를 밟았다가는 일상 업무를 꾸려가기가 힘들기도 해서요. 거기에 따르는 리스크를 고려한다 해도 이용자의 편의를 우선

하는 쪽으로 운영하고 있죠. 하지만 여섯 명이나, 그것도 실재 개인 정보가 악용된 거라면 그냥 지나칠 수는 없어요. 한동안 다들 머리를 싸매고 고민했다니까요. 이렇게 주소도 나이도 제 각각이고 서로 일면식도 없는 여자들의 데이터를 어떻게 손에 넣었을까 하면서요."

노세는 다정한 손짓으로 커피를 더 마시라고 권했다. 오노데라는 말없이 고개를 끄덕였다.

"그래도 머리를 쥐어짜다 보니 짐작이 가는 부분이 있더군요." 커피잔 안으로 쪼르륵 떨어지는 갈색 커피를 바라보면서 노세가 말을 이었다. "아시다시피 문화센터와 제휴해서 강연회를 하기로 했잖아요. 그 신청서 양식에 주소와 이름, 나이에 관한 정보를 적어서 제출하도록 했죠. 상대가 공공기관이 아닌 이상 무신경하게 가르쳐줄 리가 없는 데이터를 말이에요."

자그마한 탕비실에 커피포트를 되돌려놓으러 가는 노세의 뒷모습을 두 사람은 말없이 지켜봤다.

"사칭 당한 여섯 명 모두가 그렇게나 단조로운 강연회에 참가 신청을 했다는 게 우연일 리가 없다, 분명 누군가가 이 산더미 같은 신청자의 데이터 중에서 정보를 훔쳐낸 것이 분명하다. 하지만 그 부분에서 다시 막혔죠." 자리로 돌아온 노세는 작게 웃었다. "그래도 공공기관이니까요. 고객 정보를 안일하게 유출하지는 않아요. 직원들의 자질 문제가 아니라 시스템상으로 정보 유출에는 철저하게 방화벽이 걸려 있거든요. 그런데도 유출이 됐다니. 일어날 리 없는 일이 일어난 셈이죠. 그래서 다시 머리를 쥐어짰다니까요. 막상 상황을 파악하고 나니 그야말로 단순한 일이었지만요."

그러더니 노세는 처음으로 오노데라를 똑바로 바라봤다.

"센터와 우리 도서관 측이 입수한 정보를 통해 생긴 문제가 아니었어요. 즉 우리가 만든 데이터베이스에 누군가 손을 뻗은 건 아니라는 거죠. 신청자가 넘긴 정보가 우리 손에 건네지기 전에 다른 누군가가 보고 있었다면 어떨까요. 그게 가능한 사람이 대체 누굴까."

어쩐지 오노데라는 무표정이었다. 후미코도 컵을 손에 쥔 채 그저 노세를 바라봤다.

"차근차근 짚어봤어요. 전화는 어떨까? 이건 불가능하죠. 우리가 서식 파일에 입력해서 일괄적으로 정리하는 자료는 직원 이외에는 절대 만질 수 없으니까요. 하지만 다른 틈이 있었어요. 우편이라는 방법이."

후미코는 무심코 컵을 내려놨다.

청소 담당은 종종 바뀌는 탓에 이름조차 제대로 기억하지 않았던 이 오노데라가, 청소하는 김에 챙겼다며 카운터까지 우편물을 가져다주던 광경이 떠올랐다.

'늘 죄송해서 어쩌죠.'

'괜찮아요. 홀을 청소하는 김에 우편함을 확인하면 되니까요.'

너무 예삿일이어서 경계는커녕 신경조차 쓰지 않았다.

"엽서라는 매체에는 문제가 많죠." 노세가 말을 이었다. "긴요한 내용을 누구든 다 볼 수 있으니까요. 하지만 습관이란 게 무서워서, 다들 경계조차 하지 않고 대수롭지 않게 사적인 메시지를 속속들이 엽서에 적곤 하죠. 더군다나 공공기관에 제출할 때는 무슨 내용을 써내든 경계하는 사람이 없어요. 도서관 우편함에서 여기 카운터까지는 고작 몇 미터에 불과하지만, 그 정도 여유만 있으면 발신인의 데이터를 읽어내는 일은 가능하죠. 예를 들어 생년월일만 집중해서 살핀다면 본인이 노리는 정보를 가려내는 것쯤은 1초면 충분해요. 그대로 슬쩍 작업복 주머니에 감추기도 쉽죠. 누군가 엽서 내용을 남몰래 옮겨 적느라 우편물 도착이 조금 늦어졌다고 한들, 속 편한 우리는 눈치채지도 못해요."

필요한 데이터를 자신의 수첩에든 옮겨 적은 뒤 아무 일도 없었던 것처럼 엽서를 가져다주면 된다. 그다음에는 적당한 기회에 역 맞은편에 있는 본관으로 가서 회원등록을 한 뒤 여기 도서관으로 돌아와 책을 빌린다면……

"도서관에는 깨끗한 책이 잔뜩 있죠." 목덜미에 붙은 푸석한 머리카락을 털어내면서 오노데라가 처음으로 입을 열었다. "휴식 시간에는요, 그 커다란 미술책의 사진을 바라보는 게 유일한 낙이었어요. 학창 시절에는 미술 시간 같은 건 지겹기만 했는데, 책의 페이지를 한 장 한 장 넘기고 있으면 어쩐지 분에 넘치는 기분이 들더군요. 여유가 있어서 나도 이런 책을 살 수 있다면 얼마나 좋을까. 그런 생각을 하곤 했죠."

목소리가 희미하게 떨렸다.

"하지만 말이죠, 제 시급은 700엔이에요. 늘 생활하느라 급급하죠. 그 책의 가격을 봤을 때는 깜짝 놀랐어요. 한 권에 3만 엔이라니. 어느 세상에, 기껏 책을 위해 그런 돈을 쓸 수 있는 사람이 있을까요?"

"그래서 도서관이 있는 거예요, 그런 이유로……"

오노데라는 발끈하며 후미코의 말을 가로막았다.

"하지만 저한텐 빌려주지 않잖아요. 전 이 지역 사람이 아니니까요. 인근 시에서 자전거로 출퇴근하죠. 그러니 여기 도서관 책은 아무리 노력한들 빌릴 수 없어요. 게다가 제가 바란 건 그 책을 나만의 소유로 만드는 것이었어요. 언제까지나 집에서 나를 기다려주는 존재로 만들고 싶었다고요."

거칠게 컵을 내려놓는 소리가 쥐 죽은 듯 고요한 실내에 울려 퍼진다.

"도대체 그런 책은 저 말고 누가 읽기나 하나요? 늘 같은 자리에 꽂혀 있을 뿐 아무도 빌려 가지 않잖아요. 누군가 그런 묵직한 책을 만지는 것조차 본 적이 없다고요. 그렇게나 깨끗하고 값나가는 책인데 그저 진열해 놓기만 하는 건 아무한테도 도움이 안 되잖아요? 그야말로 아까운 일이죠. 그런 책을 제가 가져가는 게 어때서요?" 그러더니 몇 번이나 고개를 끄덕인다. "물론 불가능한 일이라는 건 알고 있었어요. 마트나 서점처럼 여기 도서관에도 도난 방지 장치가 있으니까요. 무단으로 책을 반출하면 곧장 센서가 울려서 붙잡히고 말겠죠."

사실 아키바 도서관에는 도서 분실 방지 시스템이 없었다.

오노데라가 말한, 입구에 달린 기계는 그저 도서관 이용자 수를 계측하는 장치일 뿐이다. 무단 반출 금지를 위한 시스템을 마련하고 싶은 마음은 굴뚝같지만, 거기에는 여기 도서관의 한 해 도서구입비보다 더 많은 예산이 소요된다. 하지만 외부 사람은 그런 사정을 모르니 오노데라에게는 그 투박한 기계가 자기와 보물 사이를 갈라놓는 얄미운 파수꾼으로 보였던 모양이다.

"그래서 어림도 없는 일이라며 포기한 상태였어요. 그런데 지난달……"

타인을 사칭하기에 충분한 정보를 보고 말았다.

"당신 가족의 이름 말인가요?"

노세가 살며시 물었다.

그러고 보니 피해자 중 한 명의 성씨도 오노데라였다.

"사촌의 아내예요. 부모들끼리 사이가 안 좋아서 왕래를 안 한 지 벌써 몇 년이나 되었지만, 이름과 주소가 명확하게 적혀 있어 곧장 알아봤죠." 오노데라는 쌀쌀맞게 대답했다. 그러다가 자조하듯 표정이 일그러졌다. "참 팔자가 좋죠. 전 납작 엎드려서 화장실 청소나 하고 있는데, 같은 시간에 그 여자는 히나마쓰리 이야기를 들으러 간대요. 그래서 생각했죠. 어차피 그 여자한테 피해를 주는 것도 아니니까……"

상대의 집은 알고 있다. 하루쯤 배달이 늦어졌다고 한들 역시나 누구 하나 신경 쓰지 않을 우편 판촉물 같은 걸 그 집 우편함에서 몰래 가져온다. 그리고 퇴근길에 역을 통과해서 본관으로 향한다. 그곳에서는 아무도 자기 얼굴을 모른다.

'도서관에 처음 오셨나요? 이쪽의 용지에 주소와 성함 등을 적어 주시면 됩니다. 뭔가 신분 증명 서류를 가져오셨나요? 본인 앞으로 온 우편물이 있으시다고요? 네, 그것으로 충분합니다. 기다려 주셔서 감사합니다. 아무쪼록 편히 도서관을 이용하시길 바랍니다.'

이제 다음 날 휴식 시간에 작업복과 마스크를 벗어버리고 이곳에서 책을 대출하면 된다. 한 번 시도해 보니 너무 간단해서 같은 유혹을 물리치기가 힘들어졌으리라. 얼굴도 모르는 타인의 집을 찾아내 그곳 우편함에서 몰래 우편물을 꺼내는 데는 상당한 위험이 따른다. 그러나 단 한 번이면 더는 우편물을 보여줄 필요 없이 대출이 가능하다는 사실을 알아버렸다면? 원하는 책은 또 있었다. 서가에 방치된 채 누구든 대출해달라고 말을 거는 듯한 스물다섯 권짜리 미술서 전집.

"그런 책들은 상관없잖아요. 서가에 없어도 곤란해할 사람은 아무도 없는데."

"오노데라 씨, 잘못 생각하셨어요." 후미코는 필사적으로 말했다. "내일모레, 저와 함께 가주시겠어요? 오후 3시쯤에요. 보여드리고 싶은 게 있어요."

이틀 뒤 오후 3시. 시내 순환버스가 도서관 앞에 멈췄다. 다부진 중년 남자의 어깨에 기댄 채 노부인 한 사람이 버스에서 천천히 내렸다.

"병원에서 돌아오는 길에 여기 들르는 게 유일한 낙이랍니다."

현관에서 맞아주는 노세를 향해 생글생글 웃으며 여느 때와 같은 말을 건넨다.

새해가 밝은 뒤로 미유키는 아들의 도움을 받으며 통원하게 되었다. 그래도 온화한 음성은 여전했다. 머리를 완전히 감싸는 털모자 아래로 보이는 가늘고 기다란 눈동자도.

노세는 익숙한 손놀림으로 아들 반대편에서 미유키를 부축하여 엘리베이터를 타고 이층으로 올라갔다. 파손되기 쉬운 물건을 다루듯 가냘픈 몸을 벽 쪽 책상 앞으로 옮기는 미유키에게 노세가 뭔가 속삭였다. 노부인은 싱긋 웃으며 고개를 끄덕인다. 동행한 아들은 어슬렁어슬렁 주변을 서성였다.

잠시 후 후미코가 대형 사진집을 품에 안고 오더니 미유키 앞 책상에 내려놓았다.

"어머나, 늘 미안해서 어쩌죠? 후미코 씨처럼 젊은 아가씨한테 이런 무거운 걸 들게 해서."

"괜찮아요, 이게 제 일인걸요."

미유키는 즐거운 듯 책장을 넘긴다.

"이제 커다란 책은 도저히 스스로 감당이 안 된답니다. 그래도 여기에 오면 늘 이런 깨끗한 책이 기다리고 있으니 정말 감사한 일이에요. 이 즐거움 덕분에 지긋지긋한 치료를 받으러 매주 병원에 갈 마음이 들기도 하니까요."

미유키가 하는 말은 매주 똑같았다. 후미코는 그 말이 단순히 인사치레라고는 생각하지 않는다. 매주 같은 말을 할 수 있다는 자체가 이 사람에게는 얼마나 기쁜 일인지 알고 있기 때문이다. 다음 주에도 다시 이 자리에 앉아서 같은 말을 할 수 있을지 의사도 보증해 주지 않으니까.

물론 누구도 그 말을 입 밖으로 꺼내지는 않았다.

"편히 보세요. 다 보시면 카운터에 말씀해 주세요."

자리를 뜨면서 후미코는 힐끗 구석으로 시선을 던졌다. 평소의 작업복 차림에 마스크를 쓴 오노데라가 서 있었다. 후미코는 곧장 자리를 떠났다.

더는 할 말이 없다. 미유키에 관해 설명할 필요도 없다. 자기 손에 부치는 커다랗고 아름다운 책이 도서관에 있다는 것만으로 미유키는 행복해한다. 그녀의 존재야말로 더할 나위 없이 그 사실을 대변해 주고 있었다.

그로부터 이틀이 지난 아침이었다. 개관 전 도서관 카운터에 《일본의 미술》 전 스물다섯 권과 외국 화집 다섯 권이 정확하게 반납되어 있었다.

"이걸로 끝인 건가."

후미코가 범인의 이름도 수법도 밝히지 않은 채 그저 강연회 신청자의 정보가 유출되었던 거라고 설명하자, 아키바는 한숨을 내쉬었다.

"네, 끝났어요."

"어차피 도서관으로서는 이 이상 캐낼 명분이 없어요."

후미코의 짤막한 대답을 보충해 주듯 옆에서 노세가 말을 보탠다.

"타인의 신분을 사칭해서 공공기관에 서류를 제출한 건 일단 범죄라고 할 수 있겠죠. 명백한 공문서위조니까요. 그렇지만 도서관으로서는 누가 그런 짓을 저질렀는지 증명할 능력이 없어요. 증거가 될 수 있는, 이 여섯 명의 정보가 기재된 등록 신청서조차 이미 존재하지 않아요. 데이터베이스에 입력한 뒤 오류 여부만 확인하고 곧장 문서 절단기에 넣어버렸으니까요. 그러니 경찰에 신고한다고 한들 정말 아무런 물증도 없는 셈이죠. 게다가 범인의 의도가 절도라고 주장하려 해도 실제 벌어진 건 타인의 이름으로 책을 빌렸다는 의혹뿐이잖아요. 이것만으로는 경찰 측에서도 도난이라고 인정하지 않을 겁니다. 여기에서 일을 복잡하게 만들면 당연히 표면화되겠죠. 별다른 기삿거리가 없는 날이라면 시립도서관에서 개인 정보가 유출됐다면서 신문 일면에 기사가 실릴 거예요. 관장님이나 저희나 몸을 사리는 건 당연한 데다, 역시 도서관을 믿어주는 이용자에게 알려지는 건 원치 않아요. 그 정도로 크게 일을 벌여 봤자 문제가 해결될 것 같지도 않고요."

"이번 사건을 계기로 도서관에서도 회원등록을 할 때 본인 확인을 철저히 하기로 했어요." 옆에서 히노도 말을 보탰다. 오노데라와 이야기를 나눈 다음 날, 노세는 히노에게만 모든 사정을 털어놨다. 다만 관장에게는 아키바에게 설명한 것처럼 표면적인 내용만 전달했다. 관리직은 그들과 입장이 다르다. 진실을 알게 된다면 뭔가 처분을 내려야만 할 테니까. 다행히도 문제의 책이 전부 반납되었고 위조 대출증은 무효화 하는 식으로 일단 락됐으니, 관장 역시 이대로 덮어둘 마음이 생긴 듯했다.

"시에서 발행하는 신분증이라는 강력한 아군도 생겼어요. 앞으로 이런 식으로 악용당할 일은 절대 없을 겁니다."

"이봐 사서 청년, 그런데 여전히 의문인 점이 있잖나." 오십 이하의 남자는 아키바에게 모두 '청년'으로 통했다. "애초에 발단이 되었던 그 원본은 대체 뭐였을까?"

"범인이 고지식했던 거겠죠." 노세가 쓴웃음을 지었다. "이건 그저 추측일 뿐인데요, 일단 범인은 남의 이름으로 자기가 어떤 책을 빌렸는지 남겨두려고 한 게 아닐까요. 그야 어디까지나 자기 집에 있는 컴퓨터 안에서만이었겠죠. 저희랑 똑같은 생각을 했을 거예요. 종이에 적어두면 어디로 유출될지 알 수 없지만 자기 컴퓨터에만 남겨두면 가택 수색을 받지 않는 한 아무도 모른 채 넘어갈 수 있다고 말이죠."

그런데 집에 다른 가족이 있었다면? 같은 컴퓨터를 사용하고, 게다가 만에 하나 기계 조작에 서툰 사람이라면? 그러한 가족이 무심코 범인의 문서 파일을 열었다가 그 뒤를 이어 타이핑한 뒤 모든 페이지를 프린트해 버렸다. 그 뒤 아키바 주류점에서 그걸 복사한 다음 전혀 의식하지도 못한 채 그 한 장을 남겨두고 돌아가 버렸다면……

"그런 우연이 일어나려나?"

"하지만 그렇게밖에 생각할 수 없으니까요." 노세가 의미심장한 미소로 말했다. "현실에서는 이런저런 일들이 벌어지곤 하잖아요?"

아키바에게는 추측이 아니라는 말을 할 수 없었다. 아무리 그가 이 소동의 발단이고 결과적으로는 미술서를 되찾는 데 일조한 분이라고 해도.

오노데라에게는 이 지역에 사는 시어머니가 있었다. 그녀는 점심 무렵이 되면 아이를 봐주러 며느리의 집에 들렀다. 휴일이면 이런저런 친목회에 다닐 만큼 건강한 노인이었다. 최근 컴퓨터 사용법을 익히게 된 게 자랑거리였던 시어머니는 갖가지 명단이나 통지서 서류작업을 혼자 도맡아 오고 있었다. 그러던 어느 날 시어머니는 며느리가 깜빡 열어둔 대출 명단 파일에 자기 명단을 이어서 입력하고 말았다. 아직은 기계 조작이 서툴렀던 나머지, 시어머니는 파일의 모든 페이지를 프린트해서 한꺼번에 아키바 주류점에 들고 갔다는 사실을 알아차리지 못했다. 그리고 인원수만큼 페이지를 복사한 뒤에는 그것을 세느라 정신이 팔려서 자기가 입력한 기억이 없던 페이지 한 장을 그대로 버려두고 와버렸다.

오노데라는 시어머니가 프린트했다는 사실을 알고는 있었던 모양이다. 그렇다고 시어머니를 나무랄 수도 없었다. 그러려면 왜 그 종이 한 장이 타인의 눈에 띄어서는 안 되는지 설명해야 하니까. 위험하다고 깨달은 즉시 컴퓨터 데이터는 삭제했다. 도서관에서 문제 삼기 시작했지만, 자신과 결부시켜 의심할 일은 없을 거라고 스스로를 달래면서 마음을 편히 가지려 했다.

바로 오늘 아침, 관장은 개인 사정으로 인해 위탁회사의 청소 담당이 바뀌었다고 알려왔다. 이번에 올 사람도 책을 좋아할까. 책을, 이 도서관을 진정한 의미에서 사랑해 주는 사람이 온다면 좋겠는데.

후미코는 걱정을 떨쳐버린 뒤 아키바에게 최대한 미소 띤 얼굴로 말했다.

"딴 이야기인데요, 시가 다르긴 하지만 이웃 동네와 도서관 협정을 맺자고 관장님께 제안할 생각이에요. 양쪽 주민들이 어느 도서관이든 이용할 수 있도록 말이에요. 여긴 시의 경계에 인접해 있으니까 옆 동네 사람도 우리 도서관을 사용할 수 있게 된다면 편리하겠죠? 아키바 씨, 시의회에서 가결될 수 있도록 힘써줄 만한 의원을 알고 계세요?"

공공복지를 위해서라면 인맥이든 정보든 최대한 이용해야 한다. 이 또한 시장이 자주 하는 말이었다.

제4화

2월 말

봄눈

이렇게 될 줄 알았다.

후미코는 밖을 바라보며 한숨을 내쉬었다.

아침에 집을 나서기 전부터 오늘 엄청난 불운이 닥쳐오리라는 예감이, 아니 그보다 초조한 압박감이 후미코를 덮쳐왔다. 그러나 고생길이 빤히 보여도 앞으로 나아가야만 할 때가 있는 법이다. 고통스럽다며 도망만 쳐서는 살아가기 힘들다.

'아무리 그래도 그렇지, 왜 하필 내가 뽑힌 거냐고.'

후미코는 잔뜩 화가 난 표정으로 다시 창밖을 바라봤다.

밖은 온통 은빛 세상이었다. 눈이 얼마나 쌓였을까. 20센티미터? 30센티미터? 이렇게 바라보는 동안에도 하늘에서는 하염없이 눈송이가 날리고 있었다. 우아하게 풀풀 날리는 차원이 아니다. 지금의 광경을 묘사한다면 눈이 우르르 쏟아진다는 표현이 적당했다.

이럴 줄은 진작부터 알고 있었다. 어젯밤 일기예보 때부터 이 지역 북부 일대에 대설주의보가 내려질 가능성이 있다는 뉴스가 흘러나오고 있었다. 오늘 아침에는 아나운서가 더욱 긴박해진 톤으로 쓸데없는 외출은 삼가는 편이 좋다며 조심스레 권고하고 있었다.

'쓸데없기는. 나야말로 집에 있고 싶은데 이 사회가 그걸 허락해주지 않는다고.'

후미코는 속으로 투덜거렸다. 큰 눈이 내릴 것 같다고 한들 공공기관은 옳다구나 하며 쉴 수도 없다. 시의 조례에서 정한 개관 시간을 준수해야만 하니까.

그리하여 2월의 끝인 일요일에 후미코는 아키바 도서관에서 혼자 당직을 서고 있었다.

관내는 어느 때보다도 한산했다. 이 상황에 무릎을 넘어서는 눈을 헤치고 책을 읽으러 올 기특한 이용자가 몇 명이나 있을까? 아까까지는 대략 한 명, 그러니까 시장님이 감사장이라도 수여해야 할 듯한 분이 있기는 했다. 바로 그 이용자인 테라다 (전)교수도 지식의 탐색과 귀갓길의 난이도 사이를 저울질하다가 결국 바늘이 귀가 쪽으로 치우친 모양이었다. 서서히 어두워지는 바깥세상과 점점 심해질 뿐인 눈발에 겁먹은 듯 그는 서둘러 귀갓길에 올랐다. 평소와 달리 카운터를 향해 어쩐지 미안하다는 듯 "조심하세요"라는 말을 남긴 채.

이제 도서관에 남은 건 후미코와 아르바이트 대학생 한 명뿐이었다. 아침 9시에 개관한 이후 6시간이 흐르는 동안 도서관에 방문한 사람은 다섯 명. 아무리 한가한 도서관이라고는 해도 이대로라면 개관 이래 최저 기록 달성은 불 보듯 빤했다.

물론 적설량 50센티미터 정도로 인간이 어떻게 되는 건 아니다. 후미코는 대학 시절, 눈이 많이 내리는 지역에서 온 친구가 한 말을 떠올렸다.

'바보 같아. 어째서 수도권 사람들은 기껏해야 다음 날 녹을 눈 때문에 호들갑을 떠는 거니?'

지당하신 말씀이다. 눈이 쌓일 때마다 유난을 떤다면 친구의 고향에 있는 시립도서관은 일 년의 태반은 휴관해야 할 테니까.

그러나 이 근방에서는 눈이 쌓이는 것만으로도 큰 문제였다. 더구나 오늘은 좀처럼 볼 수 없는 대설이다. 비일상의 풍경은 사람을 불안하게 만드는 법이다.

"……그칠 생각을 안 하네요."

아르바이트생 남자애가 불안한 듯 말했다.

"그러게."

후미코는 애써 밝은 톤으로 대꾸했다. 둘은 고작 세 살 차이지만, 후미코는 그의 상사다. 이 상황에서 불안해하는 모습을 보여줄 수는 없다. 오전 중에는 아르바이트생 여자애가 한 명 더 있었지만, 점심 전에 철도 운행이 중단될 거라는 뉴스가 흘러나오자, 후미코는 그녀를 조퇴시켰다. 어차피 관내에 있어도 할 일이 없었고 여자애가 역에서 발이 묶이면 당황스러울 것이다. 이미 버스 시각표도 엉망진창이었다. 후미코 옆에 남은 남자 아르바이트생은 도보로 통근할 수 있는 거리에 살았다. 게다가 후미코보다 두 뼘만큼이나 키가 크니 쌓인 눈에 갇혀서 조난당할 일은 없으리라는 판단으로 그를 붙잡아두고 있었다. 솔직히 말해 후미코도 눈으로 둘러싸인 이런 감옥 안에 혼자 갇히는 게 무서웠다.

후미코의 뒤쪽에서 전화벨이 울렸다. 드디어 온 건가. 내심 이 전화만 기다리고 있던 후미코는 벨이 한 번 울리자마자 뛰어갔다.

"네, 아키바 도서관입니다."

"오, 바로 받네. 한가한가 봐."

낙담한 후미코는 카운터에 털썩 주저앉았다. 평소라면 이런 행동은 용납되지 않지만, 어쨌든 오늘은 트집 잡을 사람도 없었다.

"노세 씨, 무슨 일이에요?"

"무슨 일은, 인사차 전화했지. 대설 위문 전화랄까. 아직 눈에 파묻혀 질식한 건 아닌가 보네."

"감사하게도 아직은 괜찮네요."

"난 방에서 눈 구경 중인데. 이런 날 눈과 관련된 수필을 읽으니 참 좋네. 그야말로 마음이 아려온달까."

"실컷 즐기세요."

얄밉게 대꾸하면서도 후미코는 마음이 조금 따뜻해졌다. 결코 말로 하진 않아도 후미코를 걱정하는 마음에 전화해 준 것이다.

"그나저나 아직 지령은 안 내려왔어?"

"네. 슬슬 올 것 같아서 기다리고 있었어요."

"연락이 오면 나한테 전화해." 전화 건너편에서 노세는 무뚝뚝하게 말했다. "재워줄게. 이제 집에는 못 갈 것 같은데."

후미코는 전철로 한 정거장 떨어진 곳에서 혼자 산다. 철석같이 믿었던 철도마저 두 시간도 전에 끊겼다. 도서관에서 가장 가까운 버스정류장까지 평소라면 도보 5분 정도의 거리지만, 눈을 치우는 게 아무 소용이 없는 지금 날씨에서는 대체 얼마나 걸릴까. 애초에 걸어갈 수나 있을까 싶다. 그에 비해 노세의 집은 도서관에서 가깝다. 달리면 3분 안에 출근할 수 있다며 늘 자랑이다. 집안 사정 때문에 최대한 회사 근처에 집을 얻었기 때문이다.

"아, 그건 좀……"

후미코는 머뭇거렸다. 지척이라는 말만 들었을 뿐, 그의 집에 가본 적은 없다. 요즘 입원 소동도 뜸한 듯하지만, 이런 날 병약한 딸이 있는 집에 신세를 져도 괜찮을까.

"달리 방법이 있나?"

"도서관에서 잘 생각이었어요."

예전에 초등학생들도 눈독 들였듯, 도서관에는 탕비실도 있고 화장실도 완벽하다. 비상근무를 서는 직원을 위해 식량도 충분히 비축되어 있다. 위급 환자를 대비해서 휴게실에는 이불까지 마련되어 있다. 많은 양의 눈으로 전기가 끊기지 않는 한,

설사 그렇게 된다고 해도 밀폐성이 좋은 건물이니 적당히 이불을 싸매고 있으면 동사할 염려도 없으리라. 예민한 컴퓨터 시스템 때문에 정전되는 게 두려울 뿐, 하룻밤 정도로는 끄떡없다. 아무리 생각해도 내일 아침까지 도서관에 틀어박혀 있다고 한들 불안할 만한 요소는 전혀 없었다. 걱정스레 전화해 준 관장에게도 이미 그렇게 전달해 둔 상태였다.

"그만두라고. 정말이지 귀여운 구석이 없다니까. 상대방의 친절은 순수하게 받아들여야지."

"괜찮다니까요."

후미코는 내심 불안을 억누르고 강하게 말했다. 어쩐지 싫었다. 그의 집에는 가고 싶지 않았다. 보고 싶지 않았다.

"못 말리는 녀석이군." 노세는 혀를 차더니 잠시 생각에 잠겼다. "어쨌든 지령이 내려오면 나한테 전화하라고. 알았지?"

그러더니 전화가 끊어졌다.

버려진 듯한 기분에 휩싸인 후미코는 얼빠진 전자음을 토해내는 수화기를 잠시 바라보다가 가만히 내려놓았다. 메마른 소리에 고개를 드니 커다란 눈송이가 유리창에 부딪히며 끊임없이 내리고 있었다. 저 유리는 얼음처럼 차가워졌겠지. 녹으면 그저 물에 지나지 않는데, 어째서 저 눈은 이토록 혹독한 소리를 내는 걸까.

그때 다시 한번 전화벨이 울렸다. 정신이 든 후미코는 수화기를 들었다.

"네, 아키바 도서관입니다."

사무적인 목소리가 척척 지시를 전달했다. 후미코는 두어 마디 짧게 대답하며 알겠다는 뜻을 전하고 수화기를 내려놓은 뒤 무료하게 잡지를 뒤적이는 아르바이트생을 돌아보았다.

"이제 마감하자."

불가항력에 의해 부득이하게 문을 닫는 경우라도 도서관 직원의 재량으로는 결정할 수 없고 소속장의 결재가 필요하다. 후미코는 최종 결재자인 시장이 결단을 내리기를 내심 기다리고 있었다.

노세의 지시대로 그의 집에 전화를 걸었더니 알겠다는 한마디만 한 뒤 다시 전화를 끊어버렸다. 어째서 굳이 연락을 달라고 한 걸까. 걱정됐는지 관장에게서도 다시 전화가 걸려 왔다. 원거리 통근을 하는 관장은 달리 해줄 수 있는 게 없다는 이유로 잔뜩 스트레스를 받는 눈치였다. 적당히 응대한 뒤 문단속을 하러 뛰어다니는 사이에 눈은 더욱 쌓이는 듯했다. 정문 현관까지 아르바이트생을 배웅하기로 했다. 조명을 낮춘 것만으로 관내는 온도가 다시 급격하게 떨어진 듯한 느낌이었다.

문을 열자 베일 듯이 차가운 바람이 덮쳐왔다. 그래도 아직은 걸을 수 있을 것 같았다. 어서 가라고 아르바이트생을 다그치는데 커다란 그림자가 눈앞을 가로막고 섰다.

"어이, 고생했구먼. 이용자도 안 오는데 지키고 있으려니 우울했지?"

"이 목소리는 혹시, 아키바 씨……?"

후미코는 눈투성이 흰곰 같은 모습을 보며 반신반의한 채 물었다. 눈사람과 산타클로스를 그려서 국내에서도 인기 있는 어느 그림책 작가의 작품 중에 흰곰을 주인공으로 한 책이 있다. 훌륭한 그림책이지만 판형의 크기로 인해 도서관 직원이 애를 먹기도 했다. 책의 크기가 세로로 40센티미터에 가까울 만큼 거대해서 일반 서가에는 도저히 들어가지 않는다. 어쩔 수 없이 낮은 서가 위에 공간을 마련해서 진열해두었는데 이 그림책 표지에는 연한 블루그레이로 칠한 흰곰의 상반신이 그려져 있다. 지금 후미코의 눈앞에 떡하니 서 있는 모습이 흡사 그 흰곰 같았다. 옆에 있던 아르바이트생도 몹시 놀라 당황한 눈치였다.

어깨와 머리에 쌓인 눈을 털어낸 뒤에야 아키바의 전신이 드러났다. 그야말로 씩씩하다. 지역 자치 소방단 헬멧을 쓰고 두 뺨은 수건으로 푹 감싼 채, 이제 막 산 듯한 아웃도어 코트를 걸치고 걷기 편하도록 밧줄을 휘감은 고색창연한 고무장화를 신고 있다.

"이봐, 준비됐나? 그리 먼 거리는 아니지만, 눈이 상당히 쌓인 곳이 있으니까 조심하라고."

"자, 잠깐만요."

후미코는 당황했다. 이미 결정된 것처럼 아키바는 걸음을 옮기기 시작했다.

"어디로 가시는 거죠?"

"우리 집이지. 사서 청년이 전화했다네. 사서 언니를 하룻밤 묵게 해달라고 말이야."

노세 씨도 참 못 말린다니까. 그녀가 순순히 자기 초대를 받아들이지 않으니 아키바에게 부탁한 모양이었다. 그러고 보니 아키바 저택은 바로 이 근처였다. 정확히는 길 하나만 통과하면 거기부터는 이미 '아키바 저택'인 셈이다. 다만 실제 건물까지 200미터는 더 가야 한다. 아키바는 여기 도서관보다도 훨씬 넓은 부지를 소유하고 있다. 게다가 보기 드물 정도로 남을 돌보는 일에 앞장서기 좋아하는 사람이다. 돈과 시간을 주체하지 못하는 양반이다 보니 유사시에는 곧장 시원시원한 태도로 최선을 다해 도와준다. 몇 년만의 대설이라며 안절부절못하다가 도서관으로부터 부탁받고 신나게 수락하는 광경이 생생히 눈앞에 떠올랐다.

"감사합니다, 아키바 씨. 하지만 괜찮아요. 전 도서관에서 자려고요."

"뭘 사양하고 그러나. 우리 마누라가 이미 이불에다가 무슨 난방기구까지 넣어 놓고 기다리고 있다니까. 사서 언니, 신발 상태는 어떤가? 어설프군. 그걸로 걸을 수나 있겠나? 이봐, 거기 청년도 들렀다 가. 몸이나 녹이고 가게. 청년은 집에 갈 수 있나? 몇 명이든 재워줄 수 있으니까. 집은 어디지?"

아키바가 거침없이 쏟아내는 말과 성량에 압도된 나머지, 후미코 일행은 저항할 틈도 없이 그의 집으로 끌려가고 말았다.

아키바 저택은 어마어마했다. 건축 형태의 역사는 19세기까지 거슬러 올라간다고 한다. 끝없는 토지를 소유한 가문답게 거처 구석구석을 잘 가꿔오고 있었다. 필요할 때마다 개축이 아닌 증축을 반복해 왔다. 그 결과 터무니없는 곳으로 복도가 연결되거나 외부에 화장실이 증축되기도 하고, '누구누구 삼촌의 별채'라든가 '누구누구 할머니의 위패를 모신 방'(어느 쪽이든 고인)이라든가 하는 식으로 외부인에게는 의미를 알 수 없는 이름으로 불리는 객실이 여기저기 흩어져 있는, 그야말로 두서없는 집이 완성되었다.

그 중심에 자리한, 이른바 '다실'이라 불리는 공간에 후미코는 황송해 죽겠다는 표정으로 앉아 있었다.

코타츠 위에는 아키바 부인이 직접 만든 요리가 빼곡하게 차려 있었다. 이렇게나 많은 눈이 오는 날에 굴러들어온 후미코는 뭐든 도우려 했지만, 아키바 부인은 활달한 말투로 단칼에 거절했다.

"어머나 이런, 추우셨겠네요. 따뜻하게 계세요. 하필이면 이런 날에 당직을 서다니 힘드셨죠?"

"도서관 따위는 좀 더 일찍 닫아도 됐을 텐데. 어차피 아무도 안 오니 말일세."

그렇게까지 확신에 찬 목소리를 들으니 조금 서글펐다.

"이런 상황에서도 쇼코 그 자식은 자기 역할이 중요하다는 핑계를 대며 산간 지역 어르신에게 문병 가는 등 이리저리 싸돌아다니는 통에, 휴대전화 신호가 안 잡혀서 연락이 늦어진 거잖아."

"아이고머니나. 그래도 그 사람은 옛날부터 바지런한 게 장점이었잖아요. 올해는 또 선거도 있으니까."

"저기 아키바 씨, 그 쇼코라는 분이······"

"응? 시장 말이야."

역시 그랬군.

"그래도 덕분에 뜻밖의 손님이 와주셔서 기쁘네요. 좋아라, 이런 젊은 아가씨가 우리 집에 와주니 금세 활기를 띠잖아요. 날마다 이런 바다 도깨비 같은 양반이랑 마주 앉아 있으니 갑갑해서 말이에요."

"그건 이 몸이 할 소리라고."

정종 잔을 앞에 두고 이미 얼굴이 벌겋게 된 가장은, 오랜 세월을 함께한 아내의 말에도 싱글벙글한 표정이다. 슬하에 자식은 1남 2녀가 있지만, 제각각 결혼하거나 도쿄에 취직하여 평소에는 터무니없이 널찍한 집에 부부만 산다.

눈 오는 날에 남을 도와준 스스로에게 상이라도 줄 생각인지 아키바는 기세 좋게 술잔을 비웠다. 아까까지 후미코 옆에 있던 아르바이트생은 억지로 급히 석 잔을 마시는 바람에 비틀거리며 돌아갔다. 후미코는 오히려 조난되지나 않을까 걱정했지만, 아키바는 껄껄 웃어넘겼다.

"괜찮아. 집도 가깝고, 본래 대대로 술고래들이 많은 집안이니 그 정도로는 문제가 없을걸세."

급히 석 잔을 비우는 동안에 아르바이트생의 할아버지와 작은할아버지가 모두 아키바의 중학교 시절 후배라는 사실을 알게 되었다. 후미코는 아키바가 1930년 2월에 태어났다는 것도 이번에 처음 알았다.

아키바 부인이 후덕한 얼굴로 후미코를 생글생글 바라보며
말했다.

"그 도서관에 독신인 분이 근무하게 되었다는 소리를 들었을
때 이 양반한테 말했답니다. 그런 분이라면 집을 구하느라 힘
들지 않겠냐고 말이에요. 우리 집에 하숙하면 쓸쓸하지도 않고
딱 좋지 않을까 싶었거든요."

후미코는 하마터면 우엉조림이 목에 꽉 막힐뻔했다. 지금 아
키바 도서관도 이 집주인에게 세입자 취급을 받는 형편인데 퇴
근 후까지 아키바 저택에 신세를 진다면 후미코의 사생활은 사
라져버릴 것이다.

"젊은 아가씨가 이런 곳에서 지낼 수 있을 리가 있나." 아키바
가 나무라듯 말한다. "이 집에서 지내봤자 낡아빠진 데다 성가
신 일투성이고 유령도 나오는 것 같으니 말이야."

"그런 방이 있나요?"

아키바 가문에서 대대로 내려오는 유령이라면 상당히 명랑한
성향이겠지만, 그래도 되도록 마주치고 싶지는 않다.

"그런 게 있을 리가요." 부인이 당황해서 손을 젓는다. "여보,
농담으로라도 그런 말 마세요. 괜찮아요, 괜찮아. 오늘 밤 묵을
방은 아무 걱정 안 하셔도 된답니다."

"당신, 어느 방으로 준비했지?"

"할머님의 위패를 모신 방으로요."

아키바는 고개를 끄덕였다.

"그럼 괜찮아. 그 방이라면 여기 다실에서도 가깝고 따뜻할

거야. 이 몸이 평생 딱 한 번 큰 병에 걸린 적이 있는데 그때도 거기에서 꼬박 반년 동안 요양했으니 말일세."

"어머. 언제쯤이신데요?"

후미코가 보기에 그는 이런 눈이든 여름의 더위든 끄떡없을 만큼 건강한 양반이었다.

"폐렴에 걸렸거든. 당시에는 주위에서 다들 이제 틀렸다며 마음을 굳게 먹었다더군. 적어도 그다음 해에 학교에 가는 건 힘들겠다고 말일세. 운 좋게 구사일생으로 살아나서 그다음 봄에는 제대로 입학했네만."

반세기 이전의 머나먼 옛날이야기였다.

"원래는 손님용 객실도 제대로 갖추고 있답니다. 정원을 돌아가면 반대편에 있어요. 그런데 무슨 이유에선지 이 양반이 그 방을 싫어해서요."

"거긴 젊은 아가씨가 묵을만한 방이 아냐."

그렇다면 유령이라도 나오는 걸까.

후미코가 그렇게 물었더니 아키바는 전에 없이 언짢은 표정을 지었다.

"그런 뜻이 아니라네. 그 방에 있으면 몸이 안 좋아져."

"그런 건 단순히 우연일 뿐이에요."

부인이 웃어도 아키바는 우겨댄다.

"어쨌든 괜히 싫다니까."

괜히 싫다는 이유만으로 사용하지 않은 채 내버려 두는 방이 있다니, 대단히 호사스러운 이야기다.

"나만 그런 게 아니라니까. 할머니도 아버지도 그 방은 싫어
했어. 그래서 잘 사용하지 않는 거라고."

"구조가 훌륭한데, 아깝기는 해요. 정원 옆에 있고 볕도 잘
들거든요."

어쩐지 장난스러운 표정으로 말하는 부인에게 아키바는 여전
히 심기 불편한 표정으로 응수한다.

"전에도 말했잖아. 거긴 내가 싫어하는 삼촌이 옛날에 쓰던
방이라고. 외할머니 쪽 사촌 남동생이었는데 한동안 우리 집에
살던 양반이었지. 늘 빈둥거리기나 하고 왠지 싫은 위인이었어.
나만 그런 게 아닐세. 근성도 없고 아무짝에도 쓸모없다며 할
머니도 곧잘 욕하셨지."

후미코는 애매하게 고개를 끄덕였다. 이 정도로 오래된 가문
이니 가계 또한 복잡하게 뒤얽히기 마련이고 과거에 이런저런
불화도 있었을 것이다. 물론 외부인이 끼어들어 왈가왈부할 일
은 아니다.

"내일 아침에는 눈이 그칠까요."

화제를 바꾸려고 후미코가 말을 꺼내니 아키바 부인이 고개
를 끄덕였다.

"일기예보에선 그럴 거라던데요. 애들은 무척 신날 거예요.
이 근방에선 이런 큰 눈이 드물잖아요. 내일은 우리 정원까지
근처 아이들이 눈싸움하러 오겠죠."

"정원에서는 상관없지만, 헛간 뒤쪽으로는 못 가게 하라고. 얼
마 전에도 눈이 왔을 때 그 경사면에서 썰매를 타려던 꼬마가

있었지." 아키바가 문득 생각났다는 듯 말했다. "눈에 파묻힌 묘비를 쓰러뜨리기라도 하면 큰일이니까."

"묘비…요?"

후미코가 되묻자 그는 기쁜 듯 말했다.

"그래. 선조 대대로 내려오는 묘지가 뒤뜰 숲 바로 앞에 있다네. 나도 잘 모르는 딸린 식구가 상당해서, 묘지 구석에는 이름도 없이 돌만 덩그러니 세워 놓은 묘도 있지."

"그렇군요……"

이렇게 부지가 넓으니 십수 대나 이어진 아키바 가문일지라도 이 땅 안에 얼마든지 묘를 만들 수 있었을 것이다. 후미코는 직업상 공부했던 이 지역 향토사를 머릿속에 떠올려 보았다. 근처 어느 절보다도 아키바 가문이 더 오래된 건 분명하다.

그 저명한 가문의 후손인 아키바는 혼자 추억에 빠져 있었다.

"만으로 일곱 살이 되던 설날이었어. 매일 아침 묘 하나하나에 물을 떠다 바치는 게 앞으로 내가 해야 할 일이라는 말을 들었지. 그로부터 얼마 지나지 않았을 무렵이었는데, 감독하던 할머니한테 혼난 적도 있었다네. 묘 하나를 왜 빠뜨렸냐면서 말이야."

명문가의 자손으로 살아가는 것도 쉽지 않다.

"항상 할머니가 아키바 씨의 성묘를 감독하셨던 거예요?"

"그건 아닐세. 평소에는 나 혼자 재깍 해치웠으니까." 잠시 고개를 갸웃하던 아키바는 뭔가 떠올랐는지 무릎을 쳤다. "맞아,

그때가 무슨 명절이었다네. 그래서 할머니가 맛있는 냄새를 풍기는 쑥경단을 묘에 바치러 왔지. 그래, 이제 생각나는구먼. 할머니 말을 안 들으면 경단은 못 먹는다고 그러셔서 쩔쩔맸었지. 그 할머니가 날 혼내는 거야. 어째서 이 묘는 성묘를 안 하냐고 말이야. 그래서 가봤더니 구석에 비석만 있는 묘가 덩그러니 있더군. 처음에 성묘 역할을 맡길 때 일러줬던 묘 중에는 분명히 없었던 곳이었는데. 할머니는 이 묘도 절대 잊어버리지 말라며 무서운 얼굴로 으름장을 놓았다네."

"그러셨군요."

"덕분에 여전히 묘지에 물을 바치는 게 하루를 시작하는 습관이 돼버렸네. 지금에야 딱히 강요하는 사람도 없는데 말이야. 어쨌든 머지않아 나도 거기에 묻히겠지."

"무슨 그런 말씀을 하세요, 아직 정정하신데요."

당분간 아키바는 이 세상을 작별할 사람처럼 보이지는 않았다.

"그러고 보니 원래는 사람들로 복작복작하던 집이었는데 꽤 변했죠. 할머니가 돌아가시고 애들도 뿔뿔이 흩어져서 이젠 우리 둘뿐이에요."

"완고한데다 무섭고 성가신 할머니였지. 그런데 묘하게 사람을 끄는 여장부였어. 사람들이 곧잘 이런 말을 하곤 했네. 할머니 덕분에 이 집안은 운이 좋은 거라고. 확실히 사람을 부리는 재주가 있으셨지. 할머니는 이 집의 여관 같은…… 사서 언니, 여관이 뭔지 아나?"

"알아요."

후미코는 향토사뿐만 아니라 출판문화의 어느 분야든 기초지식을 익히려고 노력하는, 정확히 말하면 두 선배에게 노력을 강요당하는 처지였다.

"전쟁 전부터 그 궁정의 여관 같은 존재로서 아키바 가문의 안살림을 진두지휘하셨지. 당시는 농지가 넓었으니까 소작농을 두는 것 외에도 집에서 젊은 사람들을 부리며 다양한 걸 만들곤 했다네. 가족이 많다 보니 부엌살림도 힘에 부쳐서 젊은 식모도 점점 늘어났지. 예의범절만 익혀도 좋으니 데리고 있어 달라고 부탁하는 친척 딸들까지 모였다니까. 다들 젊어서 한창일 때였는데 나이가 차면 할머니가 차례로 가정을 꾸리게 도와줬어. 저택 하나로는 감당하기 힘들어서 하인과 하녀들이 머물 오두막집도 별도로 지었어. 그들 모두를 아우른 분이 할머니였다네. 물론 사람들이 모여든 건 할머니가 나쁜 사람이 아니어서였겠지만. 식사 풍경이 장관이었지. 옛날에는 이 방 옆이 흙마루였는데 아궁이를 만들어서 거기에 커다란 화덕을 올려뒀어. 사람들이 그 주위에 서서 밥을 먹고 나면 뒤에 기다리던 사람들이 교대하는 식이었지. 그러는 동안 할머니는 국자를 쥐고 상석에 앉아 있었다네. 밤에는 하녀들이랑 여기에서 야간작업을 했고."

"옛날이야기를 좋아하는 시어머니셨죠."

부인이 그립다는 듯 말했다. 후미코는 아키바가 말하는 '할머니'란 분이 실은 아키바의 어머니라는 걸 그제야 짐작할 수 있었다.

"제가 시집왔을 땐 이미 그렇게까지 딸린 식구가 많진 않았지만, 그래도 쌀 두 되분을 안칠 수 있는 가마에다 툭하면 하루에 두 번씩 밥을 짓곤 했어요. 시어머니는 재봉틀 같은 건 모르는 분이셨으니까 옷감을 수선하는 일만으로도 벅찼답니다. 밤에는 저랑 둘이서 계속 손바느질했으니까요."

"변변한 난방기기도 없던 시절이었으니 추우면 솜옷이든 뭐든 잔뜩 껴입고 견딜 수밖에 없었다네. 곰인지 사람인지 구분하기도 힘들 정도였어."

"하지만 당시 시어머니가 해주신 이야기들이 재미있었답니다. 일을 가르쳐주실 땐 상당히 엄격한 분이었지만, 도리에 맞지 않는 일을 시키신 기억은 없어요. 지금 떠올리면 그저 그리운 분이죠. 시아버지께서 비교적 일찍 돌아가셨으니 당신 남편보다 며느리인 저랑 산 세월이 길었어요."

"자네한테는 늘 인자한 얼굴이셨지만, 내겐 엄격한 어머니였지. 호되게 혼쭐이 난 적도 부지기수였다네."

"그 시절에는 아버지 쪽이 더 무섭지 않았나요?"

후미코가 물었다. 당시 아키바가 얼마나 못 말리는 골목대장이었을지는 쉽사리 상상할 수 있었다. 하루가 멀다 하고 장난을 쳤을 게 틀림없다. 그리고 아키바가 아이였을 그 시절에는 '가장'이라는 단어가 분명 굉장한 권위를 가지고 있었을 것이다. 하지만 그는 허를 찔린 듯한 표정으로 고개를 갸웃거렸다.

"아버지는 말이지…… 그렇지, 온종일 밭일하던 모습밖에는 기억이 안 난다네. 사실 아버지도 어머니가 무서웠던 게 아닐까 싶어. 맞아, 딱 한 번 무서웠던 적이 있었네. 아버지가 삼촌을 두드려 패는 걸 봤거든. 그때만큼은 몸이 떨릴 정도로 무서웠어. 입술이 찢어져 피를 흘리면서 아버지가 크게 호통을 치셨지. 대낮부터 무슨 짓이냐면서 말이야. 두 사람이 싸움이 붙어서 손님방에서 뒹굴뒹굴 굴렀다니까. 당시에 난 찜질하던 부위가 가려워서 잠을 설치다가 그 광경을 전부 봐버렸어. 뭔가 새된 울음소리도 들렸는데, 어쨌든 그런 난리가 없었다네. 나도 아버지한테 얻어터지곤 했지만, 그때는 삼촌 얼굴이 부어오를 정도였으니까. 그날 이후 삼촌을 볼 수 없었지."

아키바 부인이 웃으며 말했다.

"이제 못마땅한 삼촌 이야기는 그만 하세요. 그보다 더 드실래요? 이제 괜찮으세요?"

후미코가 배부르다고 주장하는 게 거짓말이 아니라는 걸 파악한 뒤에야 부인은 식탁 위를 정리하기 시작했다. 서둘러 일어서는 후미코를 말리며 부인이 말했다.

"괜찮으시면 이 양반의 기나긴 수다를 들어주시겠어요? 새로운 대화상대가 있다는 게 좀처럼 드문 일이라서요."

아니나 다를까 아키바는 취기가 오른 말투로 맥락 없이 다음 이야기를 시작하고 있었다.

"이렇게 눈이 오는 밤이면 지금도 이상하게 떠오르는 일이 하나 있다네. 할머니 앞에서 이야기를 꺼내봤자 또 무슨 잠꼬대 같은 소리를 하는 거냐며 초장부터 엄하게 꾸짖기만 하시니까,

돌아가실 때까지 입 밖으로 꺼낼 수 없었네만."

아키바는 거기에서 말을 멈추더니 뭔가 기대하는 눈빛으로 후미코를 바라봤다. 어쩔 수 없이 후미코는 이렇게 물었다.

"무슨 이야기인데요?"

그는 나직한 목소리로 대답했다.

"나 말이지, 설녀(일본 설화에 나오는 눈의 요괴로, 여자의 모습이며 눈으로 변할 수 있다고 한다.)를 본 것 같아."

"······설녀···라고요?"

후미코는 상당히 얼빠진 목소리로 되물었다. 당장이라도 "사서 언니, 진짜 믿는 건가?"라며 그의 장난에 말려들 것 같았기 때문이다. 그러나 아키바는 여전히 진지한 표정이다.

"그렇다니까. 그 일만큼은 종종 몇 번이고 돌이켜 보는데, 역시 그렇게밖에는 생각할 수가 없어."

"그만둬요, 당신. 젊은 사람을 겁주려는 거예요?"

"괜찮아요, 들려주세요."

재빨리 접시를 포개면서 부인이 나무라자 후미코는 그녀를 말리며 말했다. 이제 후미코는 어린애 속임수 같은 괴담을 무서워할 만한 나이도 아니다. 아키바가 싱글벙글 웃었다. 서양의 표현 하나를 빌리자면 늙은 고양이가 크림을 몰래 핥은 듯한(like the cat that got the cream, 크림을 훔쳐 먹은 고양이처럼 지나치게 으스대거나 기뻐하는 상태를 빗댄 표현) 표정이었다. 크림 대신 다시 한번 술잔을 단숨에 비운 뒤 아키바는 이야기를 시작했다.

"아직 전쟁이 벌어지기 전이었지. 우리 집에 하인이 잔뜩 있었으니까. 머지않아 다들 군대에 끌려가 버렸지만. 아까 말했던 것처럼 가족과 하인들까지 합쳐서 열 명이 넘는 남자들이 매일 들에서 열심히 일하던 무렵이었네.

그날도 오늘 밤처럼 눈이 쏟아졌지. 음력 3월에 눈이 내렸다면서 이 근방에서는 한동안 이야깃거리가 될 정도였어. 얼마나 쌓였던지. 지금처럼 제설차가 와주는 시대가 아니라네. 더군다나 이 고장에 아직 자동차 같은 건 한 대도 없던 시절이었어. 그러니 눈이 오면 쌓이는 대로 멀뚱히 집에 틀어박혀 있을 수밖에 없었다네. 딱히 밖에 나가야 하는 그럴듯한 용무도 없었네만. 시장에 갈 필요도 없었어. 비축해 둔 쌀이랑 보리랑 채소로 한겨울을 나는 게 당연하던 때였으니까.

몇 날 며칠이고 눈이 내렸던 건 아니었을 거야. 이젠 기억이 가물가물해. 어쨌든 그날 밤, 집에서 다들 난로에 모여 저녁을 먹은 뒤 나랑 한 살 어린 여동생은 잠자리에 들었네. 무슨 이유에선지 평소와는 다른 별채에서 자라더군. 아까 사서 언니가 들어왔던 현관에서 반대쪽으로 복도를 두 번 건너가면 그 앞에 있다네. 평소에는 사용하지 않던 방이었어. 칭얼거리는 여동생 손을 잡고 내가 끌고 갔지. 그 녀석은 평소에도 울보였는데 그날도 왕할머니가, 이분은 전쟁 전에 돌아가신 내 진짜 할머니인데, 암튼 그날 밤에 할머니가 바느질하던 자그마한 옷을 자기 인형한테 입히고 싶다면서 자꾸 투정을 부리다가 호되게 혼났었지.

한참 자는데 여동생이 깨우더군. 소변이 마려우니 같이 가자는 거야. 오빠니까 어쩔 수 없이 다시 동생 손을 잡고 함께 갔지. 진짜 추웠다네. 둘이 제각각 잠옷 모양의 솜이불을 뒤집어쓰고 갔는데 어림도 없었으니까. 맨발에 닿는 마룻바닥이 얼음장 같았어. 늘 자던 방에는 화장실이 딸려 있었는데, 그날 밤은 별채에서 잤으니까 화장실까지 한없이 걸어야 했어. 밖에는 눈보라가 몰아치고 있으니 가까운 덧문을 열고 슬쩍 툇마루에서 해결할 수도 없었네. 겨우 볼일을 보고 이제 돌아가려던 참이었어. 어쨌든 돌아가는 길은 멀었지. 덧문 틈에서 복도까지 눈이 새어 들어오고 있었어. 그때 문득 좋은 생각이 떠올랐다네. 당시에는 흙마루 위에 커다란 선반이 있었지. 늘 건조한 장소였는데 겨울 야간작업에 쓰는 짚이 놓여 있고 사다리까지 걸려 있었어. 애들한테는 안성맞춤인 놀이터였지. 너무 수선을 떨면 먼지가 떨어진다며 야단맞기 일쑤였지만 말이야. 거기는 가까운데다 그 옆에는 화덕이 있는 이 다실이었으니 따뜻하잖아. 그래서 잠결에 깬 여동생을 부추겨서 둘이 어두컴컴한 사다리를 타고 그 선반으로 올라갔다네. 때마침 잠옷 모양의 솜이불을 질질 끌며 갔으니까. 지푸라기가 잔뜩 있으니 그걸 긁어모아서 솜이불째 그 위에서 뒹굴면 그야말로 극락이 따로 없었지. 둘이 강아지처럼 얽혀서 금세 잠들어버렸어.

그러다 갑자기 차가운 바람이 느껴져 눈을 떴어. 아래에서 소리가 났지. 뭔가 익숙해서 출입문이 닫힌 소리라는 걸 곧장 알아차렸어. 아래가 어렴풋이 밝아 보이더군. 슬쩍 엿보니 뭔가 물건을 양손으로 감싼 사람이 밖에서 흙마루 쪽으로 들어오는 중이었어. 도롱이며 삿갓에 잔뜩 껴입고 있었는데 어디의 누군지도 가늠하기 힘들었다네. 그 사람이 눈을 털어내자 삿갓 밑으로 보이는 까만 머리칼이 불빛에 빛났어. 그래서 아직 눈이 오나보다 짐작했지.

조금 놀랐던 기억이 나는구먼. 어쨌든 눈이 많이 내렸으니까. 이웃에 사는 누군가가 한담이나 하러 불쑥 들를만한 밤은 아니었지. 얼추 짐작하기로 상당히 늦은 시간이었던 것 같아. 불빛도 꺼져 있었으니까.

나그네인가 보다 생각했다네. 길 가다 날이 저문 사람을 재워주는 건 그리 드문 일이 아니었거든. 그래서 나는 다시 여동생 옆에서 그대로 잠들어버렸어. 애들이 한밤중에 깨어있는 것만으로도 혼날 게 뻔한데다, 무엇보다 우리는 그 선반에서 잠을 자면 안 됐으니 말일세. 여기에 있다는 걸 자백했다간 다시 그 추운 별채로 쫓겨날지도 모르니까. 아이였지만 그 정도는 예상할 수 있었지. 어쩐지 아래쪽에서 이런저런 소리가 들려오는 것 같았어. 짐승의 목소리 같다는 생각도 들었는데 잠결에 애가 들은 거니 바람 소리였을지도 모르지.

다음 날 아침에는 눈이 그친 상태였어. 바람도 없었지. 어른들은 다들 진작 일어난 듯했고 아래를 내다보니 때마침 아무도 없는 거야. 나는 여동생을 깨워서 함께 별채로 돌아왔네. 그리고 시치미를 뗀 얼굴로 다시 한번 다실로 들어갔지.

밖을 내다보니 눈이 쌓여서 여기저기 반짝이는 거야. 애들은 마음이 들뜰 수밖에 없지. 게다가 손님까지 있으니까. 보통 애들은 평소와 다른 사건이 생기면 금세 신이 나버리잖나. 그런데 다실에 슬슬 조반이 차려질 시각인데도 손님처럼 보이는 얼굴은 나타나질 않더군. 보통은 손님에게 가장 먼저 밥을 대접할 텐데 말이야. 그래서 난 어머니한테 물어봤다네. 어젯밤에 온 손님은 어디 있냐고. 그랬더니 어머니는 손님이라곤 한 명도 오지 않았다고 그러는 거야. 그럴 리가 없다고, 내가 분명히 봤다고 말해도 어머니는 어젯밤에 온 사람은 아무도 없었다며 꿈이라도 꾼 거 아니냐는 소리만 했지.

난 고개를 갸웃거리면서 세수하러 밖의 우물로 나갔다네. 상당히 눈이 쌓여 있었지. 평소 허물없이 지내던 하인과 우연히 마주친 김에 다시 한번 물어봤어. 하지만 그 형도 역시나 어젯밤에 찾아온 외부 사람은 아무도 없다고 말하더군.

'눈은 한밤 전에 그치긴 했는데 저렇게나 쌓인 눈을 헤치고 올 만한 별종도 없을걸.'

형은 그렇게 말하며 웃어넘겼어. 그렇게나 많은 눈은 이 고장에선 좀처럼 드문 일이니까. 그래, 오늘 밤 내리는 눈과도 견줄 수 있을 만큼이었네.

세수하면서 나는 멍하니 쌓인 눈을 바라보고 있었어. 그리고 얼굴을 닦았을 때 알아차렸지. 눈 위에는 발자국이 잔뜩 찍혀 있었어. 하지만 발자국은 모두 안채와 우물, 오두막 앞에만 나 있었지. 대문 근처만 새하얀 눈으로 뒤덮여 있었네. 아침에 세수한다든가 부엌일 때문에 우물을 쓴 사람은 많았지만, 다들 안채로 되돌아갔던 거야.

결국 눈이 그친 뒤에 대문 밖으로 나간 사람은 정말 아무도 없었다는 뜻인 거지. 분명히 그 하인 형은 한밤이 되기 전에 눈이 그쳤다고 했으니 말일세.

나는 안채로 되돌아와 빠짐없이 조사했어. 하지만 낯선 사람은 어디에도, 정말 어디에도 없었어. 집에서는 아무도 나가지 않았던 거야. 그런데 집안에 손님이라곤 한 사람도 없잖나. 역시나 어머니 말대로 내가 꿈을 꾼 거라며 혼자 납득한 뒤 아침밥을 먹고 있었네. 그런데 그때 여동생이 이렇게 말했어.

'엄마, 어젯밤에 온 손님한테는 아침밥을 안 줘도 되는 거야?'

한밤의 언제쯤 동생도 내가 본 광경을 목격했던 모양이야. 하지만 어머니도 왕할머니도 손님 같은 건 안 왔으며 전부 꿈이라고 다시 시치미를 떼더군. 여동생과 나는 서로의 얼굴을 바라봤지. 옛날 애들은 어른이 틀린 얘기를 해도 말대답할 수 없었다네. 건방지게 입을 놀렸다가는 호되게 얻어맞으니까. 그래서 우린 서로 눈짓만 주고받았을 뿐 아무 말도 하지 않았어.

아침밥을 다 먹은 뒤 여동생한테 물어보니 화덕 끝에서 자던 사람을 봤다더군. 그래서 손님인 줄 알았다는 거야. 이불이 부족하면 그런 식으로 손님을 재우는 일이 있었다네. '그 모습은 엄마나 할머니는 아니었어. 그 주변이 밝아진 상태여서 절대 잘못 봤을 리 없는걸.'

그래서 여동생한테 슬며시 일렀지. 개수대로 가서 젓가락 수를 세고 오라고 말이야. 난 장남이니 부엌 같은 곳에 갔다간 여기는 남자가 올 곳이 아니라며 내쫓기기만 할 테니까. 사서 언니는 모를 테지만 그런 시대였다네. 내 말을 잘 알아들은 여동생이 젓가락 수를 센 뒤 돌아왔어. 하인이랑 하녀 중에는 숙소인 오두막에서 따로 밥을 먹는 사람도 가끔 있었지. 그래도 부엌은 한군데뿐이었다네. 그러니 대체 집에서 몇 명이 아침밥을 먹었는지 개수대에 쌓인 젓가락이 몇 쌍 있는지만 세어보면 알 거 아닌가?

여동생은 평소랑 똑같은 수를 말했어. 결국 집안에 외부 사람은 확실히 없었다는 거지. 그렇다면 대체 우리가 봤던 그 사람은 누구일까. 우리는 다시 한번, 그야말로 집 안 구석구석을 뒤지며 돌아다녔다네. 하지만 역시 집안에 낯선 사람의 흔적은 전혀 없었어. 어째선지 어른들은 모두 신문에 머리를 맞댄 채 안심한 듯한 표정으로 속닥거리고 있더군. 요즘 도쿄에서 큰일이 일어난 모양인데 겨우 해결돼서 군인들이 부대에 복귀했다던가."

후미코는 재빨리 머릿속에서 20세기 시대사 연표를 훑었다. 아마 그 사건인 듯했다.

"그런 상황이었으니 어른들은 애들 따위는 안중에도 없었겠지. 그 틈을 타서 우리는 집안을 샅샅이 수색했지만, 감기에 걸린 젊은 식모가 혼자 구석에서 앓아누워 있었을 뿐 다른 사람들은 이미 다들 일을 시작하고 있었어.

그런데 말이야, 나중에 난 봤다네. 화덕 끝의 한 부분에 축축해진 멍석이 깔려 있길래 그걸 치웠더니 그 밑의 널빤지가 흠뻑 젖어 있는 거야. 그래, 마치 커다란 눈덩이가 녹은 것 같았지……"

"그 자리가 어디였냐면, 여기야."

아키바가 손가락으로 가리키는 곳을 본 후미코는 펄쩍 뛰었다. 후미코가 앉아 있던 방석을 가리키고 있었다.

"당시의 화덕을 허물고 내장형 코타츠로 만든 게 몇 년쯤이었나. 할머니가, 그러니까 내 어머니 쪽 말인데 호화스러운 물건이라면서 정말이지 극락 상자가 따로 없다며 기뻐하셨지. 지금은 그것도 메워버리고 이렇게 전기 코타츠로 바꿨지만 말일세."

"주무실 수 있으시려나. 오랫동안 닫아둬서 곰팡내가 날지도 모르겠네요."

매우 기분이 좋아진 아키바가 자기 방으로 돌아간 뒤, 부인은 다실에서 조금 떨어진 곳에 있는 방으로 후미코를 안내하며 미안하다는 듯 쩔쩔맸다.

"너무 훌륭한데요. 재워주셔서 정말 감사합니다."

후미코는 진심으로 고개 숙여 인사했다. 아무리 괜찮다고는 했지만, 지금쯤 혼자 도서관 구석에 웅크리고 있었다면 얼마나 쓸쓸했을까. 억지로 데려와 줘서 정말 다행이었다. 방에서는 희미하게 곰팡내가 나긴 해도 다다미 색이 선명한, 정통적인 다다미 여덟 장짜리 방이었다. 구석에는 훌륭한 불단이 자리하고 있었다.

"이곳이 아키바 씨 어머니께서 쓰시던 방이었나요?"

"네. 처음에는 시아버지와 두 분이 거처로 사용하시다가 은퇴하신 뒤에도 그대로 이곳에 머무셨어요. 저 양반이 이러니저러니 떠들어댔지만, 시어머니한테는 사랑받았답니다. 그러니 어린 시절에 큰 병에 걸렸을 때도 시어머니가 여기 당신들 방에 저 양반을 재우며 간병하셨겠죠. 여자 일손이라면 얼마든지 있었을 텐데 말이에요."

"좀 전에 그, 싫어하셨던 삼촌이 머물던 방이라는 건……"

아키바 부인은 싱글벙글하며 고개를 저었다.

"그분이라면 저도 잘 모른답니다. 어째서 저렇게나 손님방을 싫어하는지 원. 그 방은 여기에서 정원을 사이에 둔 반대편에 있어요."

아키바 부인이 가리킨 손가락 끝을 좇아 후미코는 미닫이문을 열어봤다. 눈은 여전히 내리고 있었다. 그 하얀 장막 너머로 별도의 툇마루와 방이 어렴풋이 보였다.

"딱히 불길할 건 아무것도 없는 방이에요. 막 시집왔을 때는 왜 다들 저 방을 싫어하는지 이상하게 느껴졌어요. 저 양반뿐만 아니라 시어머니까지 그러셨으니까요. 그렇다고 시어머니께 여쭤볼 수도 없고 저 양반한테 물어도 병에 걸리는 방이라며 이해하기 힘든 설명만 해주는 거 있죠. 그러다 어느 순간 문득 알아차렸답니다. 남편이 그렇게나 집착하는 이유를요."

부인은 후미코를 장난스레 바라본다. 여전히 후미코는 영문을 알 수 없었다.

"어째서죠?"

"지금까지 병다운 병이라곤 걸려본 적도 없이 그렇게나 건강했던 아이가 갑자기 큰 병에 걸렸잖아요. 무서웠겠죠. 몸은 아프고 어른들은 심각한 표정을 하고 있으니. 자기는 죽을지도 모른다고 생각하면서요. 변변한 약도 없으니 마냥 누워있을 수밖에 없던 시절이었죠. 그런 시기에 삼촌이 정원 건너편에 있는, 애들은 절대 못 들어가게 하던 특별한 저 방에서 얻어맞은 데다 그 이후로 의절 당하는 모습까지 봐버린 거예요. 어땠을까요?"

"아아, 그런 거였군요!"

아키바도 아직 해맑은 소년 시절이었다. 정원이 아무리 널찍해도 중간에 장애물이 전혀 없으면 한눈에 명확히 보였을 것이다. 게다가 아버지와 삼촌의 난투 장면을 목격하고 말았다. 확실히 심각한 충격을 받았겠지. 고열과 기침으로 괴로워하던 때라면 더더욱. 그 일을 계기로 상태가 더욱 악화했을 가능성도 있다.

그나저나 이 부인은 대단하다. 두서없는 남편의 이야기를 듣고 수수께끼를 풀어버리다니. 후미코가 감탄해서 바라보자, 부인은 부끄러운 듯 웃는다.

"전 그 이야기를 수도 없이 들어서 짐작할 수 있었던 거랍니다. 저 양반, 별거 아닌 감기에도 크게 호들갑을 떠니까요. 어쨌든 병은 뭐든 두려운 법이죠. 어쩌면 어릴 적 앓았던 중병의 기억 때문일지도 모르지만요."

트라우마라는 단어를 사용하지는 않았지만, 부인은 본질을 꿰뚫고 있었다.

"생각해 보세요, 냉찜질한 부위가 가려워서 쉽사리 잠들지 못하고 있는데 그런 싸움을 봐버린 거예요. 게다가 '한낮'에 말이죠. 응석받이였던 남편이 그런 경험을 한 건 폐렴으로 이 방에 앓아누워 있을 때뿐이었을 거라는 생각이 어느 날 갑자기 드는 거예요. 저 양반은 여전히 깨닫지 못하고 있죠. 저 방이 싫은 이유와 삼촌이 싫은 진짜 이유를요. 둘 다 같은 이유인데 말이죠. 그런 사람이랍니다."

그날 밤, 후미코는 깊이 잠들지 못했다. 한밤중에 몇 번이나 깨면서 사람의 목소리를 들은 듯한 기분이었다. 어쩌면 그건 미친 듯이 날뛰는 눈보라와 바람 소리였을지도 모른다.

몸을 살짝 뒤척인다. 눈을 감은 후미코의 뇌리에 어두운 방이 떠오른다. 시골 할머니의 집. 곰팡내 나는 이불. 몇 세대를 거쳐오며 스며든 음식 냄새. 땅의 냄새.

'자, 그만 자야지. 안 자고 있으면 설녀가 온단다. 하지만 설녀를 봤다는 사실은 절대 누구에게도 말해선 안 돼. 알겠지.'

이불을 토닥여 주는 누군가의 손. 엄마? 할머니?

그렇게 몇 번이나 졸다 깨기를 반복하다가 결국 포기하고 일어나니 아직 7시 전이었다. 오늘 후미코는 휴무다. 하지만 남의 집에 신세를 지고 있는 마당에 늦잠을 잘 수는 없었다.

어젯밤 부인이 몇 개월이나 벽장에 수납된 채 있었다며 민망

해하던 이불을 정리한 뒤 부인에게 빌려 입은 잠옷도 말끔히 개고 시트와 베갯잇을 벗겨 양손에 들고 일어섰다.

'이걸 세탁해서 돌려드린다고 말해 봤자 또 거절하실 게 분명해.'

예상대로 부인은 후미코가 들고 온 세탁물을 활기찬 거절의 말과 함께 빼앗아 가버렸다. 어젯밤과 같은 코타츠 앞에 어깨를 눌리듯 반강제적으로 앉으니, 맞은편에는 역시나 아키바의 커다랗고 각진 얼굴이 싱글벙글 웃고 있다.

"평범한 시골밥상이지만 된장국과 장아찌만큼은 훌륭하다네."

깊고 진한 냄새가 코를 간질인다.

"이건……" 된장국 표면에 떠오른 연둣빛 조각에 후미코의 시선이 머무른다. "머위 꽃대 맞죠?"

"응."

"정원에서 따신 거예요?"

후미코는 무심코 밖으로 눈을 돌렸다. 어제와는 확연히 다르게 태양이 눈부시게 빛났지만, 발자국 하나 없이 온통 은빛 세상이었다. 지금은 건너편으로 또렷이 예의 '손님방'이 보인다. 이러한 눈더미 속에서 이른 봄의 꽃봉오리를 발견하기란 딸기를 따오는 것만큼 비현실적이다.

"어제 아침에 눈이 내리기 전에 따서 챙겨둔 거랍니다."

장아찌가 담긴 그릇을 들고 온 부인이 설명해 줬다.

"눈이 온다길래 미리 따났죠. 부엌에 종일 뒀더니 향이 연해졌네요."

"이봐, 사서 언니. 많이 드시게."

또다시 부른 배를 움켜쥐고 몇 번이나 거절한 끝에야 후미코는 아키바 저택을 떠날 수 있었다. 눈부시게 하얀 설경에 눈을 찡그리며 커다랗게 숨을 쉬고 손목시계를 봤다. 아직 7시 반도 되지 않았다. 이제 전철도 운행하고 있겠지. 눈길은 지독히도 걷기 힘들었지만, 이제 곧 교통량이 많은 도로가 나온다. 햇볕은 그리 따뜻하지 않았지만 강렬하게 내리쬐었다. 어제의 울적한 하늘이 거짓말이었던 것처럼 구름 한 점 없이 쾌청하다. 이 지역의 절반을 괴롭히던 막대한 눈구름도 물러날 때는 재빨랐다.

버스 운행도 정상으로 돌아왔을까. 길만 나 있다면 역까지 걸어가도 된다. 그다음에는 전철로 한 정거장만 가면 후미코의 아파트다. 책 속 세상 같은 고택에서 하룻밤을 보내며 들었던 옛날이야기가 말끔히 그 빛을 잃어버리고 일상으로 돌아온 듯한 기분이다. 아키바의 이야기에 홀린 건지 머릿속에 여전히 피로가 남아 있었다. 아파트에 도착하면 그대로 쓰러져 잠들어 버린다 한들 상관없다.

그런데도 후미코의 발은 어느덧 익숙해진 샛길로 빠져 걷고 있었다. 주위에는 아무도 없었지만, 성실한 직장인들이 진작에 남긴 발자국이 짐승이 다니는 길처럼 이어져 있었다. 그 흔적을 따라가듯 후미코는 한 걸음 한 걸음 밟으며 걸었다. 조용하다. 이따금 숲의 나무에서 눈이 미끄러져 떨어지는 가벼운 소리만

이 주변에 울려 퍼진다.

얼마 걷지 않았는데 앞쪽에서 저벅저벅 좀 더 무거운 소리가 들려온다. 후미코는 마지막 모퉁이를 돌았다. 하룻밤 전에 떠나온 건물이 묵직하게 쌓인 눈의 망토를 전신에 걸친 채 익숙한 모습으로 그녀를 맞이했다. 현관 앞에서는 사람 그림자 하나가 부지런히 움직이고 있었다. 눈은 조용하고 새로운 세상을 만들어 내지만, 일상생활을 이어가야 하는 인간에게 여분의 노동을 강요한다. 후미코는 다가가며 말을 걸었다.

"노세 씨, 눈 치우는 거 도와드릴게요. 그리고 어젯밤에는 도와주셔서 감사했습니다."

통로의 눈은 금방 치웠다. 발 주변의 눈을 털어내고 도서관에 들어간 후미코는 문득 뭔가 떠올라서 어느 서가로 향했다. 장정이 훌륭한 책 한 권을 들고 사무실로 돌아오니 노세가 이미 커피를 끓여 놓았다.

"너도 참 궁상맞다. 쉬는 날 일부러 일터에 오다니."

"누가 할 소린데요. 근무 시간 외의 육체노동이라뇨. 고생하셨어요."

어쩐지 그럴 거라 예상은 했다. 누구보다도 직장과 가까운 곳에 사는 그가 일찌감치 도서관에 와 있을 거라는 건.

"가족의 병으로 모두에게 폐를 끼치고 있으니까. 이럴 때라도 내가 할 수 있는 일을 해둬야지. 대중교통은 여전히 혼란한 상태라서 전원이 정시에 출근할 수 있을지 알 수 없는 데다 개관 전까지 관내 준비가 마무리될지도 불안해서 말이지."

노세가 건넨 컵을 감사히 받았다. 그 따뜻한 온도가 무엇보다도 기쁘다. 눈을 치우며 온몸을 썼더니 땀은 났지만, 손가락과 발가락 끝은 차가워진 채 감각이 없었다. 그러고 보니 이번 겨울에는 한 번도 스키를 타러 가지 않았다는 생각이 들었다. 눈과 땀과 햇볕의 냄새가 스키장을 떠올리게 한 탓이다. 노세는 후미코 옆에 놓인 책으로 시선을 옮기더니 작게 웃었다.

"아키바 저택의 내력에 감명받은 건가."

"네? 아아." 후미코는 어쩐지 부끄러운 듯 웃으며 들고 온 책을 팔랑팔랑 넘긴다. "굉장하잖아요. 그 연식과 거대함과 터무니없음이. 그래서 저도 모르게⋯⋯"

책 제목은 《일본의 민가》. 이미 십수 년 전에 발행되었는데 일본에 현존하는 민가를 정교하고 치밀한 일러스트와 상세한 설명으로 소개하고 있어, 보는 것만으로도 즐거운 책이었다.

"이 지역 문화재청 직원들이 다들 고심하는 건물이긴 하지. 원형 자체만으로는 진작에 중요문화재로 지정되고도 남을 만큼 오래된 집이지만, 어쨌든 변경한 부분이 너무 많아서 누구도 유래를 특정하지 못해."

"내부를 구경한 건 처음이었는데요, 왠지 제가 눈 오는 밤의 여행자가 된 기분이었다니까요. 여행하다가 하룻밤 머물게 해 달라고 부탁하는 것처럼요. 아니면 옛날이야기에 나오는 등장인물 중 한 사람이 된 기분이었달까요."

"주인공이 아니고?"

"이래 봬도 겸손한 인간이라고요."

후미코는 책 속에 등장하는 고택의 화덕 사진을 바라보며 말했다. 실내 슬리퍼에 볕이 닿았다. 곱은 발끝에 겨우 감각이 돌아온다. 그러다 이어지는 노세의 말에 놀라 고개를 들었다.

"그나저나 수수께끼의 설녀가 출몰한 현장을 검증하고 온 건가?"

후미코는 잠시 멍하니 노세의 얼굴을 바라봤다. 그러다 금세 퍼뜩 정신을 차렸다.

"노세 씨도 그 설녀 이야기를 들은 적이 있어요?"

그는 과장되게 한숨을 내쉬어 보였다.

"벌써 몇 번이나 들었지. 물론 아키바 씨가 내게 이야기해 준 건 아냐. 아즈사가 그 이야기를 너무 좋아하거든. 그래서 설녀 이야기를 해달라고 조를 때마다 아키바 씨는 아즈사를 무릎에 앉히고 엄청 진지하게 이야기해 주신다니까. 옆에 있다 보니 매번 들을 수밖에 없잖아. 상대는 귀하신 집주인이니까."

"그러면 노세 씨는……"

후미코는 그제야 알았다. 노세는 이 근방에서 집을 빌린 모양이었다. 그리고 이 주변의 땅이라면 아키바가 주인일 가능성이 상당히 크다.

"죽겠다니까, 아키바 씨는 이제 거의 가족이나 마찬가지야. 그것도 한결같이 문안 인사를 드려야 하는 큰아버지 같은 존재랄까. 여기에 도서관이 생겨서 근무지를 옮길 수 있게 되었다고 기뻐하면서 집의 임대계약을 체결한 지 일주일 뒤였지. 도서관

준공식에서 관계자석 뒤쪽에 앉아 있었는데 내빈석 한가운데에 집주인이 있는 거야. 그때부터 우리 가족은 공사 구분 없이 아키바 씨 가까이에서 살아가고 있어."

"세상에……"

후미코는 새삼 이해할 수 있었다. 그러한 사정이 있어서 어젯밤에 노세는 아키바에게 후미코의 숙박을 부탁했던 건가.

"저요, 그 집에서 하숙하라는 말을 들었는데 진심처럼 느껴져서 간담이 서늘했어요."

"어쨌든 너무 오지랖이 넓은 집안이란 말이야. 어제도 내가 상황을 설명하는데 끝까지 듣지도 않고 알겠다며 전화를 끊어 버리는 거야. 당황해서 다시 전화했더니 이번에는 부인이 받아서 '걱정하지 마세요. 나머지는 맡겨주세요. 남편은 이미 달려나갔답니다'라던 걸."

"게다가 방이라면 남아돌 정도니까요. 할머니의 불단이 있는 방도 있고 삼촌이 머물렀던 꺼림칙한 손님방도 있고."

"꺼림칙한 손님방이라니, 그건 뭐지?"

노세도 모르는 일화가 아직 있는 모양이다. 후미코는 아키바 소년과 그의 아버지, 삼촌의 이야기를 들려줬다. 아키바 부인의 추리도 함께. 후미코가 이야기를 마치고 정신을 차려 보니 노세가 손에 컵을 쥔 채 천장을 응시하고 있었다.

"노세 씨? 왜 그러세요?"

그는 지금 막 깨어난 듯한 표정으로 천천히 후미코를 바라봤다. 그러다 픽 웃더니 밖으로 시선을 돌린다.

"나 원 참. 그런 거였나." 혼잣말처럼 중얼거리더니 눈이 부신 듯 눈을 찌푸렸다. "이제야 퍼즐 조각이 모두 맞춰진 것 같네."

"네?"

여전히 노세는 혼자 쓴웃음을 지을 뿐이다.

"그나저나 설녀 말인데요." 어쩔 수 없이 후미코는 화제를 되돌렸다. "그 이야기도 아키바 씨가 가장 좋아하는 미스터리잖아요. 눈 오는 밤에 나타난 수수께끼의 인물. 그 모습을 목격한 건 아이 둘뿐. 그런데 아침이 되니 자취를 감췄다. 마치 눈처럼. 게다가 집에서 나간 이는 아무도 없다는 걸 발자국이 가리키고 있다. 그리고 집안에는 눈이 녹은 흔적만 남아 있다는 건데……"

"정말 그렇게 생각해?" 노세는 여전히 쓴웃음을 지은 채다. "완전히 아키바 씨한테 말려들었군. 잘 생각해 봐. 합리적으로 설명할 수 있을 텐데."

"네?"

후미코는 입을 떡 벌렸다.

"괴담이 아니라 설명이 가능한 상황이라는 거예요?"

노세가 고개를 끄덕인다. 후미코는 순간 몸을 앞으로 내밀었다. 힐끗 시계를 본다. 다들 출근하려면 아직 이십 분 정도 남은 듯하다.

"설명해 주세요!"

노세는 후미코의 다짐을 받으려는 듯 손을 들어 말했다.

"비밀로 할 수 있어?"

"그럼요."

후미코도 엄숙하게 손을 올리며 맹세한다.

"그렇다면 좋아." 노세는 진지하게 말하더니 다시 웃었다. "우리 집주인한테는 영원히 비밀로 해달라고."

"어째서요? 아키바 씨도 알고 싶어 하시던데요."

"아냐, 그 양반한테는 수수께끼인 채로 두는 편이 좋을 것 같아."

노세는 잠시 고개를 돌려 벽을 바라봤다. 후미코도 덩달아 눈을 돌렸다. 시선이 닿은 벽에는 잡지 부록이었던 달력이 걸려 있었다. 한 면의 절반이 사진이었다. 나무로 된 외길 산책로가 어느 습지대를 가로지르듯 놓여 있는 풍경. 길가는 여전히 메말라 있었지만, 봄이 곧 다가오리라는 걸 기대하게 만드는 사진이었다.

"이 사진을 볼 때마다 이 산책길은 인간의 삶의 방식 그 자체라는 생각이 들어. 현대의 우리 삶이 아니라 수십 년 전, 그러니까 아키바 씨가 젊었을 무렵까지 말이야." 노세는 사진을 바라보며 말을 이었다. "똑바로 이어진 외길. 삶에는 그다지 많은 선택지가 마련되어 있지 않았어. 그러니 일단 앞에 뻗어 있는 길을 걸을 수밖에 없었지. 그 길로 나아가면 어쨌든 주어진 수명대로는 살 수 있었으니까. 그 시대 사람들이 생각했던 '성실한' 인생을 말이야. 그러니 대부분 헤매는 일 없이 그 길을 걷다가 죽어 갔어. 이 길로 가면 틀림없을 거라 믿으면서."

"알 것 같아요."

결코 안락한 길은 아니다. 기댈 난간도 없다. 발이 미끄러져 아래로 떨어지면 그걸로 끝이다. 언제 썩은 널빤지를 밟고 밑으로 빠질지 알 수 없다. 유사 이래 불과 최근까지 인간은, 태어나고 의식주를 충족시키는 데에만 열중한 채 살다가 죽어 갔다. 산다는 건 살아남는 일이었다.

"그러한 시대는 혹독하고 또 단순했지. 태어나서 성장하고, 죽는다. 남자와 여자가 인연을 맺으면 당연한 일처럼 아이가 태어났어. 출생률도 높았지. 아이가 생기면 낳을 수밖에 없었으니까. 하지만 사망률도 높았어. 그런 시대에는 약한 자가 압도적으로 죽기 쉬웠으니까. 아키바 씨가 들려준 이야기에는 그런 시대적 배경이 있었던 셈이야. 요즘 사람들은 까맣게 잊어버린 상태지만…… 그런데 후미코, 아키바 씨한테 들은 이야기를 한 번 더 들려줄래? 내가 들었던 이야기와 차이가 있는지 확인해 보고 싶어서 그래."

후미코는 최대한 자세히 기억을 떠올려 이야기해 주었다. 노세는 묵묵히 다 듣고 난 뒤 커피를 다시 따라주었다.

"내가 이제까지 들었던 내용과 달라진 건 없군. 그나저나 아키바 씨, 여러 번 되풀이한 덕분인지 전반적으로 이야기 형식이 일정해졌어. 그런데 후미코, 아까 내가 말했던 그 시절의 눈 오는 밤을 상상해봐. 어쩐지 아키바 씨의 이야기를 달리 해석할 수 있을 것 같지 않아?"

후미코는 고개를 저을 뿐이었다. 노세는 못 말리겠다는 듯한 표정으로 말을 이었다.

"아키바 씨 이야기의 강점은 목격자가 두 사람 있었다는 거야. 아이들이기는 하지만, 이미 스스로 앞가림할 수 있는 나이지. 자기가 본 것을 분명히 인식하고 기억할 수 있다고 말해도 좋아. 그러니 일단 전제를 확실히 하자. 그 두 사람이 본 건 모두 사실이었다고 말이야."

"하지만 어른들은 아무도 안 왔다고 딱 잘라 말했잖아요."

"그러니까 당연히 다음 결론이 도출되지. 어른들은 애들한테 거짓말한 거야. 애들이 흙마루 위에 있는 선반에 올라갔을 때 주변은 어두웠어. 불은 꺼진 상태였고 화덕에도 재를 덮어뒀겠지. 하지만 문제의 인물이 왔을 땐 아직 날도 밝지 않았지만, 어떤 모습인지 분간할 수 있을 만큼은 밝았어. 그 말인즉슨 불의 뒤처리를 관리하던 여주인이 다시 쓸 일이 생겨서 불씨를 되살렸다는 뜻이야."

"하지만 다음 날 아침에 낯선 사람은 아무도 없었고 누군가 집에서 나간 발자국도 없었다고……"

"모순은 아니야. 집안 사정을 잘 아는 애가 아무리 찾아봐도 '낯선 사람'은 없었어. 그렇다면 한밤중에 화덕 가장자리에 들어앉은 이는 낯선 사람이 아니라 집안의 누군가였다는 소리가 되지."

"아!" 후미코는 무심코 외마디 소리를 냈다. 그러더니 다급히 생각했다. "하지만 아키바 씨는 밖에서 들어온 걸 봤다고 했잖아요? 도롱이를 입고 삿갓을 쓰고 눈투성이인 채로……"

"아키바 씨는 이런 이야기도 했을 거야. 하인과 하녀들이 숙박하는 오두막이 별도로 있었다고.”

“그렇다면 그러한 고용인 중 누군가가 한밤중에 화덕 가장자리로 왔다는 거예요?”

“조리 있게 생각하면 그런 결론에 이르지. 아키바 저택 안에 살고 있지만 도롱이며 삿갓에 정신이 뺏긴 아이가 알아볼 수 없을 만큼 그다지 가깝지 않았던 누군가겠지.”

“그런 일이 일어날까요?”

“반대로 생각해 봐. ‘그러한 일이 일어나기’ 위해서는 어떤 전제가 필요할까? 후미코, 이 이야기의 배경은 1930년대 농가 이야기라고. 부농이라고 해도 소박한 생활을 했지. 집안의 다른 어느 곳에도 없고 화덕에만 있는 게 뭘까?”

후미코는 퍼뜩 생각이 떠올랐다.

“불인가요?!”

노세는 고개를 끄덕였다.

“불, 그리고 열이지. 코타츠조차 엄두도 못 내는 사치품이던 시절이야. 따뜻한 장소라고는 화덕이라든가 불을 피울 때의 아궁이 앞뿐이지. 설사 더 있다고 쳐도 영감님처럼 특별대우를 받는 사람의 방에 자그마한 화로 정도가 고작이었겠지.”

“그런데 불과 얼마 되지 않는 거리를 일부러 도롱이와 삿갓으로 완전무장을 한 채 불을 쬐려고 왔다는 거예요. 그렇다면 그 하인인지 하녀인지 하는 인물은 병에 걸렸던 걸까요?”

후미코는 긍정의 반응을 기대하며 노세를 쳐다봤다. 하지만 그는 미간을 찌푸리며 고개를 저었다.

"그랬다면 다음 날 아침에 엄마와 할머니가 무서운 표정으로 완강하게 부정하진 않았겠지. 아무개가 몸이 안 좋았다고 간단히 말하면 끝날 일이니까."

여전히 후미코는 영문을 알 수 없었다.

"그러면 달리 어떤 해석이 가능하다는 거죠?"

"나도 아키바 씨한테 처음 이야기를 들었을 때는 감도 못 잡은 채 이것저것 생각해봤어. 그러다 문득 단서가 세 가지 있다는 사실을 깨달았지."

"뭔데요?"

"하나는 아키바 소년의 여동생이 갖고 싶어 했던 자그마한 옷."

후미코는 도통 짐작도 가지 않았다.

"다음 단서와 같이 생각해 보면 윤곽이 드러나. 두 번째는 이거야. 왜 아키바 씨는 처음부터 설녀라고, 즉 수수께끼 인물이 여자라고 생각했을까? 삿갓과 도롱이로 전신을 뒤집어썼는데 말이야."

"그건 설녀가 나오는 옛날이야기처럼 나중에 그 인물이 녹아서 사라졌다는 게 맞아떨어지니까 그렇게 해석하신 거잖아요?"

"그 양반도 그런 식으로 생각하고 있는 거겠지. 하지만 아키바 씨가 한 이야기 속에 그 대답이 있어. 눈을 털어냈더니 까만 머리카락이 보였다고 말했잖아."

"아!" 후미코는 반쯤 자리에서 일어나 외쳤다. "그 인물은 머리가 길었던 거네요? 삿갓으로도 가려지지 않을 만큼!"

"맞았어. 그 시절에 장발의 남자는 일단 없으니까. 그러니 아이였던 아키바 씨도 무의식적으로 저 모습은 여자라고 단정 지은 거지."

"하지만 그것만으로 뭔가 다른 추리가 이어지나요?"

"당연하지. 수수께끼 인물을 통해 알게 된 내용을 다시 한번 정리해 보자. 아키바 저택의 고용인이었다. 그것도 젊은 여자. 검은 머리를 늘어뜨린 걸로 봐서는 틀림없어. 게다가 애초에 고용인은 대부분 독신자였을 테니까. 그리고 하나 더, 아키바 소년은 결정적인 장면을 목격했어. 그 인물이 뭔가를 품에 안고 있는 것처럼 보였다고 했지. 그런데 다음 날 아키바 소년이 그 짐을 찾아봤는데 집안 어디에도 없었어. 낯선 물건이 있었다면 분명 애들은 눈치챘을 텐데."

"그렇다면 그 여자는 뭔가를 일부러 옮기고 있었다는 거죠? 불이 필요한 상황이라면 분명 쇠약해져서 걷는 것만으로도 힘들었을 텐데 그런 걸 품에 안은 채……"

후미코는 무심코 말을 멈추고 노세를 바라봤다.

'자그마한 옷을 자기 인형한테 입히고 싶다면서……'

얼굴이 점점 빨개지더니 후미코는 양손으로 얼굴을 감쌌다. 그녀는 노세를 똑바로 바라보지 못한 채 그대로 고개를 숙여버렸다.

"하나의 그림이 떠오르지?" 노세의 목소리가 여전히 다정해서 구원받는 느낌이었다. "폭설이 쏟아지던 밤에 그런 사태가 벌어지리란 걸 나름대로 예측했던 건지 어떤지는 나도 몰라. 하지만 그 직전에 적어도 아키바 소년의 모친과 할머니는 어쩌면 오늘 밤쯤이라고 마음의 준비를 하고 있었던 게 확실해. 그러니 서둘러서 옷도 만들고 있었겠지. 그리고 그러한 장면을 보여주고 싶지 않은 두 아이를 일부러 멀리 떨어진 별채에서 재운 거야. 아이러니하게도 그 염려가 독이 되는 바람에 애들은 어른들 몰래 따뜻한 곳을 찾아 화덕 근처로 되돌아오고 말았지만. 그리고 모친이 감추고 싶었던 현장을 우연히도 엿보고 만 거지. 출산 현장을 말이야."

분명하게 말로 해주니 후미코는 어쩐지 마음이 조금 가벼워졌다.

"그 뒤로는 무슨 일이 있었던 거죠?"

그래서 다음 질문도 할 수 있었다.

"다음 날 아침의 상황을 통해서 유추할 수밖에 없겠지. 한밤중에 들렸던 뭔가의 신음. 운 좋게 눈보라가 몰아치는 밤이었어. 얼어붙을 만큼 추운 눈보라의 밤이 아니었더라면 화덕 가장자리에서 출산할 필요는 없었을 테니까 운이 좋다고도 할 수 없는 건가. 어쨌든 그 덕분에 신음은 그다지 귀에 들어오지 않았어. 물론 아기가 무사히 태어났다면 아이들도 알았겠지. 모친과 할머니도 그때는 분명히 알릴 생각이었을 거야. 배냇저고리까지 준비해 둘 정도였으니까. 한번 생긴 아이는 태어날 수밖에 없던 시절이었어. 아키바 저택 같은 대갓집을 혼자 관리하는 여주인이었으니 고용인이 낳은 아이 정도로 당황하진 않았겠지. 설령 표

면화할 수 없는 아이일지라도 말이야. 태어나기 전까지는 분별
없는 사람들 입에 오르내리지 않도록 집안에서 감싸줬을 테고,
그 뒤에는 안정을 취할 곳을 마련해 줄 작정이었을지도 몰라.
모든 것이 무사히 끝났을 때의 얘기였겠지만."

"그렇다면 그 아기는……"

"아기는 울음을 터트리지 않았어. 그렇게 된 셈이야. 아까 말
했지? 많이 태어나고 많이 죽는 시대였다고."

자기와 인연이 없는 아이일지언정 노세는 괴로운 듯 말한다.

"그래서 애들에게는 감추려고 한 거야. 이야기해봤자 아무런
이득도 없고, 불행한 산모를 위한 일도 아니니까. 눈보라가 휘몰
아치던 밤. 그 자리에 함께했던 여자들도 많지는 않았을 거야.
남자들은 모른 척 자고 있었겠지. 아기는 태어나자마자 아무런
소리도 내지 않았어. 그런 일에 익숙했던 여자들은 재빨리 뒤
치다꺼리했겠지. 정성껏 아기를 감싼 뒤에 어디에 뒀을까. 감기
핑계를 대며 누워있던 식모, 결국 엄마가 될 수 없었던 여자의
팔 안이었을지도 몰라. 신생아가 얼마나 작은 존재인지 후미코
도 직접 보면 알 거야. 정말 팔 안에 감춰질 만큼 작거든. 더구
나 이 아기는 달도 채우지 못하고 나왔을 가능성이 커."

후미코는 말없이 고개를 끄덕였다. 아키바가 그립다는 듯 이
야기하던, 누구나 기모노를 겹쳐 입었고 솜옷이어서 뚱뚱해 보
이던 시절. 물론 만삭까지 달을 채웠다면 여자의 몸은 애들 눈
에도 알아볼 정도가 되었겠지. 그러나 이 여자는 배냇저고리조
차 갖추지 못한 시기에……

"아무리 몰래 이장한다고 해도 눈이 녹기를 기다려야만 하지. 하지만 출산으로 더러워진 화덕 가장자리는 서둘러 말끔히 치워야만 했어."

"그래서 다음 날 아침에 그 자리가 젖어 있었군요."

"그런 셈이지. 흠뻑 젖은 널빤지를 보고 설녀가 녹아 사라진 흔적이라고 생각하는 것보다는 대량의 물을 사용해서 뭔가를 씻어낸 거라 보는 쪽이 훨씬 합리적이잖아."

후미코는 잠시 말없이 앉아 있었다. 이번에는 무릎 부분이 뜨거워졌다. 햇볕이 곧장 무릎으로 떨어지고 있었다. 노세와 둘이 대화를 나누는 동안에도 태양은 움직이고 있었다.

"이래서야 금방 녹겠는데. 후미코, 귀갓길은 이제 괜찮을 것 같다."

"노세 씨, 하나만 더요. 알고 있다면 가르쳐 주세요." 후미코는 고개를 들었다. "그…… 하녀의 상대는 누구였을까요?"

아키바 저택의 하인이었을까. 노세는 망설였다.

"이것도 순전히 나의 억측인데. 그거야말로 정말 아무런 증거나 근거도 없어."

"그래도 괜찮아요."

후미코는 고집스레 말했다.

"오늘 아침까지는 나도 여기까지밖에 추측하지 않았어. 그런데 공교롭게도 네가 그 뒷이야기를 들려준 거야."

"제가요?"

"아키바 씨가 설녀를 목격한 시기는 정확히 특정해낼 수 있어. 그건 알겠지?"

후미코는 고개를 끄덕였다. 그녀도 거기까지는 추측할 수 있었다. 폭설이 내린 음력 3월, '도쿄에 큰일이 벌어졌다'라는 소식이 이 고장까지 전해진 1930년대 초반의 3월에 그런 시기는 분명 단 한 번뿐이었다.

1936년 2월에 벌어졌던 쿠데타 사건. 그 직후다. 1930년생인 아키바의 나이와도 일치한다.

"아키바 씨는 취학 전의 마지막 나이, 즉 만 다섯 살 때 중병에 걸려서 반년간 투병했어. 계산해 보면 그건 1935년 여름의 일이란 걸 알 수 있지. 여름이라고 추측한 건 문을 열어둔 채였으니까. 그리고 아키바 부인의 통찰력 그대로, 그때 손님방에서 아버지와 삼촌이 치고받고 싸우는 장면을 목격하고 인상에 깊이 남게 된 거지."

'대낮부터 무슨 짓이냐!'

"그렇다면 그때……"

"모든 게 일치해. 일단 집안의 누군가가 임신했는데 애들한테는 전혀 알리지 않았어. 드러내놓고 기뻐할 수 있는 임신이 아니었으니까. 게다가 아키바 가문 어른들, 특히 하녀를 감독해야 할 여주인들이 미리 손을 쓰지도 않았어. 구체적으로 말하면 행실이 나쁜 여자라고 내쫓지 않았다는 거야. 오히려 소중히 감싸주고 출산 준비를 도와줬지. 게다가 아무리 추운 밤이라지만 화덕 가장자리에서 여주인들이 손수 지시하면서 아기를 받아 냈다? 그건 아기의 아빠에 대해 아키바 가문도 책임이 있었기 때문이 아닐까."

후미코는 다시 고개를 끄덕였다.

"그래서 그 망나니 삼촌과는 완전히 연을 끊어버린 거겠지. 그러더니 그 해부터 아키바 소년은 새로운 역할을 맡게 됐어."

"뭔데요?"

후미코는 시계를 보며 초조한 마음으로 다음 말을 재촉했다. 지금이라도 관장이나 히노가 인사하며 들어올 것만 같았다.

"아키바 저택의 널찍한 정원 구석에는 가문 대대로 내려오는 묘지가 있잖아. 만으로 일곱 살이 되던 설날, 즉 1936년부터 아키바 소년은 일과로써 묘마다 물을 떠서 바치는 일을 맡게 됐어. 게다가 사건이 일어난 그 직후, 그러니까 아마 계절적으로는 쑥경단을 올리기에 적절한 봄의 춘분이었을 거야. 그 시기에 언제 생긴 건지 알 수 없는, 묘비명조차 새겨져 있지 않은 묘도 보살피라는 엄명을 받았지. 그 자리에 불행한 아기를 묻었던 게 아닐까."

노세의 말대로라면 분명 아기는 아키바 소년과 혈연관계였을 것이다.

반세기가 지나도록 아키바는 진실을 모른 채 그 묘를 참배하고 있는 셈이다.

노세는 자리에서 일어섰다.

"어디까지나 내 억측일 뿐이야. 설녀처럼 그저 지어낸 이야기라고 생각해 줘."

그러더니 전기포트 앞에 서서 새 컵을 늘어놓기 시작한다. 눈길을 걸어올 직원을 위해 커피를 끓일 모양이다.

'바지런하네. 분명 노세 씨라면 요리도 잘하겠지.'

어제 노세의 초대를 받아들였다면 직장 선배가 만든 요리를 먹어보는 특별한 경험을 했을 텐데. 그런 상상을 하며 미소를 지으려던 후미코는 그대로 표정이 얼어버렸다.

후미코는 어제 그의 집에는 절대 가고 싶지 않다고 생각했다.

그때는 그 생각뿐이었다. 사실 아키바도 모자라 나중에는 설녀한테까지 정신이 팔린 나머지 다른 건 생각할 겨를도 없었다.

하지만 이제 그 생각은 또렷한 의문의 형태가 되어 머리에 떠올라버렸다.

'어째서? 왜 싫었던 거지? 난 문득 노세 씨가 어떻게 사는지 보는 건 싫다고 생각했어. 하지만 그건…… 그건 조금 달라. 난 자기 집에 있는 노세 씨를, 도서관이 아닌 다른 장소에 있는 그를 보는 게 싫었던 거야. 언제나 이런 식으로 그가 책이나 이런저런 수수께끼 풀이에 관해 이야기해 주고, 도서관 책에 둘러싸인 채 도서관에서 커피를 끓여주기를 바랐으니까.'

그 이유는 무엇일까.

원하지도 않았던 대답이 머릿속에 곧장 떠오르고 말았다.

'도서관이 아닌 다른 장소에서는 노세 씨 옆에 다른 사람이 있으니까…… 그의 아내가.'

후미코는 양손으로 빈 커피잔을 쥔 채 꼼짝도 하지 않고 앉아 있었다.

'혹시…… 어쩌면 노세 씨한테 들켜버린 건 아닐까? 내가 초

대를 거절한 진짜 이유를?'

그래서 아키바 저택의 설녀 이야기로 후미코와 둘만의 시간을 보내려고 했던 게 아닐까.

한층 강해진 햇볕이, 이번에는 볼을 달아오르게 했다. 무슨 일이 있어도 태양은 끊임없이 움직인다.

커피포트에서 뜨거운 물이 끓어오르는 부드러운 소리가 실내에 울려 퍼진다.

"안녕."

그때 상쾌한 목소리에 후미코가 걸린 주문이 풀렸다.

"어머, 후미코, 아직 도서관에 있는 거야?" 히노가 부츠의 눈을 털며 놀라서 묻는다. "어제는 어떻게 했어? 저녁 무렵이 다 되어 전화했더니 아무도 안 받던데. 괜찮았어?"

후미코는 자기 게 아닌 듯한 볼을 느릿느릿 움직이며 천천히 웃어 보였다.

"네. 아무 일 없었어요."

제5화

청명

연꽃 들판

넘쳐나는 생활정보지에 실린 흔해 빠진 기사였다. 신문 사이에 끼워진 채 집마다 배부되는 아키바 지역 정보지. 외부인이 적극적으로 읽어보고 싶을 만한 특종 기사가 실린 것도 아니었다. 점심시간 때 음식이 나오기를 기다리는 동안 무료함을 달래려고 뒤적이기에 적당한 신문이다. 지금 남자가 그러듯이. 더구나 그 기사는 그야말로 평화로운 내용이었다. 그 주에는 딱히 대단한 뉴스거리가 없어서 단순히 여백 채우기용으로 실은 기사였을지도 모른다.

그러나 사진을 힐끗 본 순간, 남자의 주위에는 정적이 흘렀다.

널찍한 녹색 평야. 그곳에 드문드문 보일 듯 말듯 가물거리는 붉은 점의 정체는, 기사를 읽지 않아도 알 수 있었다.

연꽃이다. 남자가 예전에 봤을 때는 완전히 휴경지가 되어 방치된 논두렁길에 간신히 몇 송이 피어 있던 꽃이, 기사 속 사진에서는 꽃밭으로 탈바꿈하기 일보 직전이었다.

'앞으로 일주일쯤 지나면'이라는 문장으로 기사는 시작되고 있었다. '연꽃이 만개할 거라고, 이십 년 만에 연꽃이 다시 피어난 땅의 주인인 아키바 씨는 말한다.'

맞다, 여기는 그 '아키바 나리'의 땅이다. 기사 같은 건 읽을 필요도 없다. 사진 구석에 담긴 커다란 느티나무, 그 곁에 바싹 붙듯이 놓여 있는 둥그런 모양의 커다란 돌. 아니다, 애초에 이 들판은 잘못 볼 수도 없다. 아무리 지우려 해도 기억 밑바닥에 강렬히 새겨진 땅. 잊은 줄 알고 방심했다가 느닷없이 불쑥 기억이 떠오르며 남자의 몸과 마음을 지독한 아픔으로 관통하는 경치.

그날 밤, 남자가 밑에 웅크린 채 얼어붙은 바람으로부터 몸을 보호하려고 했던 느티나무. 그 밤은 정말이지 어둡고 차가웠으며, 머지않아 진눈깨비까지 그들 두 사람을 가차 없이 덮쳤다.

두 사람. 남자, 그리고……

그제야 남자의 귓가에 언제나처럼 메밀국수 가게의 웅성거리는 소음이 되돌아왔다. 그러나 남자는 신문을 꽉 쥔 채 꿈쩍도 없이 앉아 있었다.

몇 시간 뒤 남자는 은색 자동차 문을 열고 비포장도로에 내려섰다. 땅 냄새가 그를 감싼다. 그리운 냄새.

아니다, 이 땅 냄새는 싫었다. 오래전 남자는 필사적으로 이

진창을 파낸 적이 있었다. 근처에 뒹구는 마른 나뭇가지를 닥치는 대로 주워서, 그것마저 모두 부러지면 마지막에는 맨손으로.

'좀 더 깊게. 더더욱 깊이 파야 해.'

한겨울이었는데도 비를 머금은 땅에서는 묘한 비린내가 풍겼다. 그러나 당시 남자한테는 그런 이유로 멈칫할 여유 따위는 없었다.

남자는 쓴웃음을 지었다. 결국 땅 냄새가 나는 직업을 고른 주제에. 애초에 산야의 흙과 밭의 흙은 냄새가 완전히 다르지만.

저편에는 여전히 느티나무가 있다. 연꽃을 지키려는 듯 커다랗게 가지를 뻗은 채. 그 맞은편으로 하얀 건물이 보였다. 아직 새 건물이었다. 문기둥에 '시립 아키바 도서관'이라는 간판이 걸려 있다. 이런 게 생겼다니.

'조금은 변하기도 하겠지. 그 뒤로 몇 년이나 흘렀으니까.'

남자는 그 건물을 바라보며 한동안 서 있었다. 해 질 녘의 바람만이 유유히 남자의 이마에 맺힌 땀을 스치고 지나갔다.

열린 창문에서 부드러운 바람이 풀냄새를 옮겨 온다. 아쉬운 벚나무의 꽃잎과 함께.

봄이다.

아키바 도서관 앞에 펼쳐지는 풍경은 매일 변화하고 있었다. 계절의 순환 때문만은 아니었다. 억새를 모두 베어낸 덕분에 반년 전과 비교하면 눈에 띄게 전망이 좋아진 데다, 그 널찍한 공간이 선명한 초록빛으로 메워지고 있었다.

아키바 나리가 심은 연꽃은 쑥쑥 자라났다. 작년에 억새 들판을 쓸어버리고 땅을 고른 뒤 한동안은 멀리서 보기에 허허벌판만 남아 있었다. 뿌리를 자르지 않았던 잡초는 간신히 과감하게 머리를 들었다가 결국 다시 허무하게 시들어 갔다. 그런데도 가까이에서 바라보면 드문드문 초록색 점이 겨울의 추위에도 굴하지 않고 마른 들판 안에서 숨 쉬고 있다는 걸 알 수 있었다. 그게 연꽃이었다. 연꽃은 잎을 땅에 바짝 붙인 방사형 모습으로 겨울을 난다는 걸 후미코는 처음 알았다. 그리고 겨울이 끝나자마자 들판은 단숨에 초록으로 바뀌었다.

"이러다 명소가 될 것 같은데요." 풍경 사진을 찍는 게 취미인 쿠도가 기쁜 듯 말했다. "이 일대가 자홍색으로 물들면 장관이겠어요. 더군다나 연꽃이 만발한 꽃밭은 좀처럼 없거든요. 유채꽃이라든가 여름이라면 해바라기라든가 그런 종류의 꽃밭이라면 최근에 저도 각지의 관광명소에서 봤거든요. 거기에 비하면 연꽃은 희귀하죠. 손님을 끌기에는 최고라고요."

어쨌든 900평이나 되는 넓은 땅이다. 애초에 여기에 연꽃을 심은 이유는 아키바 저택의 헛간에 우연히 그 씨앗이 잔뜩 남아 있어서였지만.

쿠도는 경리 업무 때문에 시청으로 출장을 갔다가 연꽃 들판에 관한 이야기도 전한 모양이다. 그날 오후, 쿠도를 뒤쫓아오다시피 하얀색 사륜구동의 경차가 도서관 앞에 멈추더니 홍보과 직원 한 사람이 내렸다. 시의 공용차는 시장의 승용차도 포함하여 모두 하얀색 사륜구동 경차였다.

더구나 며칠 뒤 폐관하기 직전, 이번에는 카메라 두 대를 목에 늘어뜨린 채 검정 파카를 입은 젊은 남자가 나타났다. 동안이었다. 학생 아르바이트 지원자라고 해도 믿을 것 같았다. 이남자 또한 사륜구동 경차를 타고 왔고 이쪽의 차는 메탈실버색이었다. 문을 잠그고 종종걸음으로 카운터 가까이 다가온 남자는 어느새 명함을 손에 쥐고 있었는데, 그 모습에 후미코는 남자의 첫인상이 다시 바뀌는 느낌이었다.

자기보다 연상처럼 보였다. 자기소개하는 동작이 자못 능숙하고 군더더기가 없었다.

"안녕하세요. 《아키바 그린뉴스》의 사타케라고 합니다."

《아키바 그린뉴스》는 그 이름대로 원예와 식물 전반을 다루는 정보지였다. 가드닝 어쩌고 하는 요란한 말은 사용하지 않으면서 산야초나 농사일과 관련한 기사에 정통한 까닭에, 이 지역에 뿌리 깊은 애독자가 많았다. 후미코가 명함을 멍하니 바라보는 사이에도 사타케는 계속 말을 이었다.

"그리운 풍경이네요. 게다가 연꽃이란 건 흔하지 않죠. 이곳 기사를 실은 시청의 홍보지 견본을 손에 넣은 뒤 꽃이 시들기 전에 빨리 취재해야 한다는 생각에 마음이 조급해져서요. 잠시 이야기를 들려주시겠어요?"

"그렇게 말씀하셔도 일단 저쪽은 도서관 땅이 아니라서요."

적어도 기자라는 사람이 그 정도 조사도 하지 않고 달려온 건가.

"저기, 모르셨나요? 저쪽은 이 근방 지주의 땅이에요. 그러니 이야기를 들으시려면 그분한테 여쭤보셔야 할 것 같은데요."

"하지만 그 아키바 씨가 당신을 지명하시던데요." 사타케는 동그란 얼굴로 희미하게 미소를 띠며 말한다. "'어째서 이십 년 만에 갑자기 억새를 쓸어버릴 마음이 생겼냐고? 맞은편 도서관 의 귀여운 사서 언니가 졸라서 말이야. 내가 미인의 부탁에 약 하다네.' 이상이 아키바 씨의 대답이었습니다. 그 사서 언니가 당신을 말씀하시는 거죠?"

후미코는 얼굴이 빨개졌다. 잘못 지레짐작하여 이 사타케라 는 남자를 가볍게 봤던 자신에게 화가 나기도 했다. 요즘 혼자 고민하며 어울리지도 않게 봄을 타나 싶어서 싱숭생숭한 나날 을 보내는 터라, 무슨 일에도 집중이 되지 않았다. 그저 뇌의 한 구석에서 연산 처리를 소화해내는 것 말고는 태반이 부질없는 생각뿐이었다.

"제가 해드릴 이야기 같은 건 없어요. 슬슬 도서관도 닫아야 해서요."

"그럼 퇴근하실 때까지 기다리겠습니다. 배고프지 않으세요? 얼마 전에 업무차 발견한 맛있는 라면 가게가 있는데 어떠세 요? 식사하시면서 잠시 이야기하시죠."

후미코의 간곡한 부탁으로 사타케는 연꽃 들판은 아키바 혼 자만의 아이디어였다는 식으로 기사를 써주기로 했다. 사흘 후 신문 일면을 장식한 사진도 드문드문 꽃이 피기 시작한 연꽃뿐 이었다. 느티나무가 하늘을 향해 가지를 뻗고 있는, 상당히 좋은 구도의 원경 사진이었다.

그 이후 아키바 도서관 앞의 연꽃 들판을 찾는 사람이 늘었다. 지역 신문일지라도 그 일대에서의 영향력은 무시할 수 없다. 실제로 그럴싸한 명소가 되어가고 있었다. 이번에는 관광과 직원이 신이 나서 찾아왔다.

"여기 멋진데요. 굉장히 그림이 좋아요. 요즘엔 이 지역에서도 연꽃은 보기 힘드니까요. 지금 관광과에서 기획 중인 '아키바시 백경'에 여기를 넣었으면 좋겠다고 상부에 진언하고 있어요."

역시나 멋대로 사진을 마구 찍어대며 흥분해서 저렇게 말했다.

"도서관에서는 앞으로 발생할 현실적인 문제에 어떻게 대응해야 할까요?"

기세 좋게 떠나는 하얀색 경차를 배웅한 뒤 후미코가 묻자 히노가 곧장 대답했다.

"화장실 휴지를 대량으로 비축해 둘 것." 그러더니 입을 삐죽이는 후미코를 보고 웃었다. "너무 멋없는 대답이었어? 하지만 연꽃 들판을 거니는 사람들한테 화장실은 현실적으로 필요하다고. 게다가 연꽃 들판에서 반경 300미터 이내의 청결한 화장실은 아키바 저택을 제외하면 우리 도서관뿐이니까. 노세의 집은 연꽃 들판과는 반대쪽에 있고 그 밖에도 오래된 주택이 근처에 있지만 계속 빈 집 상태잖아."

"우리 다시 화장실 딸린 휴게소 관리인으로 되돌아가는 걸까요?"

후미코가 투덜거렸지만, 히노는 개의치 않는다.

"시작은 휴게소로 충분해. 그러다 잠시 휴식을 취하던 사람이 문득 자기가 매력적인 책에 둘러싸여 있다는 걸 깨닫는다면? 산책길의 부산물로써 누구든 자유로이 집까지 데리고 돌아갈 수 있는 동서고금의 아주 멋진 책들 말이야. 그다음부터는 우리가 어떻게 하느냐에 달려있다는 생각 안 들어?"

남자는 다시 흙길을 느릿느릿 걷고 있었다. 늘 남자가 생글거리고 붙임성 좋은 사람이라고만 알고 있던 누군가가 지금의 험악한 표정을 본다면 다른 사람이 아닐까 의심할지도 모른다.

이제 와 뭘 어쩌려고? 남자의 머리 한구석에서 끈질기게 속삭이는 목소리가 있었다. 그 장소에 몇 번이고 가본다고 한들 할 수 있는 일이 뭐가 있다는 거지? 그런데도 남자는 가만히 있을 수 없었다. 어깨에 멘 가방에 담긴 딱딱한 책이 옆구리에 맞닿을 때마다 그 불쾌한 통증이 느껴졌지만 개의치 않았다.

당시 남자는 필사적으로 달리고 있었다. 무작정 등 뒤에 남겨진 무언가로부터 도망가고 싶었다. 조금이라도 걸음을 늦추면 거무칙칙한 손에 뒷덜미를 붙잡힐 것 같았다.

이미 밤의 어둠에 잠겨버린 들길에 남자가 남기고 온 건 지독히도 작아 보이는, 웅크린 사람 그림자뿐이었는데.

저녁까지 한없이 이어지던 본관에서의 정례 회의를 마치고 복귀한 후미코가 무거운 자료를 두기 위해 사무실로 돌아왔을 때, 그곳은 예기치 못한 웅성거림으로 가득 차 있었다. 관장까지 쩔쩔매고 있었다.

"무슨 일 있었어요?"

후미코는 히노에게 물었다. 연꽃 들판이 드디어 텔레비전 정규 방송에서 방영이라도 되기로 한 건가. 히노가 어쩐지 사악해 보이는 미소로 맞아준다. 후미코는 내심 철렁했다. 히노가 그런 식으로 웃을 때면 뭔가 켕기는 게 없는지 과거를 돌아보게 된다. 오늘 뭔가 실수를 저질렀나? 이용자에게 다른 책을 대출해줬다든가, 국회도서관으로 반납해야 할 책을 연체했다든가. 이런, 설마 자판을 잘못 두드려서 같은 책을 백 권이나 발주한 건 아니겠지?

"후미코 너도 봤더라면 좋았을걸. 낮잠 중이이시던 노세 선생님께서 벌떡 일어나는 장면을 감상할 수 있었을 텐데, 아쉽네."
후미코가 다른 의미에서 재차 간담이 내려앉은 것도 모른 채 히노는 의미심장하게 목소리를 낮춘다. "우리 도서관에 드디어 왔어. 미스 노세가."

"미스……? 앗!"

"그래. 아즈사 말이야."

노세가 저렇게나 쩔쩔매며 실없는 소리를 지껄이는 모습을 보는 건 히노도 처음이었다고 한다.

'아즈사! 여기에서 뭐 하는 거야?'

그 자리에 없었던 후미코를 제외한 도서관 직원 일동이 귀를 쫑긋 세운 건, 노세의 말투 때문이었다. 그 다음에야 천천히 그 내용이 귀에 들어왔다.

"저기, 아즈사는 혼자였나요?"

조심스레 묻는 후미코에게 히노는 눈을 반짝이며 고개를 끄덕인다. 후미코가 내심 당황한 것도 눈치채지 못한다. "어마어마한 기세였지. '여기는 네가 올 곳이 아냐, 빨리 돌아가!' 노세 아빠는 당장이라도 아즈사를 쫓아낼 기세였다고."

하지만 그 상황에서도 꼬마 아가씨는 꿋꿋하게 말했다고 한다.

'나, 아빠가 일하는 모습을 보고 싶단 말이야. 엄마도 괜찮다고 했어.'

"그래서 노세 씨는요?"

히노는 히죽히죽 웃으며 사무실 문 맞은편에 있는 카운터를 가리켰다. 노세가 망연자실한 표정으로 우두커니 서 있었다.

"어쩌겠어. 여긴 누구든 환영하는 도서관인데. 방문해준 시민을 내쫓을 수 있겠니? 아즈사는 지금도 저기 어딘가에서 희희낙락 책을 읽고 있을걸."

"하긴, 노세 씨 기분도 이해가 되네요. 어쨌든 여기는 도서관이니까요."

노세는 지금까지 가족을, 즉 아내와 딸을 여기 도서관에 데려온 적이 없었다. 그는 가정과 직장을 확실히 분리하고 싶어 하는 부류의 사람인 셈이다. 게다가 후미코는 다른 이유도 있다는 걸 안다. 그래서 최근에는 조금 안심하기도 했다. 도서관에는 숙명적으로 따라다니는 몇 가지 요소가 있는데 그중 하나가 먼지다. 노세의 사랑하는 딸은 갓난아기 시절부터 중증의 천식을 앓아 기관지가 약한 상태였으니, 장서 육만 권(이용자에게 공개된 개가식 서가 한정)으로 둘러싸인 이 공간이 가히 좋은 환경이라고는 할 수 없었다.

"어머, 우리 도서관은 깨끗한 편이라고." 히노는 태연하다. "애초에 어린이 자료실에 먼지를 털어내기 쉬운 낮은 서가를 들인 거나, 예산을 초과해서까지 바닥을 전면 코르크판으로 깐 것도 설계 단계에서 노세가 강경하게 밀어붙였기 때문이야. 분명 딸이 생각나서였겠지."

"단지 그래서만은 아닐 거예요."

후미코는 생각했다. 그저 노세는 자기 딸뿐만 아니라, 아무리 튼튼해 보여도 지극히 사소한 무언가로 인해 나빠질 수 있는 사람들의 건강에 무심하지 못했을 뿐이다. 그래서 조금이라도 해가 될만하면 예민하게 구는 것이다.

후미코는 어쩐지 어색해진 기분으로 카운터에 가보았다.

대설이 내렸던 그다음 날 아침 이후, 후미코는 업무 이야기 외에는 노세에게 말을 걸기가 불편해졌다. 어쩌나 자의식 과잉인지 스스로도 분통이 터지지만, 아무렇지 않은 척하는 게 힘들었다. 노세에게 가까이 가면 심장 박동이 빨라지는 탓이었다.

'자꾸 반응해서 긴장하면 어쩌자는 거야.'

그런 후미코의 심정을 아는지 모르는지, 아니 알고 있을 게 틀림없는 데도 노세의 태도에는 변함이 없었다. 그래서 후미코는 혼자 안심했다가 다시 혼자 분개했다.

"노세 씨, 회의 다녀왔어요."

"어, 왔어?"

'어째서 내가 부끄러워하는 거냐고. 이건 노세 씨의 프라이버시랑은 상관없는데.'

노세가 느닷없이 가족을 보여줬다면 후미코는 당황했을지도 모른다. 하지만 이건 다르다. 당황한 쪽은 노세일 뿐 후미코는 마음 편히 있어도 되는 게 아닌가.

그때였다.

"난처해 죽겠군."

일방적으로 어색해하던 후미코의 감정이 지독히도 태평한 목소리에 사그라들었다.

"뭐가요?"

"이미 와버렸으니 관내를 구경시켜주려고 했어. 제 나이에 안 맞게 유치하기 짝이 없는 그림책 서가에서 뭔가를 열심히 보고 있잖아. 그랬더니 차가운 눈으로 날 힐끗 보더니 한마디 내던지는 거야. '아직 읽는 중이니까 저리 가'라고."

후미코는 무심코 웃음을 터트렸다. 어쩐지 긴장이 풀렸다.

"자립심이 강해서 좋잖아요."

단골인 히라노 스스무가 카운터로 들고 온 주니어용 추리소설 다섯 권을 처리하면서 노세는 여전히 투덜투덜 말을 이었다.

"괜찮을까. 구석에 먼지가 쌓여 있진 않을지. 전관을 청소한 지도 한 달 가까이 지났는데. 게다가 발 받침대는 불안정하잖아? 손이 잘 안 닿는 곳의 책은 누군가에게 꺼내달라고 부탁하는 편이 좋은데, 그리고 말이지…… 맞다, 후미코. 회향풀이라는 식물이 알레르기를 유발할까?"

"그게 뭔데요?"

노세가 정면의 자동문 옆을 가리켰다. 그러고 보니 후미코가 출장을 갈 때는 분명히 없었던 커다란 화분 다섯 개가 그곳에 진열되어 있었다. 레이스로 짜놓은 것처럼 섬세한 녹색 이파리를 잔뜩 달고 있다. 당근 잎처럼 생겼다고 말하면 허브 애호가들이 발끈하려나. 하지만 당근과 달리 관내에 퍼지는 향기가 좋았다. 이국에 온 듯한, 그러면서도 어디선가 맡아본 적이 있는 듯한 그리운 향기가 세찬 저녁 바람에 실려 온다.

"저게 회향풀이에요? 어디에서 가져온 건데요?"

"아까 키타초 학생들이 들고 왔어. 학교에서 다 같이 허브를 키웠다더군. 학교에서 신세 진 단체에 정성스레 키운 화분을 감사의 뜻으로 배달하는 중이래."

키타초 교장이 감사 대상에 도서관을 넣은 건, 작년에 학생들이 폐를 끼친 데에 대한 보답일지도 모른다.

"딱히 자극이 강한 식물 같지는 않은데요. 걱정되면 가정의학 서가에서 책을 찾아보는 게 어때요?"

"진작 살펴봤지. 아무것도 나와 있는 게 없더군. 정보가 없으니 안전하다고 할 수도 없잖아."

나직이 중얼대는 말투가 우스웠다.

"있잖아요, 노세 씨. 그렇게 쩔쩔매지 않아도 될 것 같은데요?"

"내가 언제."

"걱정되면 아즈사를 보고 오면 되잖아요."

"그런 짓을 했다간 미움받는다고."

후미코는 다시 피식 웃었다. 거리낌 없이 노세와 이야기하는 건 오랜만이었다. 문득 그 사실을 깨닫자 후미코는 웃음을 거두었다. 가증스러웠다. 이래서야 노세의 약점을 이용하는 꼴 아닌가.

"그럼 제가 보고 올까요?"

후미코는 대답도 기다리지 않고 재빨리 어린이 자료실 쪽으로 걸어가다가 아차 싶었다.

'나, 아즈사를 만난 적이 없는데.'

노세는 가족사진을 가지고 다니는 타입도 아니다. 그러니 후미코는 그의 가족 얼굴을 모른다. 그렇다고 이제 와 노세한테 되돌아가기도 마땅찮았다.

그나저나 아즈사는 올해로 여섯 살이었다. 이건 틀림없다. 하지만 어린이 자료실 코너에는 그 나이 또래의 얼굴이 보이지 않았다. 폐관까지 남은 시간은 앞으로 20분. 어린이 자료실에는 아무도 없었다.

'그럴 리가 없는데. 도서관 출입구는 정문뿐인데다 카운터에서 노세 씨랑 내가 계속 지켜보고 있었잖아?'

그때 갑자기 눈앞에 다리 하나가 나타나는 바람에 후미코는 깜짝 놀랐다. 보기 좋게 때가 탄 하얀 운동화, 그 위로 이어지는 가느다란 복사뼈가 벽면의 낮은 서가 위, 후미코의 가슴께

높이에 놓여 있었다. 시선을 위로 옮기니 후미코를 내려다보는 자못 심각한 표정의 얼굴과 마주쳤다. 쇼트커트에 빨간 맨투맨 티셔츠를 입고 손에 하얀 모자를 쥔 여자아이.

"네가 아즈사구나?"

걱정할 필요는 없었다. 한눈에 아즈사라는 걸 알아봤다. 동그란 눈동자가 노세를 쏙 빼닮았다.

"있잖아, 거기는 올라가면 안 되는데."

아즈사는 아이 키 높이 정도의 창가 쪽 서가에 앉은 채 열린 창문 바깥으로 한쪽 발을 늘어뜨리고 다른 쪽 발은 바닥에 내려놓으려던 참이었다.

"잘못했어요. 여기 놓아뒀던 모자가 바람에 날아가서 밖으로 떼굴떼굴 굴러간 걸 주워 왔어요."

그 창문은 연꽃으로 뒤덮인 테라스로 연결되어 있었다. 아즈사는 그쪽으로 내려가 모자를 주운 뒤 다시 한번 같은 루트를 통해 들어오던 길이었다. 하긴, 여기에서 완전히 반대쪽인 정문 현관으로 돌아가는 것보다 지름길이긴 하다. 아즈사는 후미코가 내민 손을 순순히 붙잡고 바닥으로 뛰어내리더니 창문 쪽을 돌아봤다. 덩달아 밖으로 시선을 던진 후미코는 사람 그림자 둘이 테라스 구석에 서 있다는 사실을 알아차렸다. 그중 하나는 아까 카운터에서 봤던 초록색 파카였고, 다른 하나는 나무 그림자에 가려져 잘 보이지 않지만 거뭇한 상의를 걸친 듯했다. 그 사이에 두 그림자는 각각의 방향으로 걸어가더니 테라스에서 사라졌다.

"만나서 반가워. 아빠랑 함께 일하는 후미코라고 해."

새삼 후미코가 제대로 고개를 숙이자, 아즈사도 꾸벅 인사했다. 그러더니 빤히 바라보며 물었다.

"언니, 린도(자주색 꽃을 피우는 '용담'을 뜻하는 일본어)라는 건 꽃이죠?"

"린도?"

갑작스런 질문의 의미를 파악하지 못한 채 후미코는 되묻고 말았다. 아즈사는 여전히 진지한 표정으로 연꽃 들판 건너편을 가리켰다. 상당히 작아진 검정 상의가 멀찍이 떨어진 곳에서 은색 경차 문을 열고 있었다.

"밖에 있던 오빠들이 하는 이야기를 들었어요. 멀리에 보물이 있대요. 뭐라고 했냐면 '색깔이 같은, 비밀의 꽃이 있지. 린도를 돌보고 있어서 잘 알거든.'이라고 그러던걸요."

"린도? 이 계절에?"

"네. 멀리 떨어진 곳이래요. 근데 가보고 싶어요."

후미코가 대답하려던 순간, 이번에는 창문 너머로 짧은 보브 컷의 머리가 보였다. 그러더니 립스틱을 바르지 않은 입술을 열고 예쁜 저음의 목소리가 이렇게 말했다.

"아즈사, 집에 가자. 이제 도서관 닫을 시간이야."

"엄마."

아즈사의 기쁜 듯한 목소리에 후미코는 움찔했다. 뭔가를 떠올리기도 전에 그 저음의 목소리가 말을 이었다.

"저기요, 못 본 걸로 해주시겠어요?"

"네?"

역시나 반짝반짝하는 하얀 운동화를 신은 발 하나가 밑창을 보이며 창문턱 위에 나타났다. 두말할 필요도 없이 노세의 아내가 틀림없는 그녀는 그야말로 가벼운 몸놀림으로 빛바랜 청바지 차림의 두 다리를 번쩍 올리더니 딸과 같은 루트로 관내에 들어왔다.

"실례했습니다. 아, 이 운동화, 새 신발이라 괜찮아요. 아무 곳도 더럽히지 않았을 거예요. 그나저나 다시 한번 실례가 많았습니다. 걱정하는 사람이 한 명 있을 것 같아서 데리러 왔어요. 아무래도 딸이 폐를 끼친 것 같네요."

"폐라니 무슨 말씀이세요. 여기는 도서관이잖아요."

"고맙습니다."

노세의 아내는 후미코의 상상과는 전혀 달랐다. 노세만큼 키가 커 보였다. 짧은 보브컷 머리 아래로 딸과 판박이인 넓은 이마가 드러났다. 한때 운동에 소질이 있었을 것 같은 체격이다.

"정말 과보호라니까요." 아내는 시원시원한 목소리로 내뱉었다. "아즈사는 계속 이 도서관에 오고 싶어 했어요. 당연하잖아요. 이렇게나 가까이에 아빠가 일하고 있는 데다, 아즈사도 얼마 전까지 책이 최고의 친구였거든요. 그런데도 이츠로가 계속 말렸어요."

이츠로. 맞다, 그런 이름이었다. 후미코의 의식을 상당 부분 차지하는 '노세 씨'를 아내는 그렇게 부르는 모양이었다.

"아즈사의 증세도 많이 나아졌는데 아직은 이르다고 하질 않나, 겨울에는 감기 바이러스가 우글우글하니까 건조한 시기에는 외출을 피하는 편이 좋다질 않나, 꽃가루가 잠잠해지는 계절까지 기다리라고 하질 않나. 이러쿵저러쿵 핑계만 댈 뿐 도통 허락을 안 해주잖아요. 여러분이 사정을 봐주신 덕분에 아즈사도 내년에는 초등학생이 된답니다. 부모가 보살펴주는 것도 좋지만, 슬슬 자기 몸을 알아가며 스스로 관리할 수 있도록 가르쳐야 하잖아요. 그런데도 이츠로는 특히 아즈사에 관해서라면 사소한 일에도 유난 떠는 물러터진 할머니 같아요. 그래서 제가 아즈사한테 말했답니다. 다녀오라고…… 어머, 아즈사 손에 든 게 뭐야?"

정문 쪽으로 나란히 걸어가며 아즈사는 손안의 종잇조각을 엄마에게 보여줬다.

"아까 어떤 오빠가 바깥 쓰레기통에 버렸는데 바람에 날려 왔어."

노세의 아내는 딸에게서 하얀 종잇조각을 건네받더니 아무렇지 않게 청바지 주머니에 쑤셔 넣으며 새삼스레 말했다.

"딸 말인데요, 앞으로도 아무쪼록 잘 부탁드립니다."

정중한 인사를 받고 후미코는 웃었다.

"부탁하지 않으셔도 도서관 이용자로서 응대하겠습니다."

조금 무례하게 들렸을까? 후미코는 말 한마디에도 예민하게 구는 스스로가 싫어졌다. 시선을 떨구는 후미코 옆으로 초록색 파카가 스쳐 지나갔다.

노세의 아내는 신경 쓰지 않는 눈치다.

"그렇네요. 주책이죠, 이래서야 저도 손주를 감싸고 도는 할머니 같잖아요."

사글사글한 아내의 웃음소리에 이끌려 후미코도 어느새 웃고 있었다.

아즈사는 그대로 엄마와 손을 잡고 정문 현관을 통해 집으로 돌아갔다. 느닷없이 나타난 아내를 보고 눈을 부릅뜨는 노세를 향해 두 사람은 싱글벙글 손까지 흔들었다.

'······부러워하지 마.'

인적이 사라진 관내를 순회하는데 솔직한 속내가 후미코의 마음 어딘가에서 거품처럼 떠올랐다.

'난 그의 아내가 될 수 없어.' 후미코는 자기가 여전히 웃고 있다는 사실을 깨닫고 깜짝 놀랐다. '이게 웃을 상황인가?' 드디어 만나버렸다. 만나고 싶지 않았는데. 헛되이 머리를 처박는 타조처럼 내 눈에 보이지 않으면 존재하지 않는다고 생각할 수 있었던 사람이 갑작스레 눈앞에 불쑥 나타났다. 확실히 마음이 술렁대며 아팠다. 그런데도 후미코는 웃고 있었다. 그리고 아무리 마음을 들여다봐도 그 웃음이 가식이라고는 생각할 수 없었다. 아프다. 그런데 웃음이 난다. 어느 쪽이든 진짜다.

'노세 씨는 일부러 내게 딸바보 같은 모습을 보인 건지도 몰라.'

번뜩 그런 생각도 후미코의 머리를 스쳤다. 먼지니 발판이니 회향풀이니 세세한 것까지 들먹이면서 노세도 쭉 고민하고 있었을지도 모른다. 후미코가 혼자 끙끙대느라 서먹서먹해하는 건 이미 알고 있었을 테니까. 그런 와중에 후미코를 어떻게 흔들어놓을지 모를 존재가 나타난 것이다.

이렇게 된 바에는 아무것도 눈치채지 못한 척하면서 딸바보 역할에나 철저히 하자.

노세는 그런 마음이 아니었을까?

비겁하다. 후미코는 처음으로 노세를 그렇게 생각했다. 한편으로는 아내와 딸 사이에 낀 노세의 모습이 또렷하게 그려졌다. 그 광경은 후미코와는 굉장히 인연이 멀면서도 무척 자연스럽게 느껴졌다.

역시 웃을 수밖에 없었다.

도서관의 상품은 첫째도 책, 둘째도 책이다. 그러므로 도서관 직원은 책이 훼손되지 않도록 늘 주의를 기울인다.

그다음 날 아침에도 후미코는 사랑하는 책들의 서가를 정성껏 정리하는 중이었다. 어제 노세의 아내와 딸과 우연히 마주쳤던 테라스에는 아직 사람 그림자 하나 없었다. 하루 만에 연꽃의 색은 더욱 진해진 느낌이었다.

어제 노세네 모녀가 창문을 넘어 이곳에 나타났다. 그런 식으로 출입을 시도한 이용자는 두 사람이 처음이었다.

책등을 가볍게 쓸어내리던 손이 벽면 서가의 한 지점에서 멈췄다.

"우와, 보물 발견!"

후미코는 손에 넣은 책을 품에 안은 채 사무실로 뛰어왔다.

"후미코, 뭘 발견한 거야?"

"히노 씨, 이것 좀 보세요. 굉장한 게 우리 도서관으로 잘못 들어왔어요."

후미코는 흥분해서 책을 불쑥 내밀었다. 그러자 히노는 눈을 반짝이며 환호성을 질렀다.

"어머, 그리워라!"

도서관이라는 공간에서 일하는 게 정말 다행이라는 생각이 절실해지는 건, 바로 이런 때다. 책등 쪽으로 꿰맨 실은 잔뜩 느슨해진 데다 책머리와 밑 부분은 간장에라도 담근 것처럼 검붉었고 책배에는 뭔가의 얼룩이 진 흔적이 있었다. 게다가 모서리는 닳아빠져서 천으로 된 빨간색 장정은 진작에 퇴색된 듯한 고서 한 권. 이에 눈물을 흘리다 못해 공감해주는 동료가 있는 직장이 도서관 말고 또 있을까?

두 사람이 환호하며 신이 난 건 고색창연한 책 때문이었다. 이미 사십 년도 전의 옛날, 아직은 번역본 아동도서의 출판이 뜸하던 시절에 눈부시게 등장했던 아동문학 전집 가운데 한 권이었다. 전집은 이미 절판되었지만, 거기에 수록되었던 대다수 책은 여전히 개정판이 출간되고 있다. 지금 두 사람이 손에 든 책의 개정판도 아동도서를 갖춘 도서관이라면 반드시 소장하고 있을 만큼 대표적인 고전으로 취급받고 있다.

다만, 고전의 처지가 그러하듯 이 책 또한 요즘 아이들에게는 인기가 없다. 소재가 소박해서였다. 이야기 배경은 좋았던 옛 시절의 영국 시골이다. 그 마을에 자리한 커다란 저택의 마루 밑에 남몰래 살아가는 소인족의 이야기다. 하지만 이 소인족은 특별한 힘이나 마법 능력도 없고 설레는 모험을 떠나지도 않는다. 인간에게 들키지 않도록 각설탕 한 개, 빵부스러기 조금, 옷핀 한 개 등을 '빌려서' '셋방살이'를 해나간다. 좁은 마룻바닥 아래에서 답답하게 지내는 생활이 지겨워진 주인공 소인족 소녀가, 넓은 세상을 동경하게 되면서 이야기는 움직이기 시작하는데……

확실히 너무 소박하긴 하다. 차분히 앉아서 읽으면 좋겠지만, 후미코는 서가를 정리할 때마다 연민의 눈길로 쓰다듬는 데 만족할 뿐이다.

그래도 후미코는 《마루 밑 바로우어즈》라는 제목만 봐도 절로 미소 짓고 만다.

그녀는 오늘 아침, 이동이 거의 없는 이 서가의 단골 책들 사이로 '외지인', 즉 아키바 도서관의 장서가 아닌 책이 무슨 이유에선지 섞인 채 꽂혀 있다는 걸 알아차렸다.

'외지인'은 한 권뿐이었고 지독히도 낡은 상태였다. 십오 년 전쯤에 발행처가 몇 차례 판을 거듭하면서 표지를 새로 바꿨다. 개관 후 막 운영을 시작하던 아키바 도서관에 들어온 책도 그 개정판 쪽이었다. 그에 비하면 이 '외지인'은 그야말로 골동품의 분위기가 물씬 느껴졌다.

"이거 혹시……" 그제야 흥분이 가라앉은 히노가 공손해진 말투로 판권을 확인한다. "역시 1960년 초판이네. 후미코, 이 책 어디에 있었어?"

"우리 도서관 서가에요. 개정판 옆에 형제처럼 꽂혀 있었어요."

후미코가 설명하는 동안 히노는 찾고 있던 정보를 발견했다.

"예상대로 학교 도서실 책이네."

이 정도로 오래된 책을 매우 소중하게 보관하는 건 개인이나 일부 도서관뿐이다. 이해하기 쉽게 말하자면 관리가 허술하고 예산도 별로 없는, 즉 낡아빠진 책을 새 책으로 다시 사들이는 게 불가능한 도서관이다. 판권 페이지 위에는 장서인이 얌전하게 찍혀 있었다. '아키바 중학교 장서'

"이런 학교가 있었나요? 전 들어본 적이 없는데요."

후미코의 질문에 히노는 미간을 찌푸렸다.

"그러게. 나도 기억에 없네. 대체 이런 골동품이 어쩌다 우리 도서관에 섞여 들어온 걸까."

노세도 호들갑을 떠는 두 사람의 대화에 동참했다.

"섞여 들어왔다는 표현은 정확하지 않아. 누군가가 어떤 이유에선지 몰라도 일부러 들고 와서 우리 서가에 섞어 놓은 거지. 후미코, 어제까지는 없지 않았나?"

아동서 정리는 후미코 담당이었다. 노세의 질문에 후미코는 고개를 저었다.

"확신은 못 하겠어요. 그저 오늘 아침까지 알아차리지 못했을 뿐, 예전부터 쭉 거기에 있었다고 해도 이상하진 않으니까요."

여기는 도서관이다. 그 안에는 책이 산더미다. 이곳에 있어서

는 안 될 불청객이 한 권쯤 섞여 들어왔다고 한들 금세 알아차
릴 수 있으리라고 장담하기는 힘들다. 예전에는 수십 킬로미터
나 떨어진 도심에 자리한 일류 기업 자료실의 소장 도서가 발견
된 적도 있다. 어째서 이런 변두리 도서관에 출몰한 건지 다들
의아해했다. 노세의 표현을 빌리자면 누군가가 그 서가에 섞어
놓은 게 틀림없었지만, 당시에는 결국 범인도 모른 채 원래 자료
실로 그 책을 보내는 것으로 마무리했다.

"그나저나 반가운 책이네."

노세도 싱긋 웃으며 책을 뒤적인다. 팔랑팔랑 넘어가던 페이
지가 도중에 주춤하며 잘 넘겨지지 않았다. 소량으로 묻은 얼
룩 탓인가.

"어떻게 할까요?"

"두고 간 녀석이 직접 나서지 않으면 소장처로 돌려주는 게
순리이긴 한데, 이 학교는 어디지? 아키바 중학교? 들어본 적이
없는데."

"거긴 이미 폐교됐다네." 갑작스레 관장이 자기 책상에서 말
을 건넸다. 역시나 이야기를 듣고 있었던 모양이다. 근속 삼십
년을 자랑하는 관리직으로서 관장은 이 고장의 공립학교라면
모두 파악하고 있었다. "벌써 십 년쯤 됐으려나. 이 근방에 있었
다네. 거기야, 지금 주민회관이 된 건물. 학생 수가 줄어서 키타
중학교에 통폐합되었지."

"그렇다면 이 책은 느닷없이 과거에서 나타났다는 거네요?
어쩌죠? 아마 폐교될 때 비품도 통합된 학교가 가져갔을 텐데

요. 키타 중학교에 연락해 볼까요?"

후미코의 제안에 노세가 대꾸했다.

"글쎄, 잠시 보관해 둬. 두고 간 사람이 켕겨서 이름을 밝힐지
도 모르니까." 노세는 여전히 책을 만지작거리고 있었다. "……
꽤 좋아했던 책인데."

불쑥 그런 말이 튀어나왔지만, 그 뒤로 노세는 아무 말도 하
지 않았다.

"연꽃 들판의 반응이 상당한데요? 우리 회사에도 몇 건인가
문의가 들어왔거든요."

《아키바 그린뉴스》의 사타케는 이제 완전히 도서관에 붙어살
았다. 그야 편리할 것이다. 여기는 도서관이니까. 화장실이 딸린
무료 휴게실이기도 하지만, 사전 이외에도 다양한 참고 수단이
완비되어 있다. 전기도 빌려주니 배터리 걱정 없이 컴퓨터로 인
터넷 검색도 할 수 있고 메일 사용도 가능하며 팩스도 보낼 수
있다. 취재하며 알게 된 어느 가게의 고급 과자라며 촬영에 쓰
고 남은 걸 가져다주면 지금처럼 뜨거운 차도 얻어 마실 수 있
다.

오늘 선물로 들고 온 건 계절에 어울리는 벚꽃 떡이었다. 히
노가 우아한 손놀림으로 녹차를 우리고 있었다. 그녀는 다도
예의범절의 대리 사범이기도 했다.

찻종을 내밀면서 히노가 말했다.

"아키바 씨가 어제 내관해서 그러시던데요. 이제 와 연꽃 들

판으로 복원시킨 이유가 뭐냐고 묻는 전화가 걸려 온대요. 아마 상대는 한 사람인가 봐요. 조금 걸리는 건 같은 남자가 몇 번이나 전화한 모양이더라고요. 우물우물 연꽃 들판에 관해 묻기 시작하더니 도중에 끊어버렸대요. 누구 목소리인지 짐작 가는 인물도 없는 모양인데, 아무래도 아키바 주류점 전화번호는 누구라도 검색할 수 있으니까요."

"아키바 씨가 기분 나빠 하시지는 않던가요?"

"전혀요. 웃어넘기시던데요. 나중에는 참다못해 '내가 꽃밭 한가운데에서 낮잠 자려고 만들었는데 불만이냐?'라고 했더니 그 이후로 전화가 뚝 그쳤대요."

"사타케 씨, '그린뉴스' 쪽은 어때요? 이상한 전화는 없었나요?"

노세도 이야기에 끼어들었다.

"네. 적어도 동일 인물이 몇 번이나 전화를 걸어오진 않았어요. 직업상 사람 목소리를 기억하는 건 다소 익숙해져 있으니까 틀림없어요."

노세는 골똘히 생각하듯 말을 덧붙였다.

"그 기사에 도서관이 어떤 식으로 관계했는지는 안 쓰셨죠?"

"네. 후미코 씨가 싫다고 하셔서요."

사타케는 후미코를 보며 대답했다.

"만약 앞으로 후속기사를 쓰게 된다고 해도 계속 그러는 편이 좋겠네요." 노세는 진지한 표정이었다. "연꽃 들판에 집착하는 이상한 녀석한테 찍히면 안 되니까."

"제가요? 설마."

당황한 후미코와 달리 노세는 진심이다.

"소중한 동료라서요. 만에 하나 스토커 같은 녀석이 쫓아다니는 사태가 벌어지면 안 되니까."

후미코의 볼이 빨개진다.

"네." 사타케는 그렇게 말한 뒤 화제를 바꿨다. "맞다, 오늘은 또 상담할 게 있어서 왔어요. 저쪽에 유령이 나온 적이 있다는 이야기 들어보셨어요?"

"저쪽이라니, 어느 집이요?"

"그게 아니라 연꽃 들판에요. 그 랜드마크처럼 느티나무 근처에 커다란 돌이 하나 있잖아요. 옛날에 밤만 되면 그 돌 밑에서 뭔가가 나온다는 그런 소문이요."

다들 고개를 저었다.

"들어본 적 없는데."

"지금까지 그 돌은 잡초 안에 숨겨져 있었는데 오랜만에 얼굴을 드러냈거든요. 그래선지 사람들의 기억도 되돌아온 모양이에요. 사실 발단이 되었던 사건이 하나 있는데요, 벌써 십오 년도 전의 일인데 저쪽에서 노인 한 명이 죽었다더라고요. 지역 신문에서는 비교적 크게 다룬 모양이라 찾아보려고 왔어요."

후미코를 바라보며 말하는 사타케에게 히노가 쌀쌀맞게 대답한다.

"십오 년이나 지난 신문이라면 우리 도서관에는 없어요. 개관 이후의 신문밖에 보존하고 있지 않으니까요. 지역 신문 수준의 기사라면 축소판이나 온라인 데이터베이스에도 남아 있는 게 없을 텐데요."

"하아, 역시 그런가요?"

"네. 안됐네요. 본관으로 가보세요. 거기는 신문 원본을 사십 년 분은 보존하고 있으니까."

다음 날, 본관으로 출장 갔다가 돌아오는 길에 후미코는 자기를 부르는 목소리에 걸음을 멈췄다.

"안녕하세요!" '그린뉴스'사의 검정 파카를 입은 사타케가 메탈릭실버색 자동차를 탄 채 고개를 내밀고 있다. "도서관으로 복귀하시나요?"

"네."

"저도 취재하고 돌아가는 길이에요. 타실래요? 근처까지 가거든요."

"일 때문에요?"

"네. 뭐, 절반 이상은 호기심 때문이라고나 할까요."

후미코는 안전벨트를 매면서 어쩐지 의아하다는 듯 사타케를 바라봤다.

"어제 이야기했던 사고에 관해 좀 더 알고 싶어졌거든요. 우리 기사로 쓸 수 있을 것 같지는 않지만요. 충고해 주신 말씀대로 본관에서 지역 신문을 찾아봤더니 사건을 다뤘던 기사가 있었어요. 그러고 나서 이 근방 소문에 훤한 저의 정보원 몇 명에게 알아봤어요. 그렇게까지 옛날이야기는 아니라서 꽤 기억하고들 있더라고요. 그래서 뭔가 건질 수 있었죠."

"하지만 사고사잖아요?"

"뭐, 그렇긴 한데요."

차를 운전하면서 사타케는 사건의 구체적인 이야기를 해주었
다. 정확히는 십칠 년 전 1월, 도서관에서도 꽤 가까운 오래된
집에서 손주와 둘이 살던 노파가 겨울밤에 배회하다가 그 나무
근처에서 쓰러졌다. 몸 상태라도 나빴는지 그대로 꿈쩍할 수 없
게 된 모양이었다. 결국 노파는 동사하고 말았다.

"그 할머니가 왠지 걸려서요. 그다지 사람들의 입에 오르내리
던 분도 아니었던 것 같지만요."

"눈에 띄지 않는 분이었다는 뜻인가요?"

"네, 거의 밖에 안 나왔으니까요. 장을 보러 나오지도 않았어
요. 같이 사는 손주가 빨래를 너는 모습은 종종 목격하곤 했대
요. 장을 보는 모습도요. 할머니와 손주 둘이서만 붙어살았고
별달리 방문객도 없었다나 봐요. 그런 이야기를 들려주신 분은
할머니 당사자와 만난 적이 딱 한 번뿐이었는데 달짝지근한 향
수 같은 냄새를 풍기던 멋쟁이였대요. 그런데 또 다른 사람 말
로는 할머니가 손주의 담임을 내쫓는 바람에 가정방문을 하지
못한 채 돌아가는 장면을 봤다고도 그러더라고요."

"그래서요?"

"손주를 예뻐해서 옆에 꼭 붙들고 있는, 타인의 간섭을 싫어
하는 인물이라고 평가되고 있었어요." 그러더니 사타케는 후미
코를 힐끗 쳐다봤다. "어쩌면 그 관점은 일방적일지도 몰라요."

"무슨 뜻이죠?"

"어느 집이든 밖에서는 짐작할 수 없는 일이 있는 법이니까 요." 그러더니 불쑥 덧붙였다. "전 그 녀석을 알거든요. 손주 말이에요. 할머니도 손주도 둘 다 성이 '시다'인 거예요. 어제 신문에서 봤을 때 어디선가 들어본 적이 있는 성인 것 같아서 나이를 확인했다가 처음 그 사실을 알았어요. 나랑 동갑이잖아. 그러면 중학교 동창이었던 그 시다네 집에서 벌어진 일인 건가 하고요."

"그래서 조사를 이어가는 거예요?"

사타케는 고개를 끄덕였다.

"그렇게 되는 건가. 처음에는 시다의 모습이 좀처럼 떠오르지 않았어요. 눈에 띄지 않는 녀석이었던 데다, 당시 아키바 중학교는 분위기가 조금 거칠어서 그리 좋지 않았거든요. 그런데 어젯밤에 자려고 누웠다가 문득 기억이 나는 거예요. 제 자리에서 한 칸 뒤쪽에 앉아 있던 소년이었어요. 누렇고 주름투성이던 셔츠 때문에 늘 한눈에 알아봤죠. 중학교 1학년 겨울에 갑자기 전학을 가버린 녀석이었는데요, 자리 순서대로 생각해 보니 그 애가 시다였던 것 같아요. 제 기억 속 녀석은 굉장히 말라서 교복이 어깨에 걸쳐져 있었는데, 몸이 마치 그 안에서 헤엄치고 있는 것처럼 보였어요. 점심시간에는 늘 보건실에 드러누워 있고 선생님이 주던 목캔디만 먹는다고 놀림도 받았죠. 항상 도시락을 가져오지 않았어요."

그 대목에서 사타케는 똑바로 후미코를 쳐다봤다.

"맹목적으로 사랑해주는 할머니가 있는 소년치고는 이상하다는 생각이 들지 않나요?"

"사타케 씨, 그건……"

"전학을 갔다고 들었을 때는 너무 갑작스러워서 다들 놀랐지만, 어째선지 선생님이 그 이야기를 꺼내지 못하게 했어요. 기억을 더듬어 보니 그날은 개학식이었던 것 같아요. 그해 겨울방학에는 불씨 하나 없던 교무실에 작은 화재가 일어났는데 방화 같다며 뒤숭숭한 소문이 떠돌았거든요. 그와 관련해서 한때는 다양한 억측이 난무했는데, 그러다 보니 시다의 일 같은 건 잊어버렸죠. 지금에 와서 생각해 보니 그가 사라진 건 확실히 동사 사건 전후 무렵이었어요. 지금까지 깡그리 잊고 있었다는 게 어쩐지 걸리더라고요. 그래서 짤막한 기사보다는 자세한 내용을 알고 있을 것 같은 사람의 증언을 들으러 갈 생각이에요. 오후 업무 일정이 갑자기 비어서 그 시간을 사용하려고요."

"누군데요?"

"물론 아키바 씨죠. 그 일대는 그분 땅이니까요." 그러더니 힐끗 대시보드의 디지털시계로 시선을 던졌다. "아까 전화로 2시까지 아키바 저택에 가기로 약속했어요. 아직 한 시간 남았네요. 괜찮으시면 점심 같이 드실래요? 하루에 서른 그릇만 파는 메밀국수 가게가 있거든요. 거기에서 점심을 먹고 아키바 씨 댁에 갈 생각이었어요."

아쉽게도 후미코는 본관 동료들과 12시 정각에 이미 밥을 먹은 뒤였다. 게다가 오후 1시에는 도서관 카운터로 돌아가야 했다. 사정을 말했더니 사타케는 깨끗이 물러났다.

'딱히 별거 아니야.' 후미코는 스스로를 타일렀다. 이미 차는 도서관 주차장으로 들어가고 있었다. 마침 점심시간이어서 밥이나 같이 먹자고 한 것뿐이다. 차로 데려다준 것도, 정말 우연히 그와 방향이 같았을 뿐이다. '그저 사타케 씨는 아키바 중학교 시절의 동창이 마음에 걸려서 취재를…… 잠깐만, 아키바 중학교라고?'

"사타케 씨, 출신 학교가 아키바 중학교예요?"

"네. 이 지역 출신이 아니라면 모르실 수도 있으려나. 진작 폐교돼버렸거든요. 여기 도서관에서 가장 가까운 중학교였죠. 폐교된다고 들었을 때는 좀 쓸쓸했다니까요."

후미코는 사타케의 손을 붙잡더니 차에서 끌고 내렸다.

"봐주셨으면 하는 게 있어요. 잠깐만 와주세요."

사무실에 갔더니 노세와 히노가 그 《마루 밑 바로우어즈》를 꼼꼼히 뜯어보면서 한창 이야기 중이었다.

"어머, 같이 있었어?" 히노가 웃는다.

"아, 마침 잘됐다. 그 책을 사타케 씨한테 보여주고 싶었어요." 후미코는 아직 어리둥절한 표정의 사타케를 향해 그 책을 내밀었다. "저기, 이 책을 본 기억이 없나요?" 영문을 몰라 하는 그를 보며 애가 탄 후미코가 계속 말을 이었다. "이거 아키바 중학교 도서실 책이에요. 뭣 때문인지 최근에 갑자기 우리 도서관에 섞여 들어와서 다들 의아해하던 중이에요."

"에? 우리 중학교에 도서실 같은 게 있었나요?"

"당연하죠!"

학교 교육법 시행령 및 학교 도서관법에서 정하고 있으니까. 하지만 사타케의 반응은 더딜 뿐이었다.

"그러고 보니 방과 후에만 열어두는, 책이 쌓여 있는 교실이 있었던가…… 하지만 전혀 흥미로운 곳이 아니었어요. 낡아빠진 책밖에 없고 라벨도 너덜너덜해서 어떤 규칙으로 서가에 꽂아 놓았는지도 모르겠고. 뭔가 조사하려고 해도 십수 년도 전에 발행된 백과사전밖에 없어서 도움도 안 됐어요."

"방치된 도서관의 전형이군."

노세가 웃는다. 후미코는 탄식했다. 그렇다면 거기 도서실의 이용자에 관해 사타케가 알 턱이 없다. 애초에 매년 백 명이 넘는 졸업생이 있었을 테니 《마루 밑 바로우어즈》를 들고 간 사람과 사타케가 만난 적이 있을 가능성은 상당히 낮다.

"죄송해요. 단서가 나타난 줄 알고 멋대로 끌고 와버렸네요."

"괜찮아요. 아직 시간이 있으니까요. 그것보다 후미코 씨, 이번 일요일은 휴무신가요? 다른 일정 있으세요?"

갑작스러운 질문에 후미코는 반사적으로 대답했다.

"네, 휴무인데요, 히비야 도서관에 특별전시를 보러 갈 생각인데……"

"우와 잘됐네요. 전 그 근처에서 보고 싶은 사진전이 있었거든요. 함께 가실래요?"

"좋아요."

딱히 거절할 이유도 없었다.

"그럼 다시 연락드릴게요."

사타케는 싹싹하게 손을 올려 인사하더니 곧장 돌아가 버렸다. 배웅한 뒤 뒤돌아보니 히노가 재미있다는 듯 후미코를 바라보고 있었다. 도움이 될 만한 정보를 얻지 못해서 노세가 정리해버렸는지 《마루 밑 바로우어즈》는 다시 제자리로 돌아가 있었다.

"사타케 씨는 어제 언급했던 유령 건으로 아키바 씨한테 이야기를 들으러 간대요." 후미코는 겸연쩍은 마음을 감추려고 차 안에서 들었던 이야기를 떠들어댄 뒤 물었다. "두 분은 뭐 하고 계셨어요?"

"이 수수께끼 책에서 어디까지 정보를 얻을 수 있을지 노세가 애쓰던 참이었어."

"이 책에는 열렬한 애독자가 있었어." 노세는 여전히 책을 노려보며 중얼거렸다. "이걸 보면 알지."

뒤표지를 열었더니 노란색 북포켓이 보였다. 스탬프로 날짜가 몇 개나 찍혀 있었다. 지금은 텅 비어 있지만 원래라면 북포켓에는 책의 이름이 적힌 도서카드 한 장이 들어있었을 것이다. 누구든 이 책을 빌리고 싶으면 자기 대출증을 제시하면 된다. 도서실에서는 그 대출증과 책에서 꺼낸 도서카드를 한데 모아 '대출 중인 책'의 파일에 보관하고, 북포켓에는 반납 기한 도장을 찍어 이용자에게 책을 건넨다. 빌려주는 쪽에서는 누가 어느 책을 빌렸는지 명료한 형태로 기록이 남고, 빌려 간 쪽도 책을 펼치면 반납 기한이 일목요연하게 표시되어 있다. 그리고 중요한 건 책을 빌린 사람이 누구인지, 설령 대출 중인 책을 우연히 입수했다 하더라도 결코 알아낼 수 없다는 사실이다.

번잡한 컴퓨터도 필요 없고 기록하는 수고도 들지 않는, 그야말로 원시적이고 합리적이어서 소규모 도서관에서라면 지금도 훌륭하게 통용되는 대출시스템이다.

이 책의 경우, 연도는 없이 날짜밖에 스탬프가 찍혀 있지 않았는데 6월까지 살펴보면 일 년에 한 번 대출될까 말까 한 정도였다. 그야말로 《마루 밑 바로우어즈》에 걸맞은 이용률이었다. 그런데 7월에 접어들자 갑자기 상황이 변한다. 7월 8일. 21일. 거기에서 한 달 정도 공백이 생기는데 아마도 여름방학 중에 특별히 대출 기한이 연장되어서일 것이다. 9월에 접어들면 다시 2주 간격으로 대출이 반복된다. 9월 3일부터 시작해서 여덟 번, 7월 8일부터의 누계로 따지면 열 번. 그러다 12월 24일 스탬프를 마지막으로, 여러 차례 반복되던 대출 기록이 끝나있었다.

"대출한 이용자는 동일 인물이겠지."

"아마도. 일반적으로 인기 있는 책은 아니니까. 이 책에 흠뻑 빠진 누군가가 이 반년 동안 계속 빌리고 반납하고 또다시 빌리기를 반복해 오고 있었어. 그러다 마지막에는 어째선지 책을 대출한 채 반납하지 않기로 한 거고."

"그런데 긴 세월이 흐른 뒤 아무런 관계도 없는 지역 도서관에 왜 갑자기 두고 갈 생각을 한 걸까. 확실히 흥미를 끌긴 해."

"이 인물은 착실하고 꼼꼼했어. 여름방학 기간은 별도로 하고, 반드시 두 주 후에는 반납했다가 곧바로 대출하고 있잖아. 대출 기한을 지키지 않은 적은 단 한 번도 없어. 그렇다면 이 마지막 대출 기간에 대체 무슨 일이 있었던 걸까? 게다가……"

"게다가, 뭐?"

"책에 뭔가 적혀 있어."

히노는 반사적으로 미간을 찌푸렸다. 책에 상처를 내는 이야기가 되면 도서관 직원은 다들 반사적으로 거부감이 생긴다.

"이렇게나 이 책에 애정을 가졌던 사람이? 그 전부터 적혀 있었던 거 아냐?"

"아냐, 달라. 이렇게 착실한 녀석이 타인이 낙서해놓은 걸 발견했다면 지웠겠지. 연필로 적어놨으니까. 그리고 정확히 말하면 대부분 낙서라기보다 특정 글자를 지우고 있어."

"뭘?"

대답 대신 노세는 여기저기 붙여둔 포스트잇에 따라 페이지를 넘기며 보여주었다. 본문 가운데 특정 부분이, 활자가 보이지 않을 만큼 정확한 네모꼴로 빈틈없이 새카맣게 칠해져 있다. 많지는 않았다. 기껏해야 열 자, 많아야 한 줄 정도. 더할 나위 없이 주도면밀하게 연필을 놀려 그 자그마한 부분을 칠해놓았다.

하지만 내용을 아는 세 사람은 빈틈없이 칠해놓은 단어가 무엇인지 금방 알 수 있었다.

"마데라산 백포도주. 딱총나무꽃의 술. 블랙베리 리큐어……

책의 처음부터 끝까지 이런 단어만 지워놨네?" 히노는 다시 한 번 미간을 찌푸렸다. "이건 심심풀이로 한 낙서 따위가 아니잖아."

"이 녀석은 책의 구석구석까지 읽은 상태였어. 그리고 술이나 거기에 관련된 단어들을 연필로 공들여 색칠해서 모조리 감췄지. 그러다 단 한 군데에 휘갈겨 쓴 글이 있었어."

노세는 다시 다른 페이지를 펼쳤다. 이 책에 수록된 속편으로, '셋방살이'를 하는 소인족들이 인간에게 그 존재를 들켜서 도망치는 내용으로 이야기가 시작된다. 익숙하지 않은 야외에서 부득이하게 생활해 나가는 중 그들은 자유분방하게 자란 동족 소년을 만난다. 하지만 까다로운 엄마 소인족에게 그 소년은 아무리 생각해도 근본 없고 씻지도 않으며 정직하지 않은데다 버릇이 나쁜 존재였을 뿐이다. 급기야 이런 말까지 한다.

'날이 밝으면 (저 녀석에게) 다들 목이 잘린다 해도 이상할 게 없지.'

이 문장 옆에 울퉁불퉁한 글씨체로 무언가 적혀 있었다. 페이지 구석에는 변색한 얼룩이 점점이 떨어져 있었는데 그중 하나는 책배 부분까지 흘러내린 상태였다. 번진 연필로 갈겨 쓴 글을 후미코가 읽어 내려갔다.

"'누구의 보살핌도 받을 수 없는 아이라서 이런 식으로 취급하는 거야? 그래서 나도?' 그리고 이 부분만 글자가 크게 적혀 있네요. '하지만 이미, 늦었어.'"

세 사람은 서로의 얼굴을 쳐다보았다.

"현대 일본에서, 게다가 이렇게나 착실한 애가 책 속에 나오는 소인족 소년처럼 취급받는 상황을 걱정하고 있었어."

"……노세, 무슨 말이 하고 싶은 거야?"

"내가 처음에 이 책을 손에 들었을 때는 페이지가 잘 펼쳐지지 않았어. 책배에 흐른 얼룩이 마르면서 각 장을 들러붙게 만든 탓이었지. 결국 이 사람은 책에 얼룩을 묻히며 이 낙서를 한 이후에는 더 이상 펼쳐보지 않았던 거야."

"이 얼룩은 눈물일까요?" 후미코가 물었다.

"아마도. 그전까지는 몇 번이나 되풀이해 읽었을 테고, 보고 싶지 않은 단어는 칠해서 감춰버릴 만큼 자기 소유라고 생각했겠지. 그런 책을 두 번 다시 펼치지 않은 채 쭉 가지고 있었어. 당시에 그는 중학생이었어. 술이라는 단어를 몹시 싫어했지. 그리고 사람이 사람을 죽이는 걸 골똘히 생각하고 있었어. 하나 더, 이 정도로 좋아하는 책 한 권을 사는 것도 불가능했어. ……하긴 이 지역에는 이 책을 팔고 있을 만한 서점이 없었겠지. 하지만 조금만 알아보면 입수 방법 정도는 알 수 있었을 텐데 그러지 않았어."

히노는 새삼 노세를 바라봤다.

"굉장히 좋아하는 책에만 몰두할 뿐, 외부에는 전혀 관심이 없었다는 뜻이야?"

"그리고 당연히 최대 의문은, 어째서 십 년도 넘게 지난 뒤에야 아무 상관도 없는 우리 도서관 서가에 책을 두고 갔느냐 하는 거야."

"확실히 그래. 이걸 우리 도서관에 두고 간 사람이 누군지 퍽 궁금해졌다고. 하지만 지금에 와서 뭘 어떻게 해? 아키바 중학교 도서실 쪽부터 뒤져본다고 해도 누가 대출했는지는 이제 밝혀낼 수 없잖아. 소장하던 중학교 자체가 이미 존재하지 않으니까. 게다가 내가 통합된 학교에 물어봤더니 아키바 중학교 시절에 한 번 작은 불이 난 데다 도서실도 물난리가 났었대. 그래서 읽을 수 없게 된 낡은 장부들과 장서를 폐기했고 그 후에는 제대로 장서를 챙길 여유도 없이 몇 년 안에 통합됐대."

"하지만 이 책에는 화재 피해가 있었던 흔적이 없어요. 분명 그전에 도서실에서 사라진 거예요."

"후미코, 대출 기록 쪽도 사라졌어. 그리고 그 시점에서는 도서실에 없는 책들도 자연스레 폐기 절차를 밟았지. 즉 이 책은 서류상으로는 이미 쓰레기나 마찬가지야. 아무리 노세라고 해도 이 이상의 정보는 얻을 수 없을걸."

그 말에 반론도 없이 노세는 다른 말을 했다.

"앞으로 도서관에서 스스무를 발견하게 되면 나한테 꼭 알려줘."

"히라노 스스무 말이에요?"

"응. 걔한테 물어보고 싶은 게 있거든."

학교는 분위기가 다소 거칠었다. 지금 돌이켜봐도 좋은 추억은 하나도 떠오르지 않는다. 그저 자리만 지키고 있었던 수업 시간. 교사의 목소리는 잡음에 지나지 않았다. 부모가 갑자기 죽은 이후 남자의 마음을 파고드는 목소리는 거의 사라진 상태였다.

모두에게 거리를 뒀던 점심시간. 도서실에만 틀어박혀 있었던 방과 후. 왜 그 책을 펼치게 됐는지는 이제 기억나지 않는다. 하지만 빠져들게 된 이유는 잘 알고 있다. 남자도 이 소인족들처럼 살고 싶어서였다. 타인이 남긴 여분으로 목숨을 부지하고 누구의 관심도 끌지 않은 채 잊힌 듯이 모습을 감춰버리고 싶었기 때문이다. 당시의 남자는 어느 면에서든 독립이 가능한 나이가 아니었다. 그나마 책을 읽는 동안 현실 세계에서 도망치는 게 고작이었다.

'빌린 거니까 집에서 읽으면 되잖아.'

이상하다는 듯 말하는 대출 담당 여자애한테도 등을 돌린 채 열중해서 읽다가 폐실 시간이 되면 그 책을 가방에 쑤셔 넣고 마지못해 밖으로 나왔다.

중학생들은 매우 바빴다. 열심히 동아리 활동을 하는 애들도 꾸준히 학원에 다니는 애들도 어쨌든 바빴다. 친구도 아닌 반 애들 따위는 남자가 알 바 아니었다.

남자에게는 돌아갈 집이 없었다. 학교에 그의 주소라고 기록해 둔 곳은 있었다. 하지만 거기는 결코 남자의 집이 아니었다. 집 따위가 아니었다.

거기에는 한 여자가 살았다. 남자의 존재 따위 아랑곳하지도 않는 여자였다. 이미 전성기도 지난 나이인 주제에 집안에 틀어박혀 온통 자기 생각뿐인 여자였다.

여자는 남자의 보호자로 되어 있었다. 삼 년 전, 남자의 부모가 그의 눈앞에서 트럭에 치여 세상을 떠났을 때 그렇게 결정되었다.

보호자라니. 그저 족보상 남자와 가장 가까운 위치에 있었을 뿐인데.

여자는 외출을 극단적으로 싫어했다. 애초에 외출하기도 힘들었다. 기나긴 지병으로 요통이 심해지고 있었고, 남자가 정기적으로 의사한테 받아오는 진통제도 임시방편일 뿐이었다.

그래서 여자가 마지못해 건네는 얼마 안 되는 돈으로 남자가 장을 봤다. 여자는 제대로 요리조차 하지 않았기 때문에 남자는 초등학교 시절부터 어눌한 손놀림으로 가스레인지를 조작하며 직접 음식을 만들었다. 여자와 함께 산 시간 동안 남자가 먹은 인스턴트 라면과 냉동 튀김의 양은 어느 정도였을까? 지금도 남자는 편의점을 싫어했다. 매장 안에 떠다니는 조미료와 기름 냄새를 견딜 수 없었다. 여자는 대체 뭘 먹고 살아온 걸까. 기분 내킬 때만 음식에 입을 댈 뿐이었고 여자에게 생명의 양식은 따로 있었다.

술이었다. 여자가 좋아한 술은 꼬부랑글자로 된 남유럽의 유명한 증류주였다. 이 근방에서 이렇게 세련된 술을 마시는 건 자기뿐이라면서 여자는 술에 취할 때마다 자랑했다. 뭐가 자랑스러운 일인지 알 수 없었던 남자는, 매스꺼운 생각에 필사적으로 그 주정뱅이의 헛소리를 흘려들으려고 노력했다. 실제로 그 달짝지근한 향을 맡으면 속이 울렁거렸다.

여자가 증류주를 좋아하는 이유도 알고 있었다. 여자는 오래 전에 서양을 여행할 때 먹었던 맛이라는 말을 하곤 했지만, 여자가 미군 주둔 캠프 외에 외국 냄새가 물씬 풍기는 곳에 간 적이 없다는 사실을 남자는 알고 있었다. 증류주는 알코올 도수가 높았다. 고령의 여자는 특히 간이 좋지 않았다. 술에 의존하더라도 마실 수 있는 양은 한정되어 있었다. 맛을 보는 정도만으로도 거나하게 취할 수 있는 술은 분명 편리했다. 도수가 높은 술을 조금씩 나눠 마시는 한은 음주량도 그렇게까지 늘지는 않는다. 결과적으로 빈번하게 술을 사들일 필요도 없이 해결되는 셈이다.

여자의 술버릇은 아무도 몰랐다. 애초에 알았다고 해도 여자는 개의치 않았을 테지만. 사람과 전혀 사귀지 않으니 남의 입에 무슨 말이 오르내리든 상관없었다. 하지만 남자는 타인에게 동정받는 게 견딜 수 없었다. 남자가 얼굴을 비칠 때마다 이것저것 꼬치꼬치 물어보려고 하는 오지랖 넓은 술집 아저씨한테도 성실하게 대답한 적이 없었다. 남자는 술을 이용해 여자를 보살펴 왔다고 말해도 좋을지 모른다. 술만 있으면 여자는 다루기 쉬웠으니까. 남자의 엄마인 죽은 며느리를 나쁘게 흉보는 일도 없으니까. 서서히 여자의 음주량이 늘어가고 있다는 걸 둘다 알아차리지 못했다.

그리고 열두 살이던 남자는 서서히 증오를 키워갔다.

일요일. 후미코는 사타케와 함께 거리를 걷고 있었다. 먼저 약속했던 후미코의 친구가 갑자기 치통에 시달리는 바람에 둘만 만나게 된 것이다. 도립 도서관에서 후미코의 관심을 끄는 '문인들의 메이지 시대'라는 기획전을 본 뒤 4번가 교차로를 향해 걷기 시작했을 때 사타케는 일전에 아키바와 주고받은 이야기를 들려주었다.

"기사로 쓸 거냐고 물으시길래 개인적인 호기심을 만족시키려는 것뿐이라고 설명했더니 안심하고 이야기해 주셨어요. 아키바 주류점의 단골이었대요."

당연히 그랬을 것이다. 가장 가까이에서 일용품을 살 수 있는 가게라면 아키바 주류점이었을 테니까.

"그게 아니라 주로 술을 사 가는 단골이었대요. 종종 손주가 집의 어디서 보관한 건지 기름이 튀었거나 먼지로 더러워진 빈 술병을 바꾸려고 들고 왔다가 또 한 병을 사 가는 식이었대요. 남은 돈으로는 고작 인스턴트식품 정도를 사고요. 아 맞다, 할머니가 죽기 직전에도 술을 사러 왔다나 봐요. 평소에는 착실히 술값을 들고 왔는데 그날은 돈이 모자라서 너무 딱한 생각에 깎아줬던 걸 똑똑히 기억하신대요. 돌아가셨을 때도 그 할머니 얼근하게 술에 취한 상태였다나 봐요."

"어머."

"아키바 씨 댁에서는 그 손주가 불쌍하다는 말을 자주 하셨대요. 하지만 그 이상은 끼어들 수 없었죠. 술 이름도 기억나지 않지만 시다네 할머니가 그 리큐어를 좋아했기 때문에 그저 그분만을 위해 주문하시곤 했대요. 시체 옆에 그 빈 병이 굴러다니고 있었죠. 거기다 신경통인지 뭔지 진통제까지 함께 복용하는 바람에 그 상승효과로 의식이 흐릿해져서 죽음에 이른 게 아닐까 결론지었다고 해요."

참혹한 이야기다.

"할머니가 돌아가신 뒤 그 손주는 어떻게 된 거죠?"

사타케가 얼굴을 찡그렸다.

"친척한테 맡겨졌다는 걸 아키바 씨가 기억하고 계시더라고요. 하지만 그 뒤로는 저도 알아볼 방법이 없어요."

"이제 취재를 그만두시는 건가요?"

"어쩔 수 없으니까요. 저는요, 시다가 모습을 감춘 게 뭣 때문인지 자꾸 마음에 걸렸어요. 하지만 할머니가 돌아가셨던 거라면 시다의 전학에도 제대로 된 이유가 있는 셈이죠. 그걸 알았다는 것만으로 만족해야 할 듯싶어요. 그나저나 저번에 보여주신 미아 책은 어떻게 됐나요?"

"아직 조사 중이에요. 책 한 권에서 도출해 낼 수 있는 정보에는 한계가 있겠지만, 일단 노세 씨가 아직 포기하지 않았거든요. 이렇게 영문 모를 수수께끼를 풀 때만큼은 노세 씨의 능력과 집념이 굉장해서요. 일단락 지어지면 어딘가의 커다란 도서관에서 그 책이 귀한 대접을 받으며 여생을 보낼 수 있기를 바라고 있어요. 우리한테는 소중한 골동품이니까요."

"후미코 씨는 책을 좋아하는군요."

"저 같은 건 좋아하는 축에도 못 들어요. 우리 선배 두 분은요, 책에 관한 지식과 열정이 괴짜의 경지에 이른다니까요."

후미코는 노세와 히노에 대해 수다를 시작했다. 세상의 비평가들을 비평하는 일이야말로 도서관 직원의 의무라고 외치는 노세. 도서선정위원회에서 노세의 독설을 듣는다면 세상의 무수한 저자와 편집자는 그를 목 졸라 죽이고 싶어질지도 모른다. 그리고 아무리 후미코가 따라잡으려 해도 반드시 그 이상의 지식과 독서량을 자랑하는 히노.

"히노 씨는 말이죠, 책을 추천할 때 딱 잘라서 이렇게 말해요. '좋은 책입니다'라고요. 히노 씨가 그렇게 말했다면 그건 장르를 불문하고 정말 잘 만들어진 책이에요. 그렇게 천연덕스럽게 한마디를 던질 수 있게 되는 게 꿈이지만, 아직 전 한참 수련이 모자라요."

"후미코 씨한테는 선생님이 두 분 계신 셈이네요."

선생님. 그럴지도 모른다. 그렇다면 그동안의 감정은 선생님을 동경하는 중학생 같은 마음이었던 걸까. 후미코는 문득 그런 생각이 들었다. 사생활을 거의 모르는 남자를 멋대로 동경하고 자승자박에 빠진 꼴이라니.

봄이었다. 좋은 꽃향기가 떠다니고 있었다.

횡단보도 앞에 다다르자, 갑자기 자동차 소리가 시끄럽게 들려왔다.

"그나저나 후미코 씨는 어떤 꽃을 좋아하세요?"

갑작스러운 질문이라고 생각했지만, 후미코는 솔직하게 대답했다.

"연꽃이요."

"역시."

사타케는 웃더니 앞장서서 횡단보도를 건너기 시작했다.

"이번 주는 사타케 씨가 한 번도 얼굴을 안 비치네."

"정말 그렇네요."

일주일 전에 그 수수께끼 책을 보여준 이후로 확실히 사타케는 발길을 끊은 상태였다. 물론 그로부터 이틀 뒤에 후미코는 다른 장소에서 그를 만나긴 했지만. 문득 후미코는 갑자기 의아한 생각이 머리를 스치는 느낌에 눈살을 찌푸렸다. 무슨 꿍꿍이인지 히노가 그런 후미코를 빤히 바라보고 있다.

"있지 후미코, 저번 일요일은 어땠어?"

"어땠다니 뭐가요?"

"그러니까 히비야 데이트 말이야."

"데이트라뇨."

후미코는 조금 당황해서 대답했다. 그날 실제로 사타케의 대화 주제는 십칠 년 전의 노파 사건과 그가 심취해 있는 젊은 동물사진가 이야기였다. 이 사진전에 후미코를 데려간 것이다. 그리고 후미코는 책에 빠진 도서관 사람들의 본성에 관한 잡담을 늘어놨다. 서로 잘도 떠들어대다가 지쳐서 헤어진 때가 저녁쯤이었다.

"그것뿐이에요." 후미코는 설득력을 심어주기 위해 노파 사건의 상세한 부분까지 이야기를 들려주다가 하나 더 생각이 떠올랐다. "맞다, 그리고 어떤 꽃을 좋아하냐는 이야기도 잠깐 했었네요."

"꽃?"

"네. 공원에서 좋은 꽃향기가 나는 거예요. 그래서 사타케 씨가 그런 화제를 꺼낸 것 같아요. 그래서 전 연꽃을 가장 좋아한다고 말했어요."

후미코는 수다를 떨면서 생쥐 왕국의 판타지를 대출해주었다. 그러다가 퍼뜩 카운터 맞은편에 서 있는 이용자가 누군지 깨달았다.

"스스무! 잠깐만 기다려, 너한테 전해 줄 말이 있어."

의심쩍은 눈으로 바라보는 스스무를 후미코가 허둥지둥 붙들었을 때, 늘 카운터 구석에 처박혀 있던 노세가 재빨리 다가오더니 단도직입으로 말을 꺼냈다.

"스스무, 혹시 이 책 본 적 있냐?"

아이는 노세가 손에 든 문학전집판 《마루 밑 바로우어즈》를 보더니 시원스레 고개를 끄덕였다.

"네. 제가 거기 서가에 뒀는데요."

히노와 후미코는 어안이 벙벙해졌다.

"노세 씨는 어떻게 그걸 안 거죠?"

"이 책이 서가에 꽂힌 건 우리 아즈사가 왔던 그날, 폐관 직전의 시간밖에 없으니까. 후미코 네가 다음 날 아침 서가를 정리하면서 발견했으니 그 전날이 분명해. 아즈사가 그쪽 서가의 어딘가를 통해 드나들고 있었지. 넌 그런 아즈사와 이야기하던 중이었고. 제아무리 피하려 해도 거기에 어떤 책들이 꽂혀 있는지 눈에 들어오는 장소에서 말이야. 그런데 후미코 넌 알아차리지 못했어. 결국 그때는 아직 문제의 책이 없었다는 뜻이야."

"제가 몰랐던 것뿐 아닐까요……"

"예전부터 그 자리에 있었다면 네가 모를 리가 없지. 너, 개인적으로 좋아하는 작가의 책이 보이면 옆을 지나갈 때마다 꼭 책들을 쓰다듬잖아."

노세에게 손쉽게 간파당하고 보니 후미코는 부아가 치밀면서도 기쁘기도 하고, 더욱 분하게도 얼굴이 빨개졌다. 노세는 후미코의 그런 버릇을 알고 있었던 건가. 스스로도 거의 의식하지 못하던 동작인데.

"그리고 난 폐관까지 계속 정문의 자동문이 눈에 들어오는 곳에 있었어. 설마 창문으로 숨어들어온 괴상한 녀석이 몇 명이나 있을 리는 없잖아. 그 시간대에 아동서가 쪽으로 간 건 스스무뿐이었고."

"하지만 스스무, 네가 그 책을 도서관에 들고 온 건 아닐 거 아냐."

스스무가 태어나기도 전에 아키바 중학교 도서실에서 장기 연체되어 사라졌던 책이다. 그때까지 말없이 노세의 설명을 듣고 있던 스스무가 입을 열었다.

"모르는 아저씨가 부탁했어요. 이거, 여기 도서관 책 아니었어요? 몰랐어요. 전 그저 그 아저씨가 이 책을 깜빡 들고나와 버렸으니 되돌려줘 줄 수 있냐고 부탁하길래요. 좀 이상하다고 생각했지만, 돌려주는 거라면 괜찮잖아요. 멋대로 도서관에서 들고 나가면 문제지만. 그 아저씨, 도서관은 숨이 막혀서 힘들 대요."

"스스무, 기억나는 건 뭐든 좋으니까 처음부터 전부 이야기해줄래?"

노세가 진지하게 말하자, 스스무는 고개를 끄덕였다.

"좋아요. 그 아저씨, 제가 도서관에 들어가려고 했을 때부터 바깥쪽 계단에 서서 맞은편을 바라보고 있었어요. 당장이라도 덤벼들 것처럼 무서운 표정을 하고요. 제가 도서관에서 나왔을 때도 여전히 서 있더라고요. 옆을 스쳐 지나가려는데 굉장히 커다란 한숨을 내쉬더니 안심한 듯 이렇게 말하던걸요. '아냐. 있을 수 없어'라고요. 그러더니 도서관에 들어가려다가 자동문을 통과한 순간 뭔가에 부딪혔는지 갑자기 멈추더니 뒷걸음질 쳤어요. 부딪힐 만한 건 아무것도 없었는데."

피할 틈도 없이 남자의 등이 그대로 스스무와 충돌했다. 그 바람에 남자가 품에 안고 있던 책 한 권이 바닥에 떨어졌다. 주워주려다가 제목을 보게 된 스스무가 무심코 말을 걸었다. '어? 이거, 소인족 셋방살이 책이다!'

"전요, 그 소인족 이야기를 읽는 어른은 처음 봤어요…… 아, 물론 도서관 직원은 별개로 하고요. 아저씨는 굉장히 기쁜 듯한 표정이었어요. 이 책을 아냐고 묻길래 바깥 테라스에서 잠깐 소인족 이야기를 나눴죠. 전 이 책의 속편인 소인들이 기구를 만들어서 하늘을 나는 이야기를 가장 좋아하는데 아저씨는 그 부분은 안 읽었대요. 하지만 이런 식으로 사람에게서 숨어지내며 스스로 음식을 손에 넣고 누구의 신세도 지지 않은 채 살아 갈 수 있다면 좋겠다고 그러던걸요."

스스무는 그럴만하다는 표정으로 말했다. 아직 아이에게는 은신처에 대한 로망이 있는 모양이었다.

"그래서?"

노세가 재촉했다.

"이 책을 깜빡 서가에서 들고 와버렸대요. 돌려주고 싶은데 부탁해도 될지 묻길래 그러겠다고 했죠. 수고스럽게 하는 것 같 아서 뭔가 보답하고 싶은데 아무것도 없다며 미안해하는 눈치 였어요."

좋아하는 책이 서로 같다는 사실을 알면 훨씬 친밀감이 높아 지는 법이다. 그래서 스스무는 무심코 말해버렸다.

'아저씨, 아까랑 다른 사람 같아요. 아까는 무서웠는데.'

"그랬더니 아저씨가 쑥스러워하면서 예전에 저질렀던 나쁜 짓이 떠올라서 그랬다고 하더라고요. 아저씨는 이 근방 어딘가 에 독을 묻어놨는데 이젠 그 장소가 어딘지 모르겠대요. 그래 도 상관없대요. 연꽃 들판이 참 예쁘다고 하면서요."

'그래요? 이렇게나 잔뜩 꽃이 피어 있으면 그런 마음이 안 생 기던데.'

스스무의 말에 남자는 웃었다.

'그럼 좀 더 희귀한 꽃을 보러 가볼래? 연꽃과 똑같은 색깔의 꽃이 산속에도 있거든. 지도를 그려줄게. 종이가 있나 모르겠 네. 아, 이거면 되겠군. 아저씨가 일하는 곳에서 만드는 안내 전

단이긴 하지만.'

"주머니에서 전단지 같은 걸 꺼내더니 제 연필을 빌려서 뒷면에 지도를 그려줬어요. 조금 먼 곳이니까 가족한테 말하고 가야 한다면서, 린도를 관리하고 있어서 아저씨가 잘 아는 장소래요."

그 말을 아즈사도 주워들은 모양이었다.

"그리고 나서 헤어졌어요. 그 뒤는 저도 몰라요. 그 책을 도서관에 돌려주고 나왔을 때는 이미 없었으니까요."

후미코는 어제 자동차 문을 열던 사람 그림자를 떠올렸다. 수수께끼의 아키바 중학교 졸업생이었던 건가.

"어떤 모습이었지?"

"어떠냐고요? 평범한 아저씨였는데요. 까만 작업복 같은 걸 입고."

"그 남자 손은 어땠어? 흙으로 더럽혀져 있진 않았어?"

이번에는 노세가 묻자 스스무는 머리를 저으며 대답을 대신했다.

"너희 아버지보다 젊어? 아니면 나이가 많았어?"

"으음……"

후미코의 질문에는 고개를 갸웃할 뿐이다. 열 살 이상 나이 차가 나는 남자는 무조건 '아저씨'라고 부를 때니 그럴 만도 했다. 후미코도 당시의 자동차를 열심히 떠올려 보려고 했지만, 아무런 특징도 기억나지 않았다. 이 근방에서 자주 보는 경차인데다 은색 차체에는 아무것도 적혀 있지 않았다는 것밖에는.

더 이상 추적할 방법은 없는 듯했다. 하지만 노세는 아직 포기하기 싫었는지 스스무에게 끈질기게 묻고 있었다.

"그때 아저씨가 건넨 지도는 어떻게 했어?"

"버렸어요." 스스무는 시원스레 말했다. "장소를 따로 적어둔 다음에요. 저쪽 산 맞은 편인데 자동차로 갈 수 있대요. 요즘에는 주말에 계속 비가 와서 포기했는데 이번 주에는 가보려고요. 늘 가지고 다니는 지도에다 그 장소를 표시해 놓고 아저씨한테 받은 지도는 찢어서 버렸어요. 비밀 지도니까요."

비밀이라고는 해도 린도가 자라는 장소라면 스스무가 알려줄지도 모른다. 그러나 이 사건이 진전될 가능성은 없어 보였다. 그곳이 남자의 집일 리가 없으니까. 노세가 낙담하는 모습이 확실히 보였다. 딱한 마음으로 지켜보던 후미코는 문득 어떤 사실을 떠올렸다.

"스스무, 그때 너도 지도를 갖고 있었던 거지?" 고개를 끄덕이는 아이에게 후미코는 다그치듯 물었다. "그러면 여기에서 지도를 찢어서 도서관 휴지통에 버린 거야?"

"후미코, 왜 그러는데?"

후미코는 노세 쪽으로 돌아섰다.

"테라스 휴지통에 버린 거라면 이미 폐기된 상태겠죠. 그런데 그때 그 찢어진 종잇조각이 테라스에 떨어져 있는 걸 한 장 주웠거든요……"

"네가?" 안달하는 노세에게 그녀는 천천히 대답했다.

"아뇨. 아즈사가요. 댁에 물어보세요."

순간 노세는 눈을 휘둥그레 뜨더니 황급히 전화로 뛰어갔다.

"사적인 전화 좀 쓸게. 봐주라." 그런 말을 우물거렸던 것 같다. 시계를 언뜻 본 스스무가 허둥지둥 집으로 돌아가는 모습을 보기는 한 건지. 노세는 수화기를 향해 속삭이듯이 뭔가를 재빨리 묻고 있었다. 곧 수화기를 내려놓더니 이번에는 얼빠진 표정으로 주변을 둘러봤다.

"이쪽은 이걸로 오케이. 하지만 아직 이해가 안 되는 점이 있어."

"뭔데요?"

"남자를 도서관에 들어오지 못하도록 방해한 게 뭘까?"

"네?"

하지만 대답도 기다리지 않은 채 노세는 어딘가로 가버렸다.

한 시간 후, 카운터에 있는 후미코 쪽으로 성큼성큼 걸어오는 사람 그림자가 있었다.

"어쩐지 너무 다급하게 종잇조각을 가지고 있지 않냐며 전화가 와서요. 이츠로가 중요한 걸 또 주머니에 넣은 채 세탁기에 던져 넣었나 보다고 생각했는데, 세상에나 이번엔 제가 그런 거 있죠."

투명한 파일 안에 종이 파편이 담겨 있었다. 수수께끼 인물이 스스무에게 건넸던 비밀 지도의 비참한 몰골인 듯했다. 원재료 상태로 되돌아간 자그마한 종잇조각은 주머니에 담긴 채 세탁되고 만 모양이었다. 후미코도 몇 번이나 저지르는 실수였다.

"일부러 감사합니다. 노세 씨는 지금 업무 관계자와 이야기 중이시라서……"

"그러면 대신 전해 주시겠어요? 아 맞다, 한 가지 더요. 아즈사는 이 종잇조각을 버린 사람들에 대해 '등밖에 안 보여서 잘 몰라'라고 했어요. 그게 뭐가 중요한 건지 모르겠지만, 어쨌든 아즈사한테 확인해 달라고 전화로 말했으니까 전해 주세요. 아즈사가 혼자 있어서 바로 실례할게요. 이번 주에 다시 기침이 시작돼서 오늘도 유치원을 쉬었거든요."

"이런, 다시요? 도서관에 왔다 가서 그런 걸까요."

후미코가 안타까운 표정을 지었더니 아내는 웃으면서 손을 저으며 말했다.

"신경 쓰지 마세요. 이번에는 가볍게 끝날 것 같기도 하고, 원인이야 늘 복합적이라서 잘 모르니까요. 만약 도서관 공기가 뭔가 안 좋은 영향을 끼쳤다고 해도 괜찮아요. 시간과 약만 있으면 말끔히 나으니까요. 아즈사도 그걸 아니까 이럴 때는 참고 견딘답니다. 태풍이 지나가기를 기다리는 것과 같다고 서로 이야기한다니까요."

'강인하구나.' 후미코가 감탄한 표정을 짓자 아내는 다시 웃었다.

"그렇게 대단한 건 아니에요. 저의 이상은 아즈사가 훨씬 더 터프한 사람이 되는 거랍니다. 어느 소설에 나오는데, 예전에 읽은 거라 작가도 제목도 기억이 안 나요. 어쨌든 여주인공이 대부호의 딸인지 뭔지인데 굉장히 멋있어요. '그녀는 단단히 뻗은 턱이 부러지면 최고의 성형외과 의사에게 치료받을 것이다. 그리고 다시 턱을 내밀며 다음 고난에 도전해 나갈 것이다'라는 문장이 있었는데 어쩌나 근사한 사람인지 감격해서…… 어머나, 주책이네요. 이것만으로는 아실 리가 없는데 말이죠."

"알아요."

후미코는 싱긋 웃더니 서가로 달려가 곧장 책 한 권을 들고 돌아왔다.

"어머머, 이거 맞아요!" 표지를 넘기자마자 아내는 눈을 반짝이며 달리 특별한 구석이라고는 없는 노란색 책등의 낡은 문고본(《The Most Dangerous Game》 Gavin Lyall, 1963.)을 손에 쥐었다. "굉장한데요. 수십 년 동안이나 제가 찾아내지 못한 책이었는데. 고맙습니다."

이런 때야말로 도서관 직원에게 있어 더없이 행복한 순간이다.

책을 품에 안고 춤추듯 돌아가던 아내는 갑자기 문 옆에서 걸음을 멈췄다.

"오늘 저녁은 닭날개 조림으로 할까."

"네?"

되묻는 후미코에게 아내는 호탕하게 웃으며 말했다.

"갑자기 저차원적인 이야기가 돼버렸네요. 이 냄새를 맡으니까 갑자기 먹고 싶어져서요. 중화풍의 팔각 향신료 냄새를 맡았더니."

아내의 손가락이 화분을 가리키고 있었다.

"어머나, 팔각!"

이번에는 후미코가 유레카! 라고 외칠 순서였다.

"그러네요. 이 회향풀 냄새, 향신료 팔각과 닮았어요! 저도 뭔가와 닮았다고 계속 생각했는데 기억이 목구멍에 걸린 것처럼 안 떠오르는 거예요. 하아, 후련하네요."

"괜찮으시면 다음에 드시러 오세요. 요리는 좀 엉성해도 후다닥 잔뜩 만드는 건 자신있답니다."

"감사합니다."

후미코는 웃으며 손을 흔들었다.

좋은 사람이다. 반해버렸다.

후미코는 여전히 미소 지은 채 곧이어 나타난 노세에게 파일을 건네주었다.

"맙소사. 남은 건 이것뿐이라는 건가."

노세네 세탁기 안에서 호되게 씻긴 나머지 하얀 종이에는 녹색 나무숲의 사진과 얼마 안 되는 몇 글자만 남아 있을 뿐이었다. 간신히 판독할 수 있는 건 'rin go.'라는 글자뿐.

"스스무는 전단지 같다고 했는데 이것만으로는 아무것도 모르겠네요."

영문인 것 같지만 너무 짧았다. 알만한 단어라고는 'go.'뿐이다. 이래서야 아무런 의미도 없어 보였다. 이번에야말로 모든 수단이 바닥나버렸다. 책을 두고 간 인물을 어떻게든 밝혀내고 싶은 노세는 맥이 빠지겠지. 후미코는 위로해줄 심산으로 화제를 바꿨다.

"노세 씨, 오늘 밤은 닭날개 조림이래요. 팔각 냄새에 아내 분이 자극받으셨나 봐요."

"뭐라고?" 노세는 믿을 수 없다는 표정으로 후미코를 보더니 별안간 크게 외쳤다. "알았다, 그거야! 팔각!"

"네?"

이미 노세는 서가 쪽으로 부리나케 향하고 있었다. 카운터로 돌아오던 히노를 스쳐 지나갔지만 돌아보지도 않았다. 잠시 그 뒷모습을 바라보던 히노가 고개를 저으며 후미코에게 다가왔다.

"노세 말이야, 왜 저래? 뭔가 중얼거리던데. '냄새야. 장소를 지배한 요소는 냄새였어'라면서. 그러더니 참고서적 코너 부근에서 닥치는 대로 자료를 조사하는 거 있지. 저러다 이용자가 이상하게 생각하지나 않을까 몰라."

기다릴 필요도 없이 노세는 금세 돌아왔다.

"노세, 후미코한테 들었어. 장기 연체자의 단서가 다시 막다른 골목이라면서? 안 됐네."

하지만 노세는 아까와는 딴판인 차분한 얼굴로 조용히 웃고 있었다.

"응. 이 이상은 이제 모르겠어."

저녁 무렵.

후미코가 퇴근하려던 노세를 카운터에서 불러 세우며 말했다.

"있잖아요, 노세 씨. 신경이 쓰여서 그러는데…… 《마루 밑 바로우어즈》를 스스무에게 맡긴 사람 말이에요, 설마 사타케 씨는 아니겠죠?"

아까부터 그 의문이 떠나지 않았다.

"왜 그렇게 생각하지?"

웃어넘길 줄 알았는데 노세가 진지하게 되물었다.

"그날 저녁 무렵에 제가 본 차…… 사타케 씨가 타고 있던 거랑 비슷한 느낌이 들어서요. 그리고 스스무가 말했던 상의 말인데요, 사타케 씨 회사의 파카일지도 몰라요. 연꽃 들판에 집착하는 점도 일치하고, 무엇보다 아키바 중학교 졸업생이기도 하고요. 게다가……"

사라진 동급생에 관한 이야기로 후미코에게 접근해 온 것도 그 때문이 아닐까. 도서관 측에서 그 책을 어떻게 생각하는지 넌지시 알고 싶었으니까. 예상외로 떠들썩한 데다 노세가 강한 집념을 가지고 조사를 이어오고 있다는 말을 후미코한테 듣고 난 뒤 경계하며 발길이 뜸해졌다. 사타케의 행동은 그렇게도 해석할 수 있었다.

후미코는 그러한 의심을 어떻게 말로 꺼내면 좋을지 알 수 없었다.

"아냐." 노세는 후미코를 빤히 쳐다보며 말했다. 그녀가 말로 꺼내지 않은 의심까지도 부정해주는 듯한 느낌이었다. "그가 우리 도서관에 들락거리게 되었을 때 조금은 그 가능성도 있지 않을까 생각했어. 하지만 스스무의 이야기를 듣고 아니라는 확신이 들었지. 그 밖에도 여러 가지로 생각을 바꾸게 한 정황이 있는데, 그게 결정적이었어."

"뭔데요?"

"적어도 기자라는 사람이 종이와 펜을 안 가지고 다닐 리가 없잖아."

"아!"

"그런 종류의 차는 산길이나 겨울철 빙판길이 많은 이 고장에는 널려있는 데다, 남자 윗도리 같은 건 대체로 비슷해 보이지. 사타케 씨의 행동에는 그 나름의 이유가 있어. 맞아. 어쩌면 그는 중학교 방화 소동을, 같은 시기에 사라진 동창과 관련지어 계속 의심하고 있었을지도 몰라. 그래서 동창이 전학 간 진짜 이유를 알고 싶었던 거겠지." 노세가 다정한 눈으로 후미코를 내려다봤다. "지금 생각해 보면, 기사에 후미코의 이름이 나갔다고 해도 아무 문제도 없었을 것 같아. 연꽃 들판에 집착하는 사람도 타인에게 위해를 가할 것 같은 녀석은 아닌 듯싶어."

"어째서 그런 걸 아는 거죠? 혹시 아키바 씨한테 전화를 건 사람과 도서관에 그 책을 두고 간 사람이 같은 인물이라고 생각하시는 거예요?"

노세가 고개를 끄덕인다.

"그럼, 이만 가볼게. 마무리 잘 부탁해."

후미코와 히노는 퇴근하는 노세를 배웅했다.

"노세, 오늘은 빨리 가네. 아까는 왜 흥분했던 걸까."

"아즈사가 걱정돼서일지도 모르죠."

"그렇다고 하기에는 아까 허브 도감이니 도로지도니 하는 걸 보고 있던데."

"흐음."

"그것보다 후미코, 아까 노세가 '공간을 지배하는 건 냄새였다'고 한 말에 영향을 받은 건 아닌데 어쩐지 확실한 증거 사례를 발견한 듯한 기분이야."

히노가 뭔가 의미심장한 눈빛으로 후미코를 쳐다봤다.

얼마 뒤 노세는 산속에 있는 자그마한 건물에 있었다. 도서관에서 차로 삼십 분 거리의 국립공원 안에 있는 장소로, 몸속이 녹색으로 물들어 버릴 만큼 축축한 산의 기운이 상쾌하게 느껴졌다.

"당신이 잃어버린 물건을 돌려주러 왔어요. 아키바 도서관의 노세라고 합니다."

남자는 아직 젊었다. 서른 안팎 정도가 틀림없다. 볕에 그을린 야윈 얼굴이 아키바 도서관이라는 이름을 듣더니 순간 긴장한다. 한동안 서 있던 남자가 겨우 입을 열었을 때는 희미하게 목소리가 떨려 왔다.

"그건…… 아니에요."

"좋은 책이에요." 노세는 남자가 부정하는 말 같은 건 들리지 않는다는 듯한 어조로 말했다. "저도 푹 빠졌었죠. 어릴 적에 모형을 좋아하는 소년이었거든요. 잡동사니로 이것저것 만드는 게 취미였어요. 소인족이 톱니바퀴로 난로를 만들고 파리채로 문을 만드는 모습을 재현하곤 했죠. 지금도 본가 어딘가에 이 거랑 완전히 똑같은 책이 굴러다니고 있을 거예요. 하긴, 반 친구 중에는 읽은 애가 한 명도 없었던 데다, 이야기해도 별종 취급만 받았을 뿐 아무도 공감해주지 않았죠. 영국 록그룹에 열을 올리던 녀석은 있었지만요. 영국의 시골이 배경이라니, 지나치게 수수하잖아요. 아직 피터 래빗조차 일본에서는 잘 알려지지 않았던 시대였죠. 하지만 인간이 쓰고 남은 여분을 슬쩍해서 생활하는 소인족들은 그 시기에 누구보다도 제 가까이에 있었어요."

"전 미칠 것 같았어요. 너무 부러워서." 남자가 불쑥 말했다. "어떻게 하면 연필같이 자그마한 몸으로 있을 수 있을까. 난 너무 커서 눈에 띄니까 학교든 어디에서든 내버려 두지 않는데. 이렇게 작다면 어디로든 도망칠 수 있을 텐데, 하고요."

남자는 작게 웃었다.

"어른들은 제게 힘내라고, 무너지면 안 된다고 이러쿵저러쿵 잘도 말하면서 정작 도와주려는 사람은 한 명도 없었어요."

'그리고 당신도 도와달라고 요청하지 않았지.' 노세는 속으로 중얼거렸다. '그래서 일로 이 근처에 오게 됐지만, 옛 기억이 남아 있는 장소에는 가까이 다가가려 하지 않았어.'

"그런데도 도저히 그 책을 읽는 걸 멈출 수 없었어요. 부러워서 부아가 치밀어오르면서도 끌렸어요. 저 역시 아무도 모르는 곳에 가고 싶었으니까요. 지금 있는 곳이 아닌 어딘가로." 남자는 그렇게 말하며 노세를 올려다봤다. 그리고 이상하다는 듯한 표정을 지었다. "아무 말 안 하시네요. 아이라면 누구든 그런 생각을 한다는 식으로 말이에요. 당시에 그런 설교만 들었거든요."

"전 당신이 아니니까요. 일방적으로 단정 지어 말할 수 없어요." 노세는 책을 팔랑팔랑 넘겼다. "당신을 만나러 여기까지 온 이유는 묘하게 마음에 걸려서였어요. 이 책을 이십 년이나 가까이 가지고 있던 소년, 당시의 소년이요."

"하지만 어떻게 제 직장을 알아낸 거죠?"

노세는 종잇조각의 잔해를 보여줬다.

"이거예요. 당신이 그린 지도의 자투리."

'rin go.'

"이게 영어 문장이라면 아무런 단서도 되지 않겠지만, 이야기를 들어보니 아무래도 전단지 같더라고요. 그렇다면 홈페이지 주소가 아닐지 가정해 봤어요. 저게 'rin.go.'라면 'go.'는 정부 기관이라는 뜻이죠. 거기에 rin이 붙는 홈페이지 주소는 한 군데밖에 떠오르지 않더군요. 국유림(kokuyurin). 'kokuyurin.go.' 산림관리청이죠. 그리고 띄엄띄엄 들은 이야기도 단서가 됐어요. 린도를 돌본다. 대충 들으면 린도, 즉 용담 꽃밭이라고 생각하겠지만, 그게 아니었어요. 어떤 사정이 있다고 한들 린도는 여름에 피는 꽃이니 계절이 다른 데다, 린도와 연꽃은 같은 색도 아니거든요."

"그런 식으로 들렸군요. 군락지가 비교적 가까이에 있어요. 어제는 침낭을 짊어진 기자까지 왔더군요. 옛날에 안면이 있던 녀석이라 굉장한 우연에 서로 깜짝 놀랐지만…… 원한다면 나중에 둘러보세요. 얼레지(백합과의 여러해살이풀로 봄에 분홍색 꽃이 핀다.)의 군락지가 지금 꽃이 만발했거든요."

"역시 그렇군요. 저도 린도(동음이의어. 한자가 '龍膽'일 때는 '용담 꽃', '林道'일 때는 '산림 도로'를 뜻한다.)가 꽃 이름은 아닐 거라고 가정해 봤어요. 홈페이지 주소를 보고 생각하니 곧장 알겠더군요."

노세는 사무실 내부를 둘러봤다. 내일은 스스무도 자동차를 타고 여기에 들를지도 모른다. 자못 소박한 구조의 조립식 건물이다. 밖에는 어울리지 않을 만큼 훌륭한 통나무 간판이 걸려 있었다. '산림관리청 ××분관'.

"여기가 가장 가능성이 크다고 생각했어요. 이 근처에서 국가 주도로 산길을 정비하는 산림기관은 여기뿐이니까요. 거기까지 알아내고 보니 도서관에는 직원 명부라는 책도 있더군요. 설령 국가공무원이 아니더라도 이 지역에서 만든 명부에는 파견 근무자의 이름도 실려 있어요. 직원 이름과 채용 날짜가 나열되어 있죠. 당신 이름과 대략적인 나이는 파악했으니 간단한 일이었어요."

"이름을 알았다고요? 어떻게 그런 일이 가능한 거죠?"

"차차 설명하겠지만, 당신이 어떤 사고의 관련자일지도 모른다고 추측해 봤을 뿐이에요. 시다 마코토 씨."

시다 마코토가 희미하게 웃은 느낌이었다.

"정말 대단한데요. 제가 이 책을 두고 간들 아무도 모를 거라며 안심하고 있었는데 방심한 것 같네요."

"신경이 쓰였거든요. 쭉 그 책을 가지고 있던 사람에 대해. 당신과 이야기를 나눈 그 아이, 우리 도서관 단골 스스무라는 애인데 역시 신경 쓰고 있더군요. 그 아저씨, 덤벼들 것처럼 무서운 표정으로 밖을 바라보고 있었다면서요. 연꽃 들판을 말이죠."

"그랬군요."

시다는 겸연쩍은 듯한 표정을 지었다. 타인이 챙겨주는 게 익숙하지 않은 사람이 보이는 표정이었다.

"독을 물었다. 당신이 그 애한테 그렇게 말했다더군요."

시다는 눈부신 무언가를 바라보는 눈빛으로 말했다.

"그 애는 마치 예전의 저를 보는 느낌이었어요. 그 소인족들의 책을 읽는 남자애라니, 처음이었죠. 중학교 시절에도, 그리고 지금도요."

"그래서 이 책을 맡긴 거군요."

노세는 시다가 도통 받으려고 하지 않는 그 책을 싸구려 사무용 책상에 살짝 올려놨다.

"도서관이라면 그 책을 두기에 적당하다고 생각했어요. 전 가지고 있을 자격이 없거든요. 종업식 날 배가 아파서 결석하는 바람에 반납할 기회를 놓쳐버렸지만, 아무래도 버릴 수 없었어요. 그 뒤로 전 한 번도 학교에 가지 않다가 먼 친척에게 맡겨져 이 고장을 떠났죠. 아무렇게나 짐을 쑤셔 넣은 종이상자 구석에 이 학교 도서실 책이 담겨 있다는 걸 알아차렸을 때는 반년이나 지난 뒤였으니까요. 돌려주러 가는 건 두려웠어요. 장기 연체자가 저라는 건 금세 들통날 텐데 비난받을 것 같았어요. 망설이는 사이에 학교 자체가 없어져 버렸죠."

'작은 화재 소동으로 도서실의 장서가 엉망진창이 돼버린 사실도 당신은 몰랐겠군.' 노세는 또 속으로만 중얼거리고 입 밖으로는 다른 말을 꺼냈다.

"좋은 책이에요. 이 책 속에서는 무력한 소인족도 제대로 서로를 도우며 살아가죠."

시다는 지쳤다는 듯 말했다. "제게는 서로 도와줄 사람 같은 건 없었어요. 그저 할머니라 부르는 술주정뱅이밖에 없었죠." 이 대목에서 그는 묘하게 비굴한 눈빛으로 노세를 올려다본다. "알고 있었죠?"

"네." 노세는 조용히 대꾸했다. "당신은 연꽃이 피는 그 땅에 특별한 관심이 있는 것 같았어요. 그리고 그 장소에서 벌어진, 조금은 의문이 생기는 사건이라곤 십칠 년 전 한 노파의 사고사뿐이었죠."

작은 화재가 일어난 건 십칠 년 전의 1월이었고 사실상 아키바 중학교 도서실은 운영을 멈춘 상태였다. 그가 책을 대출한 시기는 그 이전의 어느 때인 듯하지만, 스스무가 만났던 남자는 그 평화로운 땅에 특별한 집착을 보였다. 그런 사람이 둘이나 있을 가능성은 희박할 것이다. "사고사!" 시다는 조소하듯 말했다. "절 떠맡은 삼촌이 말했어요. 할머니는 만취한 상태였기 때문에 자기 이불과 건초도 구별하지 못한 채 동사해 버렸다고요. 무엇보다도 1월의 밤에 밖에서 자려고 하다니, 주정뱅이만

이 할 수 있는 어처구니없는 행동이라고 말이죠."

"하지만 할머니는 진통제도 드신 상태였죠. 늘 마시던 술과 함께." 노세는 지적했다. 상대의 표정 변화를 눈치챈 노세는 조금 수줍은 듯한 미소를 띠었다. "아직 사건을 기억하는 사람이 있었어요."

"아키바 씨 말인가요? 지금에야 딱히 아무래도 상관없지만." 시다의 목소리에는 아직 웃음의 여운이 남아 있었다. "하지만 정말 놀랍군요. 당신은 진짜 탐정이에요!"

"전 이 책에 집착하면서도 연꽃을 험악한 눈빛으로 바라보고 있던 사람이 신경 쓰였을 뿐이에요. 그러려고만 한다면 언제든 버릴 수 있는 책을 소중히 간직하고 있었을 사람에게 도서관은 특별한 연민을 느끼거든요. 여기에 찾아온 건 당신이 이 책을 계속 간직하고 있었다는 사실을 확인하기 위해서지만, 한 가지 더 분명히 하고 싶은 게 있어서예요. 저의 호기심, 그리고 당신을 위해서도. 왜냐하면 당신은 할머니의 죽음에 책임을 느끼고 있으니까요. 지금껏 십칠 년 동안 계속. 그러니 정말 좋아하던 책도 어느 시기부터 읽을 수 없게 되었어요. 물론 나중에는 받아들여지긴 하지만, 누구에게도 보살핌을 받지 못한 소년이 한 번쯤은 살인자라고 의심받는 장면에서 충격을 받은 탓이죠."

시다의 손이 움찔했다.

"……왜 그렇게 생각하는 거죠?"

"당신은 연꽃을 두려워하고 있었어요. 우리 도서관은 새로 지어진 곳이라고 해도 벌써 3년 가까이 됐어요. 지금까지 당신은 한 번도 이곳에 온 적이 없는데 올봄에 일부러 찾아왔다는 건, 처음으로 당신이 걱정할 만한 사건이 생겼기 때문이에요. 하긴, 변한 건 있었죠. 도서관이 생겼어도 관심을 보이는 이가 아무도 없었는데 온통 연꽃으로 무성한 꽃밭이 생기니까 지역 신문에서까지 들이닥치더군요. 확실히 장관이긴 하죠. 딱딱한 콘크리트 건물과는 다르니까요. 그러더니 널리 알려지기 시작했어요. 이 땅에 다시 연꽃이 피었다고."

"그게 어쨌다는 거죠?"

"연꽃은 참 신기한 꽃이에요. 저도 이번에 살짝 조사해 본 것뿐이지만요. 사람들은 보통 연꽃을 들풀이라고 생각해요. 아주 진지한 투로 들풀이라고 적어놓은 책도 있어요. 하지만 연꽃은 들풀이 아니죠. 외래종으로, 인간이 심은 꽃이에요. 꿀을 채집할 때도 사용하는데 올해 처음 조성된 꽃밭이니 아직은 양봉 농가에까지는 알려지지 않았을 거예요. 연꽃의 또 다른 용도는 한 가지뿐이죠. 비료로 쓰기 위해 땅에 갈아엎는 것."

노세는 잠시 말을 끊었다.

"정말이지 이런 식물은 연꽃뿐이에요. 연꽃 자체는 작물이 아니에요. 관상용도 아니죠. 애초에 연꽃은 그저 땅으로 되돌아가기 위해서, 논이 될 땅에 심죠. 정확히는 연꽃 뿌리에 기생하는 뿌리혹박테리아까지 비료로 함께 쓰기 위해서예요."

"하고 싶은 말이 뭐죠?"

시다의 목소리가 잠겨 있었다.

"에둘러 말하는 꼴이 되었네요. 구경꾼 태반은 생각조차 하지 않겠지만, 결국 연꽃을 심었다는 건 머지않아 그 땅을 파서 일궈낼 거라고 보는 사람도 있다는 뜻이에요. 휴경지가 논으로 돌아가는 거죠. 논농사를 준비하려면 꽤 깊게 갈아엎을 거예요. 칠십 센티미터쯤 되죠?"

"아마도요."

남자는 대답하고 나서 화들짝 고개를 들었다. 노세는 싱긋 웃으며 대꾸했다.

"그래요, 당신 같은 땅 전문가라면 그런 식으로 생각하겠죠. 연꽃을 그저 관상용으로 심을 리는 없다고 말이에요. 그리고 전문가니까 실제로 가서 보니 저 연꽃 들판이 올해에는 논이 되지 않으리라는 판단도 섰겠죠. 진작 농사에 착수했어야 할 시기인데 여전히 태평하게 연꽃이 무성하니까요. 그걸 확인하고 나서야 스스무와 책 이야기를 나눌 여유도 생겨난 거예요. 당신이 농부가 아니라는 건 짐작하고 있었어요. 한창 농번기인데 스스무 얘기로는 당신 손이 깨끗하다고 했거든요. 물론 땅 주인도 그 관계자도 아니에요. 그랬더라면 당신은 그 땅에 대해 반년도 전부터 알 수 있었을 테니까요. 달리 추측할 수 있는 건, 그 땅에 파헤쳐지면 곤란한 무언가가 묻혀있다는 사실을 알고 있는 사람이 아닐까? 아니면 직접 묻어둔 사람이라면?"

"뭘 말이죠?"

시다는 어째선지 아까보다 더 차분해진 상태였다. 진심으로 미소까지 띠고 있었다.

"딱히 백골 사체 같은 엽기적인 상상을 한 건 아니에요. 이

고장은 평화로운 땅이고 미해결 살인사건 같은 것도 일어난 적이 없으니까요. 일부러 먼 곳으로 묻으러 온다면 굳이 타인의 휴경지를 선택하지는 않겠죠. 좀 더 적합한 산과 숲이 얼마든지 있으니까. 하지만 그 당사자로서는 치명적이라고 할 만한 무언가가 그 땅속에 묻혀있어요. 긴 세월이 흘러도 변하지 않는 것. 관련 기관이 조사해 보면 여전히 어떤 흔적이 검출될 만한 것. 관련된 사람이 한눈에 알아차릴 수 있을 만큼 어떤 특징이 있는 것. 좋아요, 다른 각도에서 생각해 보죠. 당신은 앞으로 연꽃 들판이 어떻게 될지 궁금해서 몇 번이나 아키바 주류점에 문의해 봤지만, 명확한 대답을 들을 수 없었어요. 결국 직접 보러 왔고 이 책을 가져왔어요. 보는 것조차 괴로웠던 책을요. 처음부터 우리 도서관에 두고 갈 생각이었죠? 더 이상 존재하지 않는 아키바 중학교 도서실 대신에, 적어도 도서관이라면 괜찮을 거라 여긴 것도 이해해요. 그런데 당신은 우리 도서관에 들어오려다가, 스스무의 말을 빌리면 뭔가에 부딪힌 것처럼 뒷걸음질 쳤어요. 그때 도서관에 그럴만한 장애물이 뭐가 있었을까, 제가 짐작한 건 한 가지뿐이었어요. 기증받은 화분이요. 좀 희귀한 허브인데 그 독특한 향이 팔각이나 아니스와 닮았죠. 그리고 아니스 향을 풍기는 리큐어가 몇 종류 있어요. 이것도 좀 희귀한 술인데……"

"이제 됐어요." 갑자기 시다가 말을 가로막았다. "말씀하신 대로예요. 전 그때 그 땅에 병을 묻었어요."

"증거 사례라니, 히노 씨 그게 뭔데요?"

"사타케 씨가 우리 도서관에 발을 끊게 된 이유 말이야."

"빙빙 돌리지 말고 바로 말씀해 주실래요?"

"좋아, 분명하게 말할게. 후미코, 저번에 사타케 씨한테 좀 실례되는 말을 한 거 아니야?"

"할머니는 외출을 싫어해서 전혀 밖에 나가지 않았어요. 할머니가 좋아한 건 딱 하나였죠. 술이요. 그 약 같은 색깔의 리큐어요. 그 술이 떨어지면 할머니는 딴사람이 됐어요."

당시 신문에는 적혀 있지 않았다. 하지만 아키바가 말했었다. 그 노파가 어떤 리큐어를 지독히도 좋아해서 특별히 들여놨었다고. 실제로 노파 옆에는 다 마신 그 술병이 굴러다니고 있었다. 하지만……

"묻었다고, 지금 말씀하셨잖아요. 그렇다면 역시나 술병이 하나 더 있었나요? 그날, 당신이 새로 사 온 술이었겠네요. 분명 당신 할머니는 술이 조금밖에 남지 않았다는 사실을 문득 깨닫고 교환할 공병도 건네주지 않은 채 황급히 당신한테 술 심부름을 시켰겠죠. 사후에 발견된 건, 그 먹다 남긴 병 쪽이었어요. 그런 술을 단시간에 병째 비웠다면 사인은 분명 급성 알코올 중독이었을 테니까요."

하긴, 당시 그런 사실은 아무도 눈치채지 못했지만.

"잘 아시네요."

얼굴에 들러붙은 것처럼 시다의 미소 띤 표정은 변화가 없었다.

"그해 1월, 할머니는 계속 술을 마셨어요. 겨울방학이 끝나갈 무렵이 되자, 단둘이 좁아터진 집에서 얼굴을 맞대고 있기가 넌 덜머리가 났는데 날이 갈수록 점점 심해질 뿐이었죠. 끝내는 거친 말다툼을 하다가 제가 볼일을 보러 내뺀 뒤에 할머니는 분풀이로 또 술을 마셨어요. 그러다 술이 떨어지려고 하자, 막 귀가한 저를 다시 내쫓듯 술 한 병을 사 오라고 시켰죠. 할머니는 저를 기다리지 못하고 비틀비틀 불안한 걸음으로 밖에 나왔어요. 순간, 내가 걱정돼서 마중 나온 줄 알았어요. 하지만 아니었죠."

'술 하나 사는 데 뭔 시간이 이렇게 걸리는 거야? 계속 힘들게 기다릴 이 할미 생각은 안 하는 거냐? 사 왔냐? 술 어딨어? 빨리 내놔, 아무짝에도 쓸모없는 놈 같으니.'

여자는 그저 술 이야기뿐이었다. 당장이라도 눈이 쏟아질 듯한 추운 저녁, 코트도 걸치지 않은 채 심부름하러 간 손주 따위는 안중에도 없이.

아마 그 한마디가 남자의 마음에 걸려 있던 빗장을 제거해 버린 모양이었다. 증오를 가두고 있던 마음의 벽을.

'술이라면 여기 있어.'

그렇게 말하며 남자는 막 사 온 병뚜껑을 땄다. 그 순간까지는 여자를 만취하게 만들겠다는 생각뿐이었다. 여자는 이미 바닥난 술병 하나를 손에 쥐고 있었다. 이때는 이제 더 이상 물에 섞어 마시지도 않았다. 이 병이 바닥나지만 않았다면 여자는 집에서 어른스럽게 기다리고 있었을 텐데.

그리고 당시 남자의 주머니에는 좀 전에 약국에서 받아온 여자의 상비약인 진통제가 잔뜩 들어있었다.

'할머니한테 꼭 주의하시라고 말씀드리렴. 이 약은 술이랑 같이 마시면 안 된다고 말이야.'

약사는 남자에게 약을 건넬 때마다 끈질기게 그 말을 되풀이했다.

남자도 분명 제정신은 아니었다. 어쨌든 여자를 빨리 만취하게 하고 싶었다. 더는 욕설을 듣고 싶지 않았을 뿐이다. 하지만 기존의 빈 병에 새로 딴 리큐어를 따라주면서 그 안에 진통제를 떨어뜨린 사람은, 명백히 남자였다.

"실례되는 말 같은 건 한 적 없는데요."

후미코는 분통을 터트리며 대답했다. 아무리 기억을 더듬어봐도 실례가 될 말은 아무것도, 정말 아무것도 하지 않았다.

"일요일에 있었던 일을 들려줬을 때 꽃에 관한 이야기도 했다고 그랬지?"

"꽃이요?"

후미코는 고개를 갸웃했다.

"할머니는 만족한 아기처럼 나무 그늘에서 마시기 시작했어요. 추위 같은 건 이미 느끼지 않았겠죠. 한동안 전 경멸의 눈으로 그 모습을 바라봤지만, 그러는 사이에 정말로 진눈깨비가 내려서 집에 돌아왔어요. 하지만 이것만 알아줘요."

시다는 간청하는 눈빛으로 노세를 바라봤다.

"전 우산을 들고 다시 한번 그 장소로 돌아왔어요. 할머니는 한심한 모습으로 큰 돌 옆에 쓰러져 있었죠. 그때 갑자기……"

'할머니한테 꼭 주의하시라고 말씀드리렴. 이 약은 술이랑 같이 마시면 안 된다고 말이야.'

"이대로 못 본 척한다면 할머니는 아마 죽을 거라고, 진심으로 갑자기 그런 생각이 들었어요. 게다가 무거운 몸을 안아 일으켜 집까지 끌고 가는 것보다 저를 쫓아내려는 듯한 진눈깨비에 등을 돌리고 혼자 집으로 도망치는 쪽이, 정말 훨씬 쉬웠어요."

그러나 어두운 집안에 웅크리고 있으려니 못 견디게 초조해졌다. 얼마나 시간이 지났을까. 다시 한번 남자는 우산도 쓰지 않은 채 이미 완전히 날이 저문 논두렁길로 황급히 돌아왔다.

"하지만 할머니는 그때 이미……"

남자가 일으켜 세운 몸은 그대로 맥없이 축 쓰러졌다. 사람 같지 않은 감촉. 여자의 손도, 남자가 필사적으로 두드리던 평퍼짐한 볼도 얼음처럼 차가웠다. 그제야 남자는 그 옆에 리큐어두 병이 있다는 걸 깨달았다. 이미 할머니가 다 마셔버린, 진통제가 든 술병. 그리고 좀 전에 남자가 사 와서 막 뚜껑을 열었던 술병이.

"오래된 빈 병은 상관없었어요. 할머니의 지문이 덕지덕지 묻어 있을 테고, 제 지문이 묻어 있다고 한들, 같은 집에 살고 있었으니 이상할 건 없잖아요? 하지만 새로운 병에는……"

남자가 그로부터 세 시간쯤 전에 아키바 주류점에서 사 왔던 술병. 남자가 뚜껑을 열고 술을 따른 뒤 다시 뚜껑을 닫은, 오직 남자만 만졌던 병.

"여기에 이 병이 있으면 변명하기 힘들 것 같았어요. 아직 할머니가 의식이 있을 때 마침 제가 이 장소에 있었다는 걸 알게 돼버리니까요. 그렇다고 집으로 가져갈 수도 없었어요. 개봉한 지 얼마 안 된 새 술병이 집에 있다는 건, 제가 술을 사서 돌아오는 길에 어딘가에서 한번은 할머니를 만났다는 걸 증명하는 셈이 되니까. 하지만 그 리큐어는 정말이지 냄새가 지독하거든요. 몇 시간이 지나도 냄새가 남아 있으니까요. 술병 두 개 모두 원래 있었던 빈 병이라고 믿게끔 남은 술을 논두렁길에 흘려보내기라도 한다면 분명 냄새 때문에 들키고 말 거예요. 집안에서 버린다고 해도 빈 병들 사이에 너무 깨끗한 병 하나가 있다는 걸 아키바 씨가 눈치챌지도 모른다고 생각했어요. 이 새 병은 누구에게도 보여서는 안 된다, 어딘가에 없애버려야만 한다고 생각했죠. 그래서……"

진눈깨비는 땅을 무르게 만들어 주었다. 그가 병을 땅속 깊이 쉽게 묻을 수 있을 만큼 흙은 부드러워진 상태였다. 게다가 그 땅은 몇 년 전까지만 해도 물을 많이 대서 쌀농사를 짓던 논이었다.

"어떻게 집으로 돌아갔는지 기억이 안 나요. 원래 체격도 왜소했고 만성 영양불량으로 면역력도 약했죠. 다음 날 아침, 할머니가 죽었다는 사실을 알아차리고 우리 집에 달려온 이웃 사람이 흠뻑 젖은 채 초주검이 되어 열에 들뜬 절 발견했다더군요."

아직 사회에서 학대나 방임 같은 용어가 일반화되지 않았던 시절이다. 그래도 남자를 진찰한 의사에게는 아이가 어떤 취급을 받으며 생활해 왔는지가 훤히 보였다. 그러나 책임져야 할 할머니는 이미 죽은 뒤였다. 상당히 석연찮은 점이 있기는 했지만, 일단 사고사로 처리된 상태였다.

"제가 회복했을 무렵에는 할머니의 부검도 장례식도 모두 끝난 뒤였어요. 저한테도 경찰이 정황을 캐물었어요. 집에 돌아왔을 때 할머니는 어디에도 없었다, 찾아 나서려 했는데 컨디션이 좋지 않아서 잠깐 밖에 나갔다가 곧장 포기하고 집에 돌아왔다고 말했더니 그대로 믿어주더군요. 제 진술과 모순되는 사실은 아무것도 없었던 거죠."

할머니 지문이 묻지 않은 새 술병. 지금도 여전히 땅속 깊은 곳에 묻혀있는 병 말고는 없었다.

결국 남자 외에 누구도 그 존재를 알지 못하는, 연꽃 들판 아래에 묻힌 병 말고는.

"절 어쩔 작정이죠?" 남자는 묘하게 밝은 표정으로 노세를 바라봤다. "제가, 제 친할머니를 직접 죽인 거예요."

"제가 뭘 할 수 있을까요?" 노세가 조용히 물었다. "당신은 열두 살이었어요. 형사상 책임을 물을 수 있는 나이가 아니었죠. 게다가 진통제를 넣은 게 할머니 본인이 아니라는 걸 증명하기도 어렵겠죠."

"그렇다면 당신은 왜 제가 있는 곳까지 찾아온 거죠? 일부러, 그것도 십칠 년이나 지난 일을 다시 문제 삼으려고?"

"말했잖아요. 당신이 걱정됐다고요."

"제가요?"

"당신에게 벌을 줄 수 있는 사람은 아무도 없어요. 하지만 당신은 스스로에게 계속 벌을 주고 있죠. 지금까지요. 그래서 당신은 소년이 의심받는 이야기를 읽을 수 없게 됐어요. 제 손으로 묻은 증거물이 신경 쓰여서 도저히 참지 못하고 연꽃 들판에 찾아왔어요. 올해 그곳이 논이 될 가능성이 없다는 건 알았지만, 그렇다고 해서 아직 해결된 건 아무것도 없죠. 자기 자신과 결판을 내지 않는 한, 당신은 어디로도 갈 수 없을 테니까요."

두 사람은 한동안 말없이 서 있었다.

"속죄하라는 건가? 목숨에는 목숨을, 그런 뜻인가요?"

시다가 엷은 미소를 띤다.

"아뇨. 그건 지독히 헛된 사상이에요. 애당초 '목숨에는 목숨을'이라는 말은, 뺏긴 목숨과 뺏은 목숨의 가치가 같다고 여기는 거잖아요. 말도 안 되는 일이죠. 살인자의 목숨을 바친다고 해서 보상할 수 있을 리가 없잖아요. 그런 생각 자체가, 빼앗긴 목숨에 굉장한 무례죠."

시다의 얼굴이 다시 굳어졌다. 노세는 부드럽게 말을 이었다.

"하지만 인생에는 인생으로 속죄하라고 요구할 수는 있다고 생각해요. 당신이 끊어낸 인생을 위해 자기 인생을 바치는 건 가능하겠죠. 자기를 위해서가 아니라 타인을 위해 생애를 보내는 거예요." 노세는 연구실 안을 둘러봤다. "여기에서 무슨 일을 하시는 거죠? 초짜는 설명을 들어도 모르려나요?"

"전 국유림을 어떻게 유효하게 살릴지 연구하고 있어요. 침엽수, 활엽수, 삼림 지표면의 환경을 연구해서 다양한 층으로 된 식물 군락지로 만들어 간다면 더욱 산림을 보전해 나갈 수 있겠죠. 인적이 드문 이 작업장에서 산을 보살피는 모든 일을 해내는 만물상이나 마찬가지예요. 혼자 산을 돌아다니는 일도 많은데 적성에 잘 맞아요."

"유용한 연구네요. 그런 활동을 통해 이 나라의 숲과 산의 미래가 밝아지는 거겠죠? 그렇게 해주시길 부탁드릴게요."

"그걸로 괜찮다는 건가요?"

시다의 눈이 불안한 듯 깜빡였다.

"그걸 판단할 수 있는 건 제가 아니에요. 당신뿐이죠. 언젠가, 올해가 아니어도 언젠가 아키바 씨는 그 땅을 논으로 만들려고 할지도 몰라요. 그때는 정말로 그 병이 발견될 수도 있겠죠. 하지만 그 병을 엮어서 생각하는 사람은 아마 없을 거예요. 그리고 다시 말하지만, 전 당신을 판결할 만한 자격이 있는 사람은 아니에요. 이 책은 여기에 두고 갈게요. 당신에게는 뼈아픈 기억이겠지만, 잊어버리는 건 용납할 수 없으니까요." 노세는 격려하듯 웃었다. "그거 아세요? 소인족들의 이야기에는 속편이 있다는 사실을요. 구경거리로 삼고 싶어 하는 인간들한테 도망쳐서,

지금도 소인족들은 이 세상 어딘가에 계속 살아가고 있을 거라고 믿게 만드는 이야기가.”

“있잖아, 후미코.” 히노가 아이를 타이르듯 말했다. “도립 도서관에서 나와 산책하면서 질문을 받았다고 했잖아? 어떤 꽃을 좋아하냐고.”

“네.”

“그래서 연꽃이라고 대답한 거고.”

“진짜 연꽃이 머리에 떠올랐어요. 딱히 이상한 대답은 아니잖아요? 꽃의 이름을 물어서 꽃의 이름을 말한 것뿐인데. 비상식적이지도 무례하지도 않잖아요.”

“지금 여기에서 그 질문을 받은 거라면 그렇다고 말할 수도 있겠지. 하지만 말이야, 대화란 장소가 어디냐에 따라서 같은 대답일지라도 다른 의미로 다가온다고. 당시 상황을 생각해 봐.”

“네?”

“히비야 도서관에서 나와 4번가 교차로 쪽으로 걸어갔잖아. 히비야 공원 안에서 갑자기 좋은 향기가 풍겨왔고. 그리고 횡단보도를 건너려고 했을 때 말이야. 그때 너희들 그 유명한 장소를 지나갔을 텐데?”

“유명한 장소요?”

“횡단보도 근처에 말이야, 그 공원과 이름이 같은 노포가 하나 있잖아!”

"아!"

그제야 후미코는 그 사실을 깨달았다. 히노가 어이없는 표정으로 고개를 저었다.

"넌 가이드북에도 실려 있을 만큼 유명한 꽃집 앞에서, 하필 꽃집에서는 절대 팔지 않는 꽃을 가장 좋아한다고 말했어. 요즘 꽃집에서는 유채꽃이든 해바라기든 모두 팔고 있지만, 아무리 그래도 연꽃은 없잖아. 그거 말이야, 혹시 상대방이 꽃을 선물해 줄 마음으로 그렇게 물었는데 거절하겠다는 의미로 들리지 않았을까?"

이미 늦었다. 후미코는 필사적으로 그렇게 납득하려고 했다. 이제 와서 얼굴을 붉혀봤자 돌이킬 수 없는 일이다. 아무런 저의도 없었을뿐더러, 꽃집 앞을 지나고 있다는 의식조차 없이 그저 도서관 동료인 한 사람에게 정신이 팔려있었을 뿐이라고 해명한다 한들 너무 늦었다.

그나저나 지금 왜 후미코는 얼굴이 빨개진 걸까.

"안녕하세요."

괴로워 몸부림치는 후미코의 머릿속으로 밝고 쾌활한 목소리가 들려왔다. 사타케가 예스러운 보퉁이를 든 채 손을 흔들고 있었다.

"안녕하세요. 요즘 취재하느라 산 쪽을 계속 돌아다니는 바람에 오랜만에 왔네요. 아 참, 취재하다가 산속 오두막 같은 곳에서 우연히 동창이었던 그 시다를 만났어요. 진짜 놀랐잖아요. 그 이야기를 해드리려고 왔어요. 그 친구가 상당히 건강해 보여서 안심했다고요. 아, 이거 선물이에요. 이 지역에서만 나는 쌀로 만든 수제 과자인데요, 구할 수 있었거든요……"

후미코의 입에서는 생각보다 빨리 말이 튀어나왔다.

"잘 오셨어요. 오랜만이에요."

며칠 뒤 일요일이었다. 카운터를 지키는 후미코에게 귀여운 목소리가 말을 걸었다.

"점심시간 때 밖에서 함께 도시락 먹지 않을래요, 라고 엄마가 물어보래요."

"고마워, 아즈사."

후미코는 잠시 망설이다가 곧 흔쾌히 대답했다. 역시나 바깥은 한없이 맑았고 푸른 하늘 아래로는 연꽃이 활짝 피어 있었다. 이 화려한 봄날에 맞이하는 모처럼의 일요일에 아빠도 쉬는 날이니, 집에 있기 싫었을 노세 가족의 마음이 충분히 이해되었다.

카운터를 교대하고 밖으로 나온 후미코는 눈이 휘둥그레졌다. 가족의 소박한 피크닉 정도가 아니다. 밖은 온통 애들 천지였다.

"이건 어린이 단체 소풍인가요?"

커다란 돗자리 한가운데에 노세의 아내가 의젓하게 앉아 크게 손을 흔들었다. 후미코는 자신을 초대해 준 그녀에게 다가가며 물었다. 바로 옆에는 얼굴이 벌건 아키바가 역시나 싱글벙글 웃으며 특대 크기의 주먹밥을 흔들고 있었다.

"그런 셈이죠. 아키바 씨가 장소를 빌려주셔서 연꽃을 즐기는 호화 파티를 열기로 했어요. 아키바 씨와도 의논해서 여기저기 홍보했더니 이렇게나 모인 거 있죠." 노세의 아내는 웃으며 대답했다. "이츠로가 어차피 애들을 모을 거면 뭔가 이벤트를 여는 게 좋을 것 같다면서 지금 타임캡슐을 묻으려던 참이에요."

연꽃 융단의 건너편 끝에서 노세가 무리를 이룬 아이들을 지도하며 느티나무 근처에 구멍을 파고 있었다.

"타임캡슐이요?"

"네, 타임캡슐이랄까, 미래의 나를 향한 편지랄까. 주말에 우리 집에 빈 술병이 잔뜩 생겼거든요. 재활용으로 내놔도 좋겠지만, 이왕이면 한 사람당 한 병씩 그 안에 편지를 넣어서 여기 들판에 묻은 뒤 일 년이 지나면 다시 모여 파보자면서요."

"재미있을 것 같네요."

그나저나 대량의 빈 술병이라니. 노세는 그렇게까지 술을 마시지 않는다.

"그건 아키바 씨 탓이에요." 노세의 아내가 장난스레 흘겨보자, 아키바는 한층 만족스러운 표정을 지었다. "아즈사의 기침에 좋다면서 아키바 저택에서 계절마다 건강에 좋은 과일을 산더미처럼 보내주시거든요. 가을 모과부터 시작해서 금귤에 여름에는 귤이며 매실이며. 기껏 생각해서 보내주신 거니 아즈사를 위해 부지런히 시럽을 만들었더니 점점 병이 쌓이는 거예요. 그래서 이츠로가 이 기회에 그걸 전부 과실주로 만들자고 해서 이번 주말에 다양한 리큐어와 섞으며 실험해 봤어요. 진짜 아키바 주류점에 있는 증류주는 닥치는 대로 사 왔어요. 이츠로 는 한번 열중하면 끝을 보니까요. 그래서 빈 병이 산더미처럼 나온 거죠."

"어느 술이든 상당히 맛있다네."

아키바의 불그스레한 얼굴은 시음을 거듭한 결과인 모양이었다. 아이들의 함성이 바람결에 실려 왔다.

"그나저나 여기저기 병을 묻어버리면 폐가 되지 않으려나요."

"아냐, 괜찮아." 아키바가 노세의 아내에게 말했다. "일단 사서 청년한테 그 커다란 돌 근처에만 묻으라고 단단히 말해뒀다네. 어차피 일 년 후에는 다시 파낸다잖아. 뭐, 두세 병쯤은 발견하지 못해서 내년에 개간할 때 트랙터에 부딪힐지도 모르지. 그 정도야 별거 아냐. 어차피 스무 해 가까이 방치한 땅이니 이상한 게 여기저기 묻혀있을걸. 옳거니, 내친김에 내년에 모두가 여기 논농사를 도와준다면 좋겠군."

"어머, 이 땅을 갈아엎으실 거예요?"

노세의 아내가 고개를 들더니 아키바를 쳐다보며 물었다. 그는 고개를 끄덕였다.

"연꽃을 심어놨더니 친척들이 시끄럽게 묻는다니까. 드디어 쌀농사를 다시 하는 거냐면서. 가족만이 아냐. 모르는 인간까지 일부러 전화를 걸어오더군. 사실 나도 그런데, 농사꾼은 연꽃을 보면 좀이 쑤시거든. 이대로는 내버려 둘 수 없다고, 땅이 부른다고 말이야."

"아하."

후미코는 감탄했다. 생각지도 못했는데 그런 게 농부의 사고 방식인 걸까.

"하긴, 올해 모내기 철에 맞추기에는 이미 늦었으니 내년 준비를 해야지. 일손을 얼마나 모을 수 있을지는 해봐야 알겠지만 말이야."

"애초에 아키바 씨는 쌀농사를 다시 시작할 작정으로 연꽃을 심으신 거예요?"

후미코가 물었더니 그는 머리를 긁적였다.

"글쎄. 작년에 내가 거기까지 염두에 두고 있었던 건지는 모르겠네. 뭐 상관없지. 이제 편하게만 지낼 게 아니라 다시 땀을 흘리며 농사를 해봐야겠다는 마음이랄까."

"······좋았어."

어느새 근처에 와 있던 노세가 중얼거렸다.

"네?"

후미코가 되물었지만, 그에게는 들리지 않았던 모양이다.

"후미코, 도서관 마감하면 다시 오라고. 오늘은 저녁까지 여기에서 파티할 거니까. 술이라면 얼마든지 있어. 네 몫도 제대로 챙겨 놓을게."

"네. 아, 그러면 그때 저도 병을 묻어도 돼요?"

"물론이지."

노세와 아내가 한목소리로 대답한 뒤 아내가 덧붙였다.

"일 년 후의 후미코 씨에게 편지를 써 주세요."

"네."

뭐라고 쓰면 좋을까. 뭐, 저녁까지는 뭔가 떠오르겠지. 떠오르지 않는다면 일 년 뒤에 읽었을 때 미소 지을 수 있는 말을 쓰면 된다.

꼭, 좋은 말이 떠오르면 좋겠다.

저자 후기

  서점은 '커다란 강' 같다는 생각이 듭니다. 매일 출간되는, 쫓아갈 수 없는 양의 책이 물 분자가 되어 흘러가는 곳. 그 격류는 시시각각 변해갑니다.

  반면, 도서관의 이미지는 '바다'입니다. 흘러오는 물방울이 서로 섞여 차분하게 가라앉는 최종 도착점. 과거에서 현재에 이르는 무수한 책이 한데 모인 채 '이제 여기에 정착해야지'라며 마음의 안정을 느낄 듯한 장소입니다. 근본적으로 아날로그 인간인 제게 도서관이라는 바다의 책은 증발하지도, 하늘의 구름이 될 일도 없습니다.

  이 소설에는 제 추억 속 책이 여러 권 등장합니다. 제2화에 나오는 외국 그림책 이야기를 쓸 때 가장 즐거웠습니다. 모두 실제로 존재하는 책들입니다. 그중에는 상당히 대중적인 그림책도 있으니 찾아보는 재미가 있을지도 모릅니다. 한편, 제4화에 나오는 《일본의 민가》는 이 세상에 존재하지 않는 책입니다.

물론 저자와 출판사 모두 저의 세세한 기억에 의존하여 썼지만, 막상 찾아보니 어디에도 없었습니다. 아무래도 제 머릿속에서 멋대로 기획하고 간행해 버렸나 봅니다.

제5화에서 노세의 아내가 계속 찾고 있었던 '노란색 책등의 낡은 문고본'은 실제 존재합니다. 개빈 라이얼이라는 작가가 쓴 책입니다. 거의 마지막 부분에서 주인공과 '얼마 떨어지지 않은 거리에 서서 백만 달러와 한 사람의 죽음을 사이에 두고' 대치하는 이 여장부 캐릭터는 특히 모험소설을 사랑하는 독자들에게 꾸준한 지지를 받고 있지만, 아쉽게도 현재는 절판된 듯합니다. 바로 이런 때야말로 오래된 도서관이 나설 차례입니다. 제가 가장 아끼는 판본은 붉은 천으로 장정한 이와나미 소년소녀 세계문학전집입니다. 실제로 오래전 초등학교 도서실에서 너덜너덜해진 《마루 밑 바로우어즈》를 탐독하곤 했답니다.

아키바 도서관의 모델이 있느냐는 질문을 여러 번 받은 적이 있습니다. 대답은 '없다'입니다. 다만, 제가 예전에 근무했던 도서관이나 신세 졌던 도서관, 친밀했던 도서관 등 오감으로 맛본 각지의 다양한 도서관이 소설 곳곳에서 얼굴을 내밀고 있습니다. 정원에서 따온 감이 카운터 위에 놓인 바구니에 산처럼 쌓여 있고 '자유로이 가져가세요' 같은 안내문을 붙여 놓았던 도서관이 실제로 존재한답니다.

물론 아키바 도서관만큼 한가롭고 따스한 도서관은 현실에 없을 겁니다. 그 세계는 기억 속에 남아 있는 감상을 통해 비로

소 빛이 납니다. 효율성을 추구하는 현대 도서관에서 가동률이 낮은 책은 '폐기 처분'의 운명에 처합니다. 게다가 정보화되어가는 속도가 어마어마합니다. 이 책을 쓰던 당시에는 아직 한정적이다가, 그로부터 몇 년쯤 지나니 언제 어디서든 당연하게 소장본 하나하나의 정보를 검색할 수 있는 시대가 되었습니다. 제5화에서 배경으로 등장한 도쿄 도립 히비야 도서관도 폐쇄되었습니다. 앞으로는 치요다구에 이관되어 다시 운영을 시작한다고 합니다. 더 허탈한 건 역시 제5화에 등장했던 산림청의 URL인데, 작품을 탈고한 시점에는 분명히 존재했던 사이트였으나 편집 단계에서 교열하시는 분이 "이 주소는 허구인가요?"라고 물어서 서둘러 확인했더니 이미 폐쇄되어 관리자가 바뀐 상태였습니다. 그러나 다시 수정하지 못한 채 그대로 간행하게 되었습니다.

따라서 '그곳에 가면 책이 기다리고 있는' 아키바 도서관은 어디까지나 제 향수의 산물입니다. 하지만 '돌아가고 싶은 장소'이기도 합니다. 사실 자기 안에 그러한 도서관을 간직하고 계신 분들이 상당히 많으리라 생각합니다.

그러한 '엄마 같은 바다'를 남몰래 가슴에 품고 있는 독자 여러분께서 아키바 도서관을 좋아해 주시길 바라며.

2011년 7월 모리야 아키코

옮긴이 양지윤

요시모토 바나나의 소설에 매료되어 번역가의 길로 들어섰다. 도서관 사서로
일하면서도 동네 책방을 들락날락할 만큼 책과 책방을 좋아한다. 바른번역 소
속 번역가로 활동하면서 《누아르 레버넌트》,《로터스 택시에는 특별한 손님이
탑니다》,《안녕 나의 무자비한 여왕》등을 우리말로 옮겼다.

변두리
도서관의
사건수첩

초판 2024년 11월 25일 1쇄
저자 모리야 아키코
옮긴이 양지윤
편집 나다연 **디자인** 배석현
ISBN 979-11-93324-30-1   03830

출판사 북플라자
주소 서울시 강남구 논현동 118-13 5층
홈페이지 www.bookplaza.co.kr

영화 판권, 오탈자 제보 등 기타 문의사항은 book.plaza@hanmail.net으로 보내주세요.
잘못된 책은 구입하신 서점에서 교환해 드립니다.